W0040968

INHALT

1 Ein Astronaut und seine Welt 7

2 Was der Präsident wollte 15

3 Ein Mensch wird Marsianer 39

4 Eine Gruppe potenzieller Sargträger 55

5 Ein Monster wird wieder sterblich 73

6 Sterblich in Todesfurcht 87

7 Ein sterbliches Monster 110

8 Durch trügerische Augen 126

9 Dash an der Bettkante 153

10 Batmans Entrechats 189

11 Dorothy Louise Mintz Torraway als Penelope 205

12 Zwei Simulationen und eine Realität 233

13 Jetzt gibt es kein Zurück mehr 253

14 Missionar für den Mars 262

15 Wie die guten Nachrichten vom Mars zur
Erde gelangen 277

16 Über die Wahrnehmung von Gefahren 292

17 Ein Tag im Leben eines Marsianers 311

18 Mensch Plus Wir 340

MEISTERWERKE
DER SCIENCE-FICTION

Frederik Pohl

Mensch Plus

Roman

Überarbeitete Neuausgabe

WILHELM HEYNE VERLAG
MÜNCHEN

Titel der Originalausgabe:
MAN PLUS
Aus dem Amerikanischen von Tony Westermayr

Penguin Random House Verlagsgruppe FSC® N001967

Vollständig überarbeitete Neuausgabe 02/2022
Copyright © 1976 by Frederik Pohl
Copyright © 2022 dieser Ausgabe und der Übersetzung
by Wilhelm Heyne Verlag, München,
in der Penguin Random House Verlagsgruppe GmbH,
Neumarkter Straße 28, 81673 München
Printed in Germany
Umschlaggestaltung: DAS ILLUSTRAT, München, unter
Verwendung eines Motivs von iStockphoto/smartboy10
Satz: Uhl + Massopust, Aalen
Druck und Bindung: GGP Media GmbH, Pößneck

ISBN 978-3-453-32178-6
www.diezukunft.de

1

Ein Astronaut und seine Welt

Es ist notwendig, von Roger Torraway zu berichten. Ein menschliches Wesen scheint nicht besonders wichtig zu sein, wenn acht Milliarden leben. Nicht wichtiger als etwa ein Mikrochip in einem Datenspeicher. Aber ein einziger Chip kann entscheidend sein, wenn er eine fundamentale Information enthält, und Torraway war genau auf diese Art wichtig.

Er war ein gut aussehender Mann, wie es Menschen eben sein können. Und berühmt dazu. Oder war es gewesen.

Es hatte eine Zeit gegeben, als Roger Torraway zwei Monate und drei Wochen am Himmel gehangen hatte, zusammen mit fünf anderen Astronauten. Sie waren alle schmutzig, geil und vorwiegend gelangweilt. Das war es nicht, was ihn berühmt gemacht hatte. Das war nur Leute-mit-Nachrichtenwert-Stoff, gut für zwei Sätze in der Sieben-Uhr-Zusammenfassung an einem ereignislosen Abend.

Aber berühmt wurde er. In Betschuanaland und Belutschistan und Buffalo kannten die Leute seinen Namen. Er war auf der Titelseite des TIME Magazine.

Aber nicht allein. Er musste sie mit dem Rest seiner Mannschaft im Raumlabor teilen, weil sie diejenigen waren, die Glück hatten und die sowjetische Besatzung retteten, die ohne Steuerdüsen zur Erde zurückkam.

So waren sie über Nacht alle berühmte Leute. Torraway war achtundzwanzig Jahre alt, als das passierte, und hatte gerade eine grünäugige, schwarzhaarige Lehrerin für Kunst und Keramik geheiratet. Dorrie auf der Erde war, was ihn sehnsüchtig, Rog in der Umlaufbahn das, was Dorrie selbst zu einer Berühmtheit machte, und das gefiel ihr.

Es brauchte etwas Besonderes, um der Frau eines Astronauten Nachrichtenwert zu verschaffen. Es gab so viele davon. Sie sahen einander so ähnlich. Die Journalisten vertraten die Meinung, die NASA suche die Astronautenfrauen aus den Bewerberinnen um den Titel der Miss Georgia aus. Sie sahen alle so aus, als wollten sie, kaum aus dem Badeanzug geschlüpft, Tambourmajor-Vorführungen zeigen oder ein Allerweltsgedicht vortragen. Dorrie Torraway wirkte dafür ein bisschen zu intelligent, obwohl sie auf jeden Fall hübsch genug war. Sie war die einzige Astronautenfrau, über die das Ladies' Home Journal (»Zwölf Weihnachtsgeschenke, die Sie in Ihrem Brennofen backen können«) und die Zeitschrift Ms. (»Kinder würden meine Ehe ruinieren«) ausführlich berichteten.

Rog war ganz für die Nicht-Familie. Er war für alles, was Dorrie wollte, weil er sehr für Dorrie war.

In dieser Beziehung unterschied er sich etwas von seinen Kameraden, die im Weltraumprogramm hauptsächlich erfreuliche Nebenleistungen weiblicher Provenienz entdeckt hatten. In anderer Hinsicht war er genau wie sie. Aufgeweckt, gesund, klug, von angenehmem Äußeren, technisch ausgebildet. Die Journalisten glaubten eine Weile, auch die Astronauten selbst kämen irgendwo von einem Fließband. Es gab sie mit einem Spielraum von zwanzig Zentimetern in der Körpergröße und zehn, zwölf Jahren im Alter, wahlweise in vier Hautfarben, von Milchschokolade bis Wikinger. Ihre Freizeitbeschäftigungen waren Schach, Schwimmen, die Jagd, Fliegen, Tauchen, Fischen und Golf. Sie pflegten mühelosen Umgang mit Senatoren und Botschaftern. Wenn sie das Raumprogramm verließen, fanden sie Posten bei Luft- und Raumfahrtunternehmen oder traten für hoffnungslose Anliegen ein, die ein neues öffentliches Image brauchten. Diese Posten wurden sehr gut bezahlt. Astronauten waren wertvolle Produkte. Sie wurden nicht nur von den Massenmedien und dem Mann auf der Straße geschätzt. Wir bewerteten sie ebenfalls sehr hoch.

Was die Astronauten verkörperten, war ein Traum. Der Traum war unbezahlbar für den Mann auf der Straße, vor allem, wenn es sich um eine feuchte, stinkende Straße in Kalkutta handelte, wo Familien auf dem Gehsteig schliefen und sich in der Morgendämmerung hochrafften, um sich für eine kostenlose Schüssel Essen anzustellen. Es war eine schmutzige, schmierige Welt, und der Weltraum verschaffte ihr ein wenig Schönheit und Erregung. Nicht viel, aber besser als gar nichts.

Die Astronauten bildeten rings um Tonka in Oklahoma eine enge, kleine Gemeinschaft, wie Baseball-Familien. Jeder, der seine erste Mission flog, gehörte zur Oberliga. Von da an waren sie Rivalen und Mannschaftskameraden. Sie konkurrierten miteinander, um ausgewählt zu werden, und unterstützten einander vom Spielfeldrand aus. Es war die Dichotomie des Berufssportlers. Kein alternder Veteran, der auf der Bank saß und den neuesten Jungstar beobachtete, empfand mehr Bedrückung und zornigen Neid als der Ersatzmann für eine Landung auf einem anderen Planeten, wenn er Nummer eins in den Raumanzug steigen sah.

Rog und Dorrie passten gut in diese Gemeinschaft. Sie schlossen schnell Freundschaft. Sie waren gerade ausgefallen genug, um ein wenig hervorzutreten, aber nicht so seltsam, dass jemand sich hätte Sorgen machen müssen. Wenn Dorrie selbst keine Kinder haben wollte, war sie doch lieb zu den Kindern anderer Frauen. Als Vic Samuelson auf der anderen Seite der Sonne fünf Tage lang keine Funkverbindung hatte und bei Verna Samuelson vorzeitig Wehen einsetzten, nahm Dorrie Vernas drei Kleinkinder in ihrem Haus auf. Keines war älter als fünf Jahre. Zwei trugen noch Windeln, und sie wechselte sie klaglos, während andere Ehefrauen sich um Vernas Haus kümmerten und Verna in der NASA-Klinik ihr viertes Kind zur Welt brachte. Bei den Weihnachtspartys waren Rog und Dorrie nicht die Betrunkensten und gingen auch nie als Erste.

Sie waren ein nettes Paar.

Sie lebten in einer netten Welt.

Damit hatten sie, wie sie wussten, Glück. Der Rest

der Welt war durchaus nicht so nett. Die kleinen Kriege jagten einander durch ganz Asien, Afrika und Lateinamerika. Westeuropa wurde manchmal von Streiks gedrosselt und oft von Lieferengpässen geplagt, und wenn der Winter kam, fror es meist. Die Menschen waren hungrig, viele zornig, und es gab sehr wenige Großstädte, in denen man sich nachts allein auf die Straße wagen konnte. Aber Tonka war davon nicht betroffen und blieb ziemlich sicher, und Astronauten (und Kosmonauten und Taikonauten) besuchten neben dem Mond den Merkur und den Mars, schwebten in die Schweife von Kometen und hingen in Umlaufbahnen um Gasriesen.

Torraway selbst war an fünf großen Missionen beteiligt gewesen. Als Erstes nahm er an einem Fährenflug zum Aufbau des Raumlabors teil, ganz am Anfang nach der Sperrpause, als das Weltraumprogramm wieder auf die Beine kam.

Dann verbrachte er einundachtzig Tage in der Raumstation der zweiten Generation. Das war sein großer Augenblick, der ihn auf das Titelblatt von TIME brachte. Die Russen hatten eine bemannte Kapsel zum Merkur geschossen, sie war auch richtig hingekommen und richtig gelandet und zum Rückflug wieder richtig gestartet; aber danach lief nichts mehr richtig. Die Russen hatten immer Schwierigkeiten mit ihren Stabilisierungsraketen gehabt – mehrere von den frühen Kosmonauten waren ins Rotieren gekommen, hatten nicht mehr stoppen können und hilflos das ganze Innere ihrer Raumfahrzeuge vollgespien. Diesmal gab es wieder Probleme, und sie verbrauchten ihre Lagekorrektur-Reserven.

So gelang es ihnen, in eine breite Ellipsenbahn um die Erde zu gelangen, aber sie konnten sie nicht gefahrlos verlassen. Oder auch gefahrlos auf ihr bleiben. Inzwischen funktionierte die Steuerung nur noch annähernd, und der erdnahe Punkt lag tief genug in der Ionosphäre der Erdatmosphäre, um sie ziemlich aufzuheizen.

Aber Roger und die fünf anderen Amerikaner saßen da in einem Raumfahrzeug für Schleppzwecke, mit Treibstoff für ein halbes Dutzend weiterer Flüge. Das war nicht übermäßig viel, aber sie kamen aus damit: Sie passten Kurs und Geschwindigkeit an die der *Avrora Dva* an, dockten an und holten die Kosmonauten heraus. Was für ein Schauspiel von heftigen Umarmungen im freien Fall, von stoppelbärtigen Küssen! Wieder im Raumschlepper, mit dem, was die Russen hatten zusammenraffen können, gab es eine Party – Johannisbeersaft stieß an mit Limonade, Leberpastete wurde getauscht gegen Cheeseburger. Und zwei Umläufe später verglühte die *Avrora* als Meteorit. »Wie gleißender Dunst am Abend«, sagte Yuli Bronin, der Kosmonaut, der in Oxford studiert hatte, und küsste seine Retter noch einmal.

Als sie zur Erde zurückkamen, zu zweit in je einer Liege angegurtet, enger als Liebende, waren sie alle Helden und wurden alle angebetet, sogar Roger, sogar von Dorrie.

Aber das war lange her.

Seitdem hatte Roger Torraway zwei Mondumrundungen hinter sich gebracht, war für das Schiff verantwortlich, während die Radioteleskopbesatzungen ihre Orbitalversuche mit dem neuen, großen Hundert-Kilometer-Radiospiegel auf der Rückseite anstellten. Und schließlich hatte er an der abgebrochenen Marslandung teilgenommen, wieder eine Gelegenheit, bei der sie von Glück sagen konnten, alle lebend wieder auf die Erde zurückzubringen. Aber inzwischen war der Glorienschein ein zweites Mal verblasst. Es war nur Pech und mechanisches Versagen gewesen, nichts Dramatisches.

Und so war Rogers Arbeit seitdem, nun ja, diplomatischer Natur gewesen. Er spielte Golf mit Senatoren vom Weltraumausschuss und reiste zu den Eurospace-Einrichtungen in Zürich, München und Triest. Er verkaufte in bescheidenem Umfang seine Memoiren. Er diente gelegentlich bei Missionen als Ersatzmann. Während das Weltraumprogramm schnell von höchster nationaler Priorität zu Übungen nach Zufallsplanung absank, hatte er immer weniger Bedeutsames zu tun.

Immerhin, er war jetzt Ersatzmann für eine Mission, auch wenn er nicht darüber sprach, wenn er politische Unterstützung für seine Behörde erbat. Er durfte nicht sprechen. Dieser neue bemannte Flug, der den Eindruck machte, früher oder später wirklich genehmigt zu werden, war der erste im Weltraumprogramm, den man als streng geheim eingestuft hatte.

Wir erwarteten sehr viel von Roger Torraway, obwohl er sich von keinem der anderen Astronauten besonders unterschied: ein bisschen übertrainiert, oft unterbeschäftigt, ziemlich unzufrieden mit dem, was aus dem Job wurde, aber ganz und gar nicht bereit, ihn gegen irgendeinen anderen zu tauschen, solange noch die Aussicht bestand, wieder zu Größe zu gelangen. Sie waren alle so, selbst jener, der ein Monstrum war.

2

Was der Präsident wollte

Der Mann, der ein Monstrum war, beschäftigte Torraway viel. Roger hatte ein spezielles Interesse an ihm. Er saß in 24000 Meter Höhe über Kansas auf dem Co-Piloten-Sitz und sah einen Lichtfleck auf dem IDF-Radar vom Bildschirm verschwinden.

»Mist«, sagte der Pilot. Der Lichtfleck war eine sowjetische Concordski III; ihre CB-5 hatte sich mit ihr ein Rennen geliefert, seitdem sie sie über dem Garrison-Damm entdeckt hatten.

Torraway grinste und nahm den Hebel noch um eine Spur zurück. Mit der Zugabe an relativer Geschwindigkeit beschleunigte der Concordski-Lichtfleck.

»Wir verlieren sie«, sagte der Pilot mürrisch. »Wohin will sie wohl? Vielleicht nach Venezuela?«

»Hoffentlich«, meinte Torraway, »wenn man bedenkt, wie viel Treibstoff ihr beide verbraucht habt.«

»Ja, hm«, sagte der Pilot ohne jede Verlegenheit angesichts der Tatsache, dass er weit über dem international vereinbarten Limit von 1,5 Mach gewesen war. »Was ist in Tulsa los? Gewöhnlich dürfen wir doch sofort rein, mit einem VIP wie Ihnen.«

»Wahrscheinlich landet gerade ein noch wichtiger VIP«, sagte Roger. Es war keine Vermutung, weil er wusste, wer der VIP war, und einen wichtigeren als den Präsidenten der Vereinigten Staaten gab es nicht.

»Sie fliegen das Ding sehr gut«, sagte der Pilot großzügig. »Wollen Sie es landen – sobald wir dürfen, meine ich?«

»Danke, nein. Ich gehe besser nach hinten und suche meine Sachen zusammen.« Aber er blieb sitzen und schaute hinunter. Sie hatten mit dem Sinkflug begonnen, und das zerrissene Feld von L-1-Kumuluswolken lag unmittelbar unter ihnen; sie konnten die Stöße vom Aufwind über den Wolken spüren. Bald würden sie Tonka überfliegen, das rechts seitab lag. Er fragte sich, wie es dem Monstrum gehen mochte.

Der Pilot war immer noch großzügiger Stimmung.

»Sie fliegen nicht mehr viel, wie?«

»Nur, wenn jemand wie Sie mich lässt.«

»Gern geschehen. Was machen Sie eigentlich, wenn ich fragen darf? Außer als VIP herumzureisen, meine ich.«

Torraway hatte darauf eine Antwort parat.

»Verwaltung«, sagte er. Das sagte er immer, wenn die Leute fragten, was er mache. Manchmal besaßen die Leute, die ihn fragten, die richtige Sicherheitseinstufung, nicht nur die staatliche, sondern auch die seiner inneren Radaranlage, die ihm verriet, welcher Person er trauen konnte und welcher nicht. Dann sagte er: »Ich mache Monster.« Wenn die nächste Bemerkung erkennen ließ, dass derjenige ebenfalls eingeweiht war, ging er manchmal um eine Kleinigkeit weiter.

Das Projekt Exomedizin war nicht geheim. Jeder wusste, dass in Tonka Astronauten darauf vorbereitet wurden, auf dem Mars zu leben. Das Geheimnis war, wie sie es machten: das Monstrum. Wenn Torraway zu viel gesagt hätte, wären sowohl seine Freiheit als auch seine Arbeit in Gefahr gewesen. Und Roger mochte seine Arbeit. Damit konnte er seine hübsche Frau in ihrer Töpferwerkstatt unterhalten. Sie verlieh ihm das Gefühl, etwas zu tun, woran die Leute sich erinnern würden, und er lernte dadurch interessante Orte kennen. Sicher, als er noch aktiver Astronaut gewesen war, hatte er noch interessantere Orte kennengelernt, aber die lagen draußen im Weltraum und waren eher einsam. Besser gefielen ihm die Orte, die er mit Privatjets besuchte, mit schmeichelnden Diplomaten und anhimmelnden Cocktailparty-Damen zur Begrüßung. Natürlich hatte er an das Monstrum zu denken, aber darüber machte er sich keine Sorgen. Keine großen.

Sie kamen über dem Cimarron-Fluss herein, oder vielmehr der gekrümmten roten Schlucht, aus der ein Fluss werden würde, wenn es wieder regnete, knickten den Düsenstrahl beinahe senkrecht, nahmen Schub weg und setzten sanft auf.

»Danke«, sagte Roger zu dem Piloten und ging nach hinten, um aus der VIP-Kabine seine Sachen zu holen.

Diesmal waren es Beirut, Rom, Sevilla und Saskatoon gewesen, bevor er nach Oklahoma zurückgekehrt war, ein Ort heißer als der andere. Weil sie zum feierlichen

Besuch des Präsidenten erwartet wurden, holte ihn Dorrie im Flughafenmotel ab. Er zog schnell die Sachen an, die sie mitgebracht hatte. Er war froh, zu Hause zu sein, froh darüber, wieder Monster machen zu können, froh, wieder bei seiner Frau zu sein. Als er aus der Duschkabine stieg, spürte er plötzlich ein starkes erotisches Bedürfnis. Er hatte so etwas wie eine Uhr im Kopf, die registrierte, welche Zeitspannen verfügbar waren, also brauchte er nicht auf die echte Uhr zu sehen: Es blieb Zeit. Es spielte keine Rolle, wenn sie ein paar Minuten zu spät kamen. Aber Dorrie saß nicht in dem Sessel, wo er sie zurückgelassen hatte; das Fernsehgerät lief, ihre Zigarette verglühte im Aschenbecher, aber sie war fort. Roger setzte sich auf die Bettkante, ein Handtuch um die Hüften geknotet, bis die Uhr in seinem Kopf sagte, dass nicht mehr genug Zeit blieb. Dann begann er sich anzuziehen. Er knotete die Krawatte, als Dorrie an die Tür klopfte.

»Entschuldige«, sagte sie, als er öffnete. »Ich konnte den Cola-Automaten nicht finden. Eine für dich und eine für mich.«

Dorrie war fast so groß wie Roger, brünett aus eigener Wahl, grünäugig von Natur. Sie zog eine Bürste aus der Handtasche und fuhr damit über Rücken und Ärmel seines Jacketts, dann stießen sie mit den Coladosen an und tranken.

»Wir gehen besser«, sagte sie. »Du siehst großartig aus.«

»Du siehst vernaschbar aus«, sagte er und legte die Hand auf ihre Schulter.

»Ich habe mich gerade geschminkt«, sagte sie, drehte die Lippen weg und ließ sich auf die Wange küssen. »Aber es freut mich, dass die Señoritas dich nicht ganz ausgelaugt haben.«

Er lachte gutmütig in sich hinein; es war ein alter Witz bei ihnen, dass er in jeder Stadt mit einer anderen Frau schliefe. Der Witz gefiel ihm. Er entsprach nicht der Wahrheit. Seine paar durchwegs unbefriedigenden Experimente mit dem Ehebruch waren eher schäbig und ärgerlich gewesen als lohnend, aber er sah sich gerne als die Sorte von Mann, dessen Ehefrau sich Sorgen wegen anderer Frauen machen musste.

»Lassen wir den Präsidenten nicht warten«, sagte er. »Ich erledige das mit dem Motel, während du den Wagen holst.«

Sie ließen den Präsidenten keineswegs warten; sie mussten sich noch über zwei Stunden gedulden, bevor sie ihn überhaupt zu sehen bekamen.

Roger war vertraut mit dem allgemeinen Verfahren der Durchleuchtung, weil er das schon miterlebt hatte. Es war nicht allein der Präsident der Vereinigten Staaten, der heutzutage zweihundertprozentige Absicherungen gegen Attentäter für nötig hielt. Roger hatte einen ganzen Tag gebraucht, um den Papst zu sehen, und selbst dann hatte jeden Augenblick im Audienzraum ein Schweizer Gardist mit einer Beretta hinter ihm gestanden.

Die Hälfte der hohen Tiere vom Labor war zur Stelle. Man hatte das Chefcasino zu diesem Zweck geputzt und poliert, und es hatte nichts von seinem vertrauten kaffee-fleckigen Aussehen. Selbst die Wandtafeln und die Papierservietten, die gerne für Notizen verwendet wurden, hatte man versteckt. In den Ecken waren Faltwände aufgestellt worden, und die Jalousien der nächsten Fenster hatte man diskret heruntergelassen; das war, wie Roger wusste, für die körperliche Untersuchung. Danach kamen die Gespräche mit den Psychiatern. Sobald alle passieren konnten, falls keine tödliche Spritze in einer Hutnadel oder mörderische Besessenheit in einem Schädel auftauchte, würden sie alle zum Auditorium gehen, wo endlich der Präsident erscheinen würde.

Vier Mann vom Secret Service waren an dem Verfahren beteiligt, die männlichen Gäste zu durchsuchen, abzutasten, zu identifizieren und mit Magnetometern zu prüfen. Das heißt, nur zwei davon betätigten sich. Die beiden anderen standen nur da, bereit, bei Bedarf zu schießen. Weibliche Secret-Service-Agentinnen (sie wurden abwertend Sekretärinnen genannt, aber Roger sah, dass auch sie Schusswaffen trugen) durchsuchten die Ehefrauen und Kathleen Doughty. Die Frauen wurden hinter einer der schulterhohen Faltwände durchsucht, aber Roger konnte an der Miene seiner Frau das Fortschreiten der tastenden, forschenden Hände erkennen. Dorrie ließ sich von Fremden nicht gern berühren. Manchmal ließ sie sich überhaupt ungern berühren, aber von Fremden schon gar nicht.

Als Roger an die Reihe kam, verstand er die kalte Wut seiner Frau zum Teil. Man war ungewöhnlich gründlich. Seine Achselhöhlen wurden untersucht. Man löste seinen Gürtel und fuhr ihm in die Gesäßfalte. Man betastete seine Hoden. Alles, was er in den Taschen trug, musste heraus; das Taschentuch in seiner Brusttasche wurde ausgeschüttelt und wieder zusammengefaltet, schöner als vorher. Gürtelschnalle und Uhrarmband wurden mit einer Lupe betrachtet.

Jedermann wurde so behandelt, sogar der Direktor, der sich mit gutmütiger Resignation im Raum umschaute, während Finger das gekräuselte Haar unter seinen Armen durchkämmten. Die einzige Ausnahme war Don Kayman, der angesichts der Förmlichkeit des Anlasses seine Soutane trug und nach Diskussionsgeflüster in einen anderen Raum geführt wurde, um sie dort auszuziehen.

»Tut mir leid, Pater«, sagte der Agent, »aber Sie wissen, wie es ist.«

Don zuckte die Achseln, ging mit und kam mit verärgertem Gesichtsausdruck zurück. Auch Roger begann sich zu ärgern. Es wäre vernünftig gewesen, dachte er, wenn sie ein paar von den Leuten nach Abschluss der Durchsuchung an die Seelenklempner weitergereicht hätten. Schließlich waren das wichtige Leute, und ihre Zeit kostete Geld. Aber der Secret Service hatte sein eigenes System und ging stufenweise vor. Erst als alle durchsucht waren, wurde die erste Dreiergruppe zu den Büros geführt, eigens frei gemacht für die Gespräche.

Rogers Psychiater war ein Afroamerikaner, seine Haut hatte die Farbe hellen Milchkaffees. Sie saßen sich auf geraden Stühlen gegenüber, mit fünfundvierzig Zentimeter Zwischenraum zwischen den Knien. Der

Psychiater sagte: »Ich mache es so kurz und schmerzlos, wie ich kann. Leben Ihre Eltern noch?«

»Nein, beide nicht mehr. Mein Vater starb vor zwei Jahren, meine Mutter, während ich das College besuchte.«

»Was hat Ihr Vater beruflich gemacht?«

»Fischerboote in Florida vermietet.« Mit halber Aufmerksamkeit beschrieb Roger den Bootsverleih seines Vaters auf Key Largo, während er mit der anderen Hälfte seine rund um die Uhr laufende Selbstüberwachung fortführte. Zeigte er genug Gereiztheit darüber, so befragt zu werden? Nicht zu viel? War er entspannt genug? Zu sehr entspannt?

»Ich habe Ihre Frau gesehen«, sagte der Psychiater. »Sie sieht sehr sexy aus. Stört es Sie, wenn ich das sage?«

»Durchaus nicht«, sagte Roger aufgebracht.

»Manche Männer würden das nicht gerne hören wollen. Was empfinden Sie dabei?«

»Ich weiß, dass sie sexy ist«, knurrte Roger. »Deshalb habe ich sie auch geheiratet.«

»Würde es Ihnen etwas ausmachen, wenn ich einen Schritt weiter ginge und fragte, wie das Bumsen ist?«

»Nein, natürlich nicht ... Ach, verdammt. Ja, es macht mir etwas aus«, sagte Roger wütend. »Es ist ungefähr so wie bei allen anderen auch, nehme ich an. Wenn man mal ein paar Jahre verheiratet ist.«

Der Psychiater lehnte sich zurück und sah Roger nachdenklich an.

»In Ihrem Fall ist dieses Gespräch praktisch nur eine Formalität, Doktor Torraway. Sie sind in den letzten sieben Jahren vierteljährlich überprüft und jedes Mal im Normbereich eingestuft worden. In Ihrer Vorgeschichte gibt es nichts Gewalttätiges oder Labiles. Ich möchte Sie nur fragen, ob Sie unruhig sind, weil Sie dem Präsidenten begegnen.«

»Ein bisschen ehrfürchtig, vielleicht«, sagte Roger.

»Das ist doch ganz natürlich. Haben Sie Dash gewählt?«

»Sicher... Moment mal. Das geht Sie überhaupt nichts an!«

»Richtig, Doktor Torraway. Sie können jetzt in den Einweisungsraum zurückgehen.«

Er durfte nicht mehr in denselben Raum zurück, sondern kam in eines der kleineren Besprechungszimmer. Gleich darauf kam Kathleen Doughty herein. Sie arbeiteten schon zweieinhalb Jahre zusammen, aber sie war immer noch förmlich.

»Wir scheinen bestanden zu haben, Mister Doktor Colonel Torraway, Sir«, sagte sie, den Blick wie immer auf einen Punkt über seiner linken Schulter gerichtet, die Zigarette zwischen ihrem Gesicht und ihm. »Ah, gut, ein kleiner Schluck«, sagte sie und griff an ihm vorbei.

Ein livrierter Kellner – nein, dachte Roger, ein Secret-Service-Mann in Kellnerkleidung – stand mit einem Tablett voller Gläser hinter ihm. Roger nahm einen Whisky-Soda, die hochgewachsene Prothesiologin ein kleines Glas trockenen Sherry.

»Dass Sie aber auch alles trinken«, flüsterte sie seiner Schulter zu. »Ich glaube, sie tun etwas hinein.«

»Nämlich?«

»Um einen zu beruhigen. Wenn man nicht alles austrinkt, bekommt man einen bewaffneten Aufpasser.«

Um sie zu beruhigen, trank Roger seinen Whisky aus, aber er fragte sich, wie jemand mit ihren Wahnvorstellungen und Ängsten die psychiatrische Durchleuchtung so schnell überstanden hatte. Seine fünf Minuten mit dem Psychiater hatten seine Haltung der Selbstbeobachtung noch verstärkt, und er war mit einem Teil seines Gehirns eifrig beschäftigt zu analysieren. Warum fühlte er sich in Gegenwart dieser Frau unsicher? Nicht nur wegen ihrer Eigenheiten. Er fragte sich, ob es daran lag, dass sie seinen Mut so bewunderte. Er hatte ihr zu erklären versucht, dass es nicht mehr viel Mut erforderte, Astronaut zu sein, nicht mehr, als ein Transportflugzeug zu steuern, wahrscheinlich weniger, als ein Taxi zu lenken. Als Ersatzmann für das Unternehmen Mensch Plus schwebte er natürlich in einer sehr realen Gefahr, aber nur, wenn alle Mann vor ihm ausfielen, und das war keine Aussicht, die großes Kopfzerbrechen machte. Trotzdem fuhr sie fort, ihn mit jener Beharrlichkeit zu betrachten, die in einer Hinsicht Bewunderung, in einer anderen Mitleid zu sein schien.

Mit dem anderen Teil seines Gehirns achtete er, wie immer, auf seine Frau. Als sie endlich hereinkam, war sie wütend und, für ihre Verhältnisse, zerzaust. Das Haar, das sie eine Stunde lang hochgesteckt hatte, hing nun herunter. Es reichte bis zur Taille, ein weiches, schwarzes Fließen, mit dem sie aussah wie Alice im Wunderland, gezeichnet von Tenniel, wenn Tenniel damals schon für den Playboy gearbeitet hätte. Roger eilte hin, um sie zu beruhigen, eine Aufgabe, die ihn so beanspruchte, dass er überrascht wurde, als eine Regung durch den Raum ging und jemand nicht besonders laut oder förmlich sagte: »Meine Damen und Herren, der Präsident der Vereinigten Staaten.«

Fitz-James Deshatine kam grinsend und nickend herein und sah genau aus wie im Fernsehen, nur kleiner. Ohne vorherige Aufforderung bildeten die Leute vom Labor einen Halbkreis, und der Präsident ging herum und drückte jede Hand, während der Projektdirektor neben ihm die Leute vorstellte. Deshatine war großartig vorbereitet. Er besaß das Talent des Politikers, jeden Namen zu erfassen und irgendeine persönliche Reaktion zu zeigen. Zu Kathleen Doughty: »Freut mich, Irisches in dieser Mannschaft zu sehen, Doktor Doughty.« Zu Roger: »Wir sind uns schon einmal begegnet, Colonel Torraway. Nach der hervorragenden Leistung mit den Russen. Warten Sie, das muss sieben Jahre her sein, als ich Vorsitzender des Senatsausschusses war. Vielleicht erinnern Sie sich.« Natürlich erinnerte sich Roger – und war geschmeichelt und wusste, dass ihm geschmeichelt wurde, dass der Präsident sich erinnerte. Zu Dorrie: »Guter Gott, Mrs. Torraway, wie kann ein hübsches Mädchen wie Sie sich an einen von diesen Wissenschaftler-Burschen verschwenden?« Roger erstarrte ein wenig, als er das hörte. Es war nicht so sehr die Tatsache, dass ihn das herabsetzte, es war die Art von leerem Kompliment, die Dorrie immer verabscheute. Aber sie verabscheute es nicht. Es kam vom Präsidenten der Vereinigten Staaten und ließ ihre Augen aufblitzen. »Was für ein wunderbarer Mann«, flüsterte sie, während sie jeden seiner Schritte verfolgte.

Als er den Halbkreis durchschritten hatte, sprang er auf das kleine Podium und sagte: »Nun, meine Freunde, ich bin hergekommen, um zu sehen und zu hören, nicht, um zu reden. Ich möchte aber doch jedem von Ihnen dafür danken, dass er sich mit dem Unfug abfindet, den man ertragen muss, wenn ich irgendwo bin. Ich bedaure das. Es ist nicht meine Idee. Man sagt mir nur, dass es notwendig sei, solange es so viele Sonderlinge gibt. Und solange die Feinde der freien Welt bleiben, was sie sind, und wir die offenen, vertrauensvollen Menschen, die *wir* sind.« Er grinste Dorrie direkt an. »Sagen Sie, haben Sie Ihre Fingernägel eintunken müssen, bevor man Sie hereingelassen hat?«

Dorrie lachte melodisch und überraschte damit ihren Mann. (Sie hatte sich wutentbrannt darüber beklagt, dass ihr Nagellack ruiniert sei.)

»Gewiss, Mr. President. Genau wie bei meiner Maniküre«, rief sie.

»Das tut mir leid. Es heißt, damit wolle man sich vergewissern, dass Sie keine geheimen biochemischen Gifte haben, mit denen Sie mich kratzen könnten, wenn wir uns die Hand geben. Nun ja, man muss eben tun, was verlangt wird. Abgesehen davon« – er lachte leise – »sollten Sie, wenn Sie meinen, dass das für die hübschen Damen unerfreulich sei, mal sehen, was meine alte Katze macht, wenn sie das mit ihr tun. Nur gut, dass sie nicht wirklich Gift an den Krallen hatte, das letzte Mal. Sie hat drei Secret-Service-Leute, meinen Neffen und zwei von ihren eigenen Kätzchen erwischt, bevor sie fertig war.« Er lachte, und Roger war ein wenig erstaunt darüber festzustellen, dass er, Dorrie und die anderen einfielen. »Jedenfalls bin ich dankbar für Ihre Liebenswürdigkeit«, sagte der Präsident und kam zur Sache. »Und ich bin noch tausendmal dankbarer für die Art, wie Sie das Projekt Mensch Plus durchziehen. Ich brauche Ihnen nicht zu sagen, was es für die freie Welt bedeutet. Da draußen ist der Mars, der einzige Grundbesitz ringsum, den zu haben sich lohnt, abgesehen von dem, auf dem wir jetzt alle stehen. Bis zum Ende dieses Jahrzehnts wird er jemandem gehören. Es gibt nur zwei Möglichkeiten. Er wird ihnen gehören oder uns. Und ich möchte, dass er uns gehört. Sie hier sind diejenigen, die dafür sorgen werden, dass es dazu kommt, weil Sie uns den Menschen geben werden, der auf dem Mars leben kann. Ich möchte Ihnen aus ganzem Herzen im Namen aller Menschen in den demokratischen Ländern der freien Welt dafür danken, dass Sie diesen Traum möglich machen. Und nun«, sagte er, einen Versuch zu höflichem Applaus unterdrückend, »wird es Zeit, dass ich aufhöre zu reden und anfange zuzuhören. Ich möchte sehen, was mit unserem Plus-Menschen geschieht. General Scanyon, Ihr Stichwort.«

»Jawohl, Mr. President.«

Vern Scanyon war Direktor der Laborabteilung des Grissom-Instituts für Raummedizin. Er war außerdem pensionierter Zweisternegeneral und benahm sich auch so. Er schaute auf die Uhr, warf seinem Assistenten (manchmal nannte er ihn seinen Stabsoffizier) einen Blick zu und sagte: »Wir haben noch einige Minuten, bis Commander Hartnett seine Aufwärmtests abgeschlossen hat. Vielleicht sehen wir ihn uns eine Minute über die Monitoranlage an. Dann werde ich versuchen, Ihnen zu erklären, was heute geschehen wird.«

Es wurde dunkel im Raum. Ein Fernsehprojektionsschirm hinter dem Podium leuchtete auf. Ein Scharren wurde hörbar, als einer der Kellner einen Stuhl für den Präsidenten heranschob. Er murmelte etwas. Der Stuhl wurde zurechtgerückt, der Präsident nickte, schattenhaft im Flackern des Projektionsschirms erkennbar, und hob den Kopf.

Der Schirm zeigte einen Mann.

Er sah nicht aus wie ein Mann. Sein Name war Will Hartnett. Er war Astronaut, Demokrat, Methodist, Ehemann, Vater, Amateurschlagzeuger, ein wunderbar eleganter Tänzer; aber für das Auge war er nichts von alledem. Für das Auge war er ein Monstrum.

Er sah in keiner Weise menschlich aus. Seine Augen waren glühende, rot facettierte Kugeln. Seine Nasenflügel bauschten sich in Fleischfalten, wie die Schnauze eines Sternmull-Maulwurfs. Seine Haut war künstlich, die Farbe war von normaler, starker Sonnenbräune, die Beschaffenheit aber von der einer Rhinozeroshaut. Nichts, was an ihm sichtbar war, hatte das Aussehen, mit dem er geboren worden war. Augen, Ohren, Lungenflügel, Nase, Mund, Kreislaufsystem, Wahrnehmungszentren, Herz, Haut – alles war ersetzt oder verändert worden. Die sichtbaren Veränderungen waren nur die Spitze des Eisbergs. Was man in ihm geschaffen hatte war viel komplexer und wichtiger. Er war zu dem einzigen Zweck umkonstruiert worden, dass er ohne äußere künstliche Hilfen auf der Oberfläche des Planeten Mars leben konnte.

Er war ein Cyborg – ein kybernetischer Organismus. Er war halb Mensch, halb Maschine, die beiden ungleichartigen Teile so zusammengefügt, dass selbst Will Hartnett bei den Gelegenheiten, wo er sich im Spiegel betrachten durfte, nicht wusste, was von ihm und was hinzugefügt war.

Trotz der Tatsache, dass nahezu jeder im Saal bei der Erschaffung des Cyborgs mitgewirkt, trotz der Vertrautheit, die jeder mit seinen Fotos, dem Fernsehbild und seiner Person selbst hatte, gab es ein unterdrücktes Ächzen. Als die Fernsehkamera Hartnett erfasste, machte er gerade, ohne jede Anstrengung zu zeigen, Liegestütze. Der Blick ging aus einer Entfernung von etwa einem Meter auf seinen seltsam geformten Kopf, und immer, wenn er sich hochstemmte, kam er mit den Augen auf Kamerahöhe, und die Facetten, die ihm Vielfachsicht auf die Umgebung gestatteten, glänzten.

Er sah sehr merkwürdig aus. Roger, der sich an die alten Fernsehfilme aus seiner Kindheit erinnerte, fand, dass sein guter, alter Kumpel viel unheimlicher aussah als irgendeine belebte Karotte oder ein Riesenkäfer in den Horrorfilmen. Hartnett war in Danbury, Connecticut, geboren. Alle sichtbaren Kunstprodukte, die er trug, waren in Kalifornien, Oklahoma, Alabama oder New York hergestellt. Aber nichts davon sah menschlich oder auch nur terrestrisch aus. Er wirkte *marsianisch*.

In dem Sinn, dass die Form der Funktion entspricht, war er Marsianer. Er war für den Mars gestaltet. In gewissem Sinn war er auch schon dort. Das Grissom-Institut hatte die besten Marsnormtanks der Welt, und Hartnetts Liegestütze wurden auf Eisenoxidsand ausgeführt, in einer Druckkammer, wo der Gasdruck auf zehn Millibar gesenkt worden war, nur ein Prozent des Drucks auf der anderen Seite der doppelten Glaswände. Die Temperatur der spärlichen Gasmoleküle um ihn wurde bei fünfundvierzig Grad Celsius unter null gehalten. Batterien starker Ultraviolettlampen fluteten die Szene mit dem genauen Spektrum des Sonnenlichts an einem Wintertag auf dem Mars.

Wenn der Ort, wo Hartnett sich befand, nicht wirklich der Mars war, kam er ihm nah genug, um sogar einen Marsianer – falls es je so etwas gegeben hatte – in jeder Beziehung bis auf eine zu täuschen. In jeder außer dieser einen Beziehung hätte ein Ras Thavas oder eine Molluske von H. G. Wells aus dem Schlaf erwachen, sich umschauen und zu dem Schluss kommen können, dass er sich wirklich auf dem Mars befände, an einem Spätherbsttag in den mittleren Breiten, kurz nach Sonnenaufgang.

Der einzigen Anomalie konnte einfach nicht abgeholfen werden. Er war der gewohnten Erdschwerkraft unterworfen, statt des Bruchteils der Anziehung, die für die Marsoberfläche passend gewesen wäre. Die Ingenieure waren so weit gegangen, die Kosten dafür zu berechnen, den ganzen Marsnormbehälter mit einer umgebauten Düsenmaschine hochzufliegen und in einer vorausberechneten Parabel hinabzustürzen, um wenigstens für zehn oder zwanzig Minuten jeweils die richtige Marsschwerkraft zu erzeugen. Sie hatten sich wegen der hohen Kosten anders entschieden und die Auswirkungen dieser einen Unstimmigkeit bedacht, eingeschätzt, einberechnet und schließlich abgetan.

Das einzige, was niemand bei Hartnetts neuem Körper befürchtete, war, dass er zu schwach für irgendeine Belastung sein mochte, die man ihm zumuten würde. Er stemmte bereits Gewichte von einer halben Tonne. Wenn er den Mars endlich erreichte, würde er in der Lage sein, solche Lasten herumzuschleppen.

In gewissem Sinn wirkte Hartnett auf der Erde grausiger, als das auf dem Mars der Fall gewesen wäre, weil seine Telemetrieausrüstung so monströs war wie er selbst. Puls-, Temperatur- und Hautwiderstandssensoren klebten an Schultern und Kopf. Sonden reichten unter die zähe künstliche Haut, um seine inneren Strömungen und Widerstände zu messen. Sendeantennen ragten wie ein Reisigbesen aus seinem Tornister. Alles, was in seinem System vorging, wurde unablässig gemessen, verschlüsselt und auf die 100-Meter-pro-Sekunde-Breitband-Aufzeichnungsbänder übertragen.

Der Präsident flüsterte etwas. Roger Torraway beugte sich vor und hörte den Schluss: »...er hören, was wir hier sagen?«

»Nicht, bis ich uns an sein Kommunikationsnetz an-
schließe«, sagte General Scanyon.

»Aha«, sagte der Präsident langsam, aber was immer
er hatte sagen wollen, wenn der Cyborg ihn hören konnte,
er sprach es nicht aus. Roger spürte einen Stich des Mit-
gefühls. Er selbst musste immer noch überlegen, was
er sagte, wenn der Cyborg mithören konnte, und zen-
sierte, was er sprach, selbst dann, wenn Hartnett nicht
dabei war. Es war einfach nicht recht, dass etwas, das Bier
getrunken und ein Kind gezeugt hatte so hässlich sein
durfte. Alle Worte, die von Belang sein mochten, wirkten
nur ärgerlich.

Der Cyborg schien entschlossen zu sein, seine metro-
nomhaften Übungen endlos fortzusetzen, aber jemand,
der laut den Rhythmus angegeben hatte – eins und
zwei, eins und zwei –, hörte auf, und der Cyborg hörte
auch auf. Er stand auf, methodisch und ganz langsam,
so, als übe er einen neuen Tanzschritt. Mit einer Reflex-
bewegung, die keine Funktion mehr erfüllte, rieb er mit
dem Rücken seiner dickhäutigen Hand seine kunst-
stoffglatte und brauenlose Stirn.

Roger Torraway rückte in der Dunkelheit seitwärts,
um am berühmt kantigen Profil des Präsidenten vorbei besser sehen zu können. Selbst am Umriss konnte
Roger erkennen, dass der Präsident die Brauen ein
wenig zusammengezogen hatte. Roger legte den Arm
um die Hüfte seiner Frau und fragte sich, wie das sein
musste, in einer empfindlichen und heimtückischen
Welt der Präsident von dreihundert Millionen Amerikanern zu sein. Die Kraft, die durch den Mann in der Dun-

kelheit vor ihm floss, konnte binnen neunzig Minuten Fusionsbomben in jede entlegene Ecke der Welt schleudern. Es war die Kraft des Krieges, die Kraft der Bestrafung, die Kraft des Geldes. Die Macht des Präsidenten hatte das Projekt Mensch Plus überhaupt erst in Gang gebracht. Der Kongress hatte sich gegen die Finanzierung nie gesträubt und wusste nur ganz allgemein, was vorging: das Ermächtigungsgesetz hatte den Titel »Gesetz zur Schaffung ergänzender Raumforschungseinrichtungen nach dem Ermessen des Präsidenten« getragen.

»Mr. President«, sagte General Scanyon, »Commander Hartnett würde Ihnen gerne einige Fähigkeiten seiner Prothesen vorführen. Gewichtheben, Hochsprung, was Sie wünschen.«

»Ach, für einen Tag hat er genug gearbeitet«, sagte der Präsident lächelnd.

»Gut. Dann machen wir weiter, Sir.« Er sprach leise in das Kommunikatormikrofon und wandte sich dann wieder dem Präsidenten zu. »Der heutige Versuch sieht vor, unter Einsatzbedingungen einen Kurzschluss im Kommunikationsgerät aufzuspüren und zu beheben. Wir veranschlagen sieben Minuten für die Aufgabe. Eine Gruppe unserer Werkstatttechniker, in ihren Werkstätten mit allen verfügbaren Werkzeugen, kam auf einen Durchschnitt von etwa fünf Minuten, und wenn Commander Hartnett es in der Bestzeit schafft, ist das ein recht schlüssiger Beweis für gute motorische Steuerung.«

»Ja, das ist mir klar«, sagte der Präsident. »Was macht er jetzt?«

»Er wartet, Sir. Wir steigern ihn auf hundertfünfzig Millibar, damit er etwas leichter hören und reden kann.«

»Ich dachte, Sie hätten Geräte, um mit ihm im absoluten Vakuum zu sprechen«, sagte der Präsident.

»Nun... äh... ja, Sir, das ist richtig. Damit hatten wir einige Schwierigkeiten. Im Augenblick ist unsere Hauptverständigungsanlage bei Marsnormbedingungen visuell, aber wir rechnen damit, dass das Sprechsystem in Kürze funktioniert.«

»Ja, das hoffe ich«, sagte der Präsident.

Auf Höhe des Tanks, dreißig Meter unter dem Raum, in dem sie sich befanden, reagierte ein graduierter Student, der als Laborassistent tätig war, auf ein Signal und öffnete ein Ventil – nicht für die äußere Atmosphäre, sondern für die Tanks von Marsnormgas, das im Druckbecken fertig gemischt bereitstand. Stufenweise steigerte sich der Druck zu einem dünnen, anschwellenden Pfeifen. Das Anheben des Drucks auf 150 Millibar trug zu einem besseren Funktionieren Hartnetts nichts bei. Sein umkonstruierter Körper beachtete die meisten Umweltfaktoren nicht. Er vermochte gleichermaßen gut arktische Winde, absolutes Vakuum oder einen heißen Tag am Erdäquator mit einem Luftdruck von 1080 Millibar und 100 Prozent Luftfeuchtigkeit zu ertragen. Das eine war so behaglich für ihn wie das andere. Oder so unbehaglich, denn Hartnett berichtete, dass sein neuer Körper schmerzte, zwickte und scheuerte. Man hätte ebenso gut die Ventile öffnen und die Außenluft hineinlassen können, aber dann hätte man sie für den nächsten Versuch nur wieder abpumpen müssen.

Endlich hörte der Pfeifton auf, und sie hörten die Stimme des Cyborgs. Sie klang puppenschrill.

»Donkessschön. Losssst essss dabei, jo?« Der niedrige Druck verzerrte seine Aussprache, zumal da er nicht länger über eine richtige Luftröhre nebst Kehlkopf verfügte. Nach einem Monat als Cyborg wurde ihm das Sprechen fremd, denn er war ohnehin dabei, die Gewohnheit des Atmens abzulegen.

Der Laborfachmann für das Visiosystem hinter Roger sagte düster: »Sie wissen, dass diese Augen plötzlichen Druckveränderungen nicht standhalten. Geschieht ihnen recht, wenn eines platzt.« Roger zuckte zusammen, mit dem eingebildeten Schmerz eines facettierten Kristallaugapfels, der in seiner Höhlung zersprang. Seine Frau lachte.

»Setzen Sie sich, Brad«, sagte sie und löste sich von Rogers Arm. Roger machte zerstreut Platz und starrte auf die Schirmwand. Die den Takt angebende Stimme sagte: »Beim letzten Zeichen. Fünf. Vier. Drei. Zwei. Eins. Ab!«

Der Cyborg kauerte plump über der Zugangsklappe eines schwarzen Metallkanisters. Ohne Hast schob er einen klingendünnen Schraubenzieher in einen fast unsichtbaren Schlitz, vollführte exakt eine Viertelumdrehung, wiederholte die Bewegung an einer anderen Stelle und hob die Klappe ab. Die dicken Finger sortierten sorgfältig die bunten Spaghetti der Innenverkabelung, fanden eine verkohlte, rot-weiß gestreifte Litze, lösten sie heraus, verkürzten sie, um die verbrannte Isolierung zu entfernen, schälten sie ab, indem sie einfach zwischen den Nägeln durchgezogen wurde, und hielten sie an einen Anschluss. Der längste Teil des Eingriffs bestand darin, auf das Erhitzen des Schmelzeisens zu warten; das dauerte über eine Minute. Dann war die Verbindung gelötet, die Kabel wurden hineingestopft, die Klappe aufgeschraubt, und der Cyborg stand auf.

»Sechs Minuten, elf Komma vier Sekunden«, meldete die Zählstimme.

Der Projektdirektor führte den Applaus an. Dann stand er auf und hielt eine kurze Ansprache. Er erklärte dem Präsidenten, der Zweck des Projekts Mensch Plus bestehe darin, einen menschlichen Körper so zu verändern, dass er auf der Marsoberfläche ebenso leicht und ungefährdet überleben könne, wie ein normaler Mensch durch ein Weizenfeld in Kansas gehe. Er gab einen Überblick über das bemannte Weltraumprogramm vom Suborbitalflug über Raumstation und Fernsonde. Er führte einige bedeutsame Marsdaten auf: Landfläche tatsächlich größer als die der Erde, trotz des kleineren Durchmessers, weil es keine Meere gab, die Oberfläche entzogen. Temperaturbereich geeignet für Leben – entsprechend verändert, gewiss. Potenzieller Reichtum unschätzbar. Der Präsident lauschte aufmerksam, obwohl er sicher jedes Wort bereits kannte.

Am Ende sagte er: »Danke, General Scanyon. Lassen Sie mich nur eines sagen.« Er stieg behände auf das Podium und lächelte nachdenklich auf die Wissenschaftler hinunter. »Als ich ein kleiner Junge war«, begann er, »war die Welt einfacher. Das große Problem war, wie man den erstehenden freien Nationen der Erde helfen konnte, sich der Gemeinschaft zivilisierter Länder anzuschließen. Das war die Zeit des Eisernen Vorhangs. Sie standen auf ihrer Seite, eingesperrt, in Quarantäne. Und wir anderen alle auf der unseren.

Nun«, fuhr er fort, »das hat sich geändert. Die freie Welt hat schlimme Zeiten erlebt. Was trifft man an, wenn man einmal unseren eigenen nordamerikanischen Kontinent verlässt? Wo man hinsieht, kollektivistische Diktaturen, ausgenommen ein, zwei Länder wie Schweden und Israel. Ich bin nicht hier, um alte Geschichte aufzuwärmen. Was geschehen ist, ist geschehen, und es hat keinen Sinn, irgendjemand zu beschuldigen. Jedermann weiß, wer China verloren und Kuba der anderen Seite gegeben hat. Wir wissen, welche Regierung England und Pakistan aufgab. Über diese Dinge brauchen wir nicht zu sprechen. Wir blicken nur in die Zukunft.

Und ich sage Ihnen, meine Damen und Herren«, erklärte er feierlich, »die Zukunft der freien Menschheit liegt bei Ihnen. Vielleicht haben wir hier auf unserem eigenen Planeten einige Rückschläge erlitten. Das ist vorbei und erledigt. Wir können hinausblicken in den Weltraum. Und was sehen wir, wenn wir dort hinausblicken? Wir sehen eine zweite Erde. Den Planeten Mars. Wie der verdienstvolle Direktor Ihres Projekts, General Scanyon, eben sagte, es ist ein größerer Planet als der, auf dem wir geboren wurden, in den Beziehungen, auf die es ankommt. Und er kann unser sein.

Da liegt die Zukunft der Freiheit, und es hängt von Ihnen ab, sie uns zu geben. Ich weiß, dass Sie es tun werden. Ich zähle auf jeden Einzelnen von Ihnen.« Er schaute sich nachdenklich im Raum um und erwiderte jeden Blick. Das alte Dash-Charisma machte sich überall geltend. Dann lächelte er plötzlich, sagte: »Ich danke Ihnen«, und war in einer Woge von Secret-Service-Leuten verschwunden.

3

Ein Mensch wird Marsianer

Früher einmal sah der Mars wie eine zweite Erde aus. Der Astronom Giovanni Schiaparelli, der bei der berühmten Konjunktion von 1877 in Mailand durch sein Teleskop blickte, sah, was er für Rinnen hielt, bezeichnete sie als »Canali«, und die Hälfte der des Lesens und Schreibens kundigen Bevölkerung der Erde verstand »Kanäle«. Einschließlich nahezu fast aller Astronomen, die ihre Teleskope sofort in dieselbe Richtung drehten und noch mehr entdeckten.

Kanäle? Dann mussten sie zu einem bestimmten Zweck gegraben worden sein. Zu welchem? Um Wasser aufzunehmen – es gab keine andere Erklärung, mit der die Tatsachen zu retten waren.

Die Logik der Schlussfolgerung war bestechend, und bis zur Jahrhundertwende gab es auf der Welt kaum noch einen Zweifler. Man nahm als überlieferte Kunde hin, dass der Mars eine ältere, weisere Kultur trug als unsere eigene. Wenn wir nur auf irgendeine Weise mit ihr sprechen könnten, welche Wunder würden wir erfahren! Percival Lowell sinnierte vor einem Skizzenblock und lieferte einen ersten Versuch. Zeichnet große euklidische Formen in die Sahara, sagte er. Legt sie mit Reisig aus, oder hebt sie als Gräben aus, und füllt sie mit Petroleum. Und in einer mondlosen Nacht, wenn der Mars hoch am afrikanischen Himmel steht, dann zündet sie an. Die fremden Marsianeraugen, die er fest an ihre fremden Marsteleskope geheftet glaubte, würden das sehen. Sie würden die Quadrate und Dreiecke erkennen. Sie würden begreifen, dass Verständigung erwünscht war, und aus ihrer älteren Weisheit einen Weg finden zu antworten.

Nicht jeder glaubte so viel und so fest wie Lowell. Manche sagten, der Mars sei zu klein und zu kalt, um je eine in großem Maß intelligente Spezies zu beherbergen. Kanäle graben? O ja, das sei eine schlichte, bäuerliche Fähigkeit, und einer Spezies, die am Verdursten war, mochte es wohl gelingen, Gräben zu schürfen, selbst riesige Gräben, die über den interplanetarischen Raum hinweg sichtbar waren, um am Leben zu bleiben. Aber im Übrigen sei die Umwelt einfach zu unwirtlich. Eine dort lebende Spezies würde den Inuit gleichen und wäre für immer an der Schwelle zur Zivilisation festgebannt, weil die Welt außerhalb ihrer Eishütten zu feindselig war, um ihnen Muße zu gestatten, in der man abstraktes Denken lernen konnte. Wenn unsere Teleskope fähig sein würden, das einzelne Marsianergesicht zu erkennen, würden wir zweifellos nur eine vertierte Maske sehen, stumpf und betäubt, dem Ochsen ein Bruder; fähig, Ackerboden zu bewegen und Pflanzen abzubauen, ja, aber nicht ein Leben des Geistes zu erstreben.

Aber weise oder vertiert, Marsianer gab es – oder so dachten die informiertesten Hirne der damaligen Zeit.

Dann wurden bessere Teleskope gebaut, und man fand bessere Methoden zu verstehen, was sie zeigten. Zu Linse und Spiegel kamen Spektroskop und Kamera. In Blick und Fassungsvermögen der Astronomen rückte der Mars mit jedem Tag ein Stück näher. Während das Bild des Planeten selbst schärfer und klarer wurde, begann mit jedem Schritt die Vision von angeblichen Bewohnern undeutlicher und unwirklicher zu werden. Es gab zu wenig Wasser. Es war zu kalt. Die Kanäle zerfielen bei besserer Auflösung zu unregelmäßigen Flecken von Oberflächenmerkmalen. Die Städte, die ihre Knotenpunkte markieren sollten, waren nicht da.

Bis zur Zeit der ersten *Mariner*-Vorbeiflüge waren die Marsianer, die außer in der Fantasie menschlicher Wesen nie gelebt hatten, unwiderruflich tot.

Es hatte immer noch den Anschein, als könnte Leben existieren, vielleicht niedere Pflanzen, sogar primitive Amphibien. Aber nichts Menschenartiges. Auf der Marsoberfläche konnte ein Luft atmendes, auf Wasser basiertes Wesen wie ein Mensch keine Viertelstunde überleben.

Was seinen Tod am schnellsten herbeiführen würde, war der Mangel an Luft. Sein Tod würde nicht von schlichtem Ersticken bestimmt sein. Dafür würde er nicht lange genug leben. Bei dem 10-Millibar-Luftdruck auf der Marsoberfläche würde sein Blut verkochen, und er würde qualvoll an etwas der Taucherkrankheit Vergleichbarem sterben. Wenn er das auf irgendeine Weise überlebte, würde er an mangelnder Atemluft sterben. Wenn er beides überstand – mit Luftvorrat auf dem Rücken und einer Gesichtsmaske, versorgt mit einem Gasgemisch, das keinen Stickstoff enthielt, bei einem Druckbereich zwischen Erd- und Marsnorm –, würde er trotzdem sterben. Er würde sterben, weil er unabgeschirmt der Sonnenstrahlung ausgesetzt war. Er würde an den Extremen der Marstemperatur sterben – im besten Fall ein lauwarmer Frühlingstag, im schlimmsten kälter als die antarktische Polarnacht. Er würde an Durst sterben. Und wenn er auf irgendeine Weise all das überlebte, würde er langsam, aber ganz sicher verhungern, weil es nirgends auf der Marsoberfläche irgendetwas gab, das ein menschliches Wesen essen konnte.

Aber es gibt eine andere Art von Argument, das den aus objektiven Tatsachen gezogenen Schlussfolgerungen widerspricht. Der Mensch ist durch objektive Tatsachen nicht gebunden. Wenn sie ihm lästig werden, verändert oder umgeht er sie.

Der Mensch kann auf dem Mars nicht überleben. In der Antarktis kann er das auch nicht. Aber er tut es.

Der Mensch überlebt an Orten, wo er sterben müsste, indem er eine freundlichere Umwelt mitbringt. Er trägt bei sich, was er braucht. Seine erste Erfindung auf diesem Gebiet war die Kleidung, seine zweite lagerfähige Nahrung wie getrocknetes Fleisch und Korn, seine dritte das Feuer. Seine neueste die ganze Serie von Geräten und Systemen, die ihm Zugang zum Meeresgrund und zum Weltraum verschafften.

Der erste fremde Planet, auf dem Menschen standen, war der Mond. Er war noch feindseliger als der Mars, da es die lebenswichtigen Vorräte, von denen der Mars sehr wenig besaß – Luft, Wasser und Nahrung –, auf dem Mond überhaupt nicht gab. Aber schon in den Sechzigerjahren des zwanzigsten Jahrhunderts besuchten Menschen den Mond und brachten Luft und Wasser und alles andere, was sie brauchten, in Lebenserhaltungssystemen an ihren Raumanzügen oder in ihren Landekapseln mit. Von da an war es keine Kunst, die Systeme größer herzustellen. Es war wegen der Größenordnung nicht leicht, aber im Grunde nur eine glatte Maßstabverschiebung, bis hin zu halbpermanenten und von Autarkie nicht weit entfernten Kolonien mit in sich geschlossenem Kreislauf. Das erste Problem des Nachschubs war rein logistisch. Für jeden Mann brauchte man tonnenweise Nachschub; für jedes Pfund Fracht, das in den Weltraum geschossen wurde, musste man Treibstoff und Maschinen für eine Million Dollar aufwenden. Aber machen konnte man es.

Der Mars ist mehrere Größenordnungen weiter entfernt. Der Mond umkreist die Erde in einem Abstand von nur 384000 Kilometern. An seinem erdnächsten Punkt, den er in einem Jahrhundert nur ein paarmal erreicht, ist der Mars über hundertmal so weit entfernt.

Der Mars ist nicht nur weit von der Erde weg, sondern auch weiter von der Sonne entfernt. Während der Mond pro Quadratzentimeter so viel Energie erhält wie die Erde, gelang auf den Mars nach dem Gesetz des umgekehrten Quadrats der Entfernung nur die Hälfte davon.

Von irgendeinem Punkt der Erde aus kann jeden Tag zu jeder Stunde eine Rakete zum Mond geschickt werden. Aber Mars und Erde umkreisen einander nicht; beide umkreisen die Sonne, und da sie das mit unterschiedlicher Geschwindigkeit tun, sind sie manchmal sehr nah und manchmal sehr weit voneinander entfernt. Nur wenn sie ihren geringsten Abstand zueinander haben, kann man von dem einen sinnvoll eine Rakete zum anderen schicken, und das kommt alle zwei Jahre nur einmal vor, einen Monat und einige Wochen lang.

Selbst die Faktoren im Aufbau des Mars, die ihn erdähnlich machen, arbeiten dagegen, dort eine Kolonie zu erhalten. Er ist größer als der Mond, und seine Schwerkraft entspricht dadurch eher jener der Erde, aber weil er größer ist und stärker anzieht, braucht eine Rakete mehr Treibstoff, um dort zu landen, und mehr Treibstoff, um wieder zu starten.

Alles läuft darauf hinaus, dass eine Kolonie auf dem Mond von der Erde versorgt werden kann. Eine Kolonie auf dem Mars nicht.

Jedenfalls keine Kolonie menschlicher Wesen.

Aber was ist, wenn man ein menschliches Wesen umgestaltet?

Angenommen, man nimmt die übliche menschliche Struktur und verändert einiges an der wahlweisen Ausstattung. Auf dem Mars gibt es nichts zu atmen. Man nehme also die Lungen aus dem menschlichen Körper und ersetze sie durch mikrominiaturisierte Sauerstoffregenerationssysteme in Gestalt von katalytischen

Crackanlagen. Dazu braucht man Energie, aber Energie strömt von der fernen Sonne herab.

Das Blut in einem gewöhnlichen menschlichen Körper würde kochen; gut, weg mit dem Blut, jedenfalls aus den Extremitäten und den Oberflächenbereichen – man baue Arme und Beine, die von Motoren bedient werden, statt von Muskeln – und reserviere den Blutvorrat nur für das warme, geschützte Gehirn. Ein normaler menschlicher Körper braucht Nahrung, aber wenn die Hauptmuskulatur durch Maschinen ersetzt ist, verringert sich der Nahrungsbedarf. Nur das Gehirn muss in jeder Minute versorgt werden, und zum Glück ist das Gehirn hinsichtlich des Energiebedarfs das genügsamste aller menschlichen Attribute. Eine Scheibe Toast am Tag genügt.

Wasser? Es ist nicht mehr notwendig, außer für technische Verluste – so, wie man alle paar Tausend Meilen bei einem Auto Bremsflüssigkeit nachfüllen muss. Sobald der Körper ein geschlossenes System geworden ist, braucht im Zyklus von Trinken, Zirkulieren, Ausscheiden oder Schwitzen kein Wasser mehr durchgeschleust zu werden.

Strahlung? Ein zweischneidiges Problem. Es gibt zu unvorhersehbaren Zeiten Sonneneruptionen, und dann ergießt sich selbst auf dem Mars zu viel davon, als dass man sie verkraften könnte; der Körper muss deshalb mit einer künstlichen Haut umkleidet werden. Die übrige Zeit kommt nur das normale sichtbare und ultraviolette Licht der Sonne herab. Es genügt nicht, um Wärme auf Dauer festzuhalten, und reicht nicht einmal ganz für gute Sicht; es muss also mehr Oberfläche zur Energiegewinnung geschaffen werden – daher die großen, fledermausohrartigen Rezeptoren an dem Cyborg –, und um die Sehfähigkeit auf das höchstmögliche Maß zu steigern, werden die Augen durch mechanische Strukturen ersetzt.

Wenn man dies alles mit einem menschlichen Wesen macht, ist das, was dabei herauskommt, eigentlich kein menschliches Wesen mehr. Es ist ein Mensch plus beträchtlicher Elemente maschineller Art.

Der Mensch ist zu einem kybernetischen Organismus geworden: zu einem Cyborg.

Der erste Mensch, der zu einem Cyborg gemacht wurde, war vermutlich Will Hartnett. Es gab Zweifel. Hartnäckige Gerüchte sprachen von einem Experiment der chinesischen Kommunisten, das für eine Weile erfolgreich gewesen und dann gescheitert war. Aber es war ziemlich eindeutig, dass Hartnett zumindest der zu diesem Zeitpunkt einzig Lebende war. Er war auf die gewöhnliche menschliche Weise geboren worden und hatte die gewöhnliche menschliche Gestalt siebenunddreißig Jahre lang getragen. Erst in den letzten achtzehn Monaten hatte er angefangen, sich zu verändern.

Zuerst waren die Veränderungen geringfügig und zeitweilig gewesen.

Sein Herz wurde nicht entfernt. Es wurde nur ab und zu durch einen schnellen Weichplastik-Schrittmacher umgangen, den er jeweils eine Woche lang, auf eine Schulter geschnallt, trug.

Seine Augen wurden auch nicht entfernt... damals noch nicht. Sie wurden nur mit einer Art selbstklebender Augenbinde verschlossen, während er übte, die verwirrenden Formen der Welt zu erkennen, wie sie ihm mit einer schrill surrenden elektronischen Kamera gezeigt wurden, die chirurgisch mit seinem Sehnerv verbunden war.

Man prüfte die getrennten Systeme, die ihn zum Marsbewohner machen sollten, eines nach dem anderen. Erst als jedes Bauteil geprüft und angepasst und für funktionsfähig befunden worden war, hatte man die ersten dauerhaften Veränderungen vorgenommen.

Sie waren nicht *wirklich* dauerhaft. Das war ein Versprechen, an das Hartnett sich klammerte. Die Chirurgen hatten es Hartnett gegeben, und Hartnett hatte es seiner Frau gegenüber wiederholt. Alle Veränderungen konnten und würden rückgängig gemacht werden. Wenn die Mission vorbei und er sicher zurückgekehrt war, würde man die Maschinenteile entfernen und wieder durch weiches, menschliches Gewebe ersetzen, und es würde ihm seine rein menschliche Gestalt wiedergegeben werden.

Es würde nicht genau die Gestalt sein, die er vorher gehabt hatte, das wusste er. Man konnte seine eigenen Organe und sein Gewebe nicht konservieren. Man konnte sie nur durch Entsprechungen ersetzen. Organverpflanzungen und kosmetische Chirurgie würden alles Machbare leisten, um dafür zu sorgen, dass er sich wieder ähnlich sah, aber es bestand nur geringe Aussicht, dass er je wieder mit seinem alten Passfoto würde reisen können.

Das störte ihn nicht besonders. Er hatte sich nie für einen gut aussehenden Mann gehalten. Er begnügte sich mit dem Wissen, dass er wieder menschliche Augen haben würde – natürlich nicht seine eigenen. Aber die Ärzte hatten versprochen, dass sie blau sein würden und dass wieder Lider und Wimpern sie bedecken sollten, und mit etwas Glück, meinten sie, könnten die Augen sogar weinen. (Vor Freude, sah er voraus.) Sein Herz würde wieder ein Muskel von Faustgröße sein. Es würde rotes Menschenblut durch den ganzen Körper, in alle Gliedmaßen pumpen. Seine Lungenmuskeln würden Luft in seinen Brustkorb befördern, und dort würden natürliche menschliche Alveolen Sauerstoff aufnehmen und CO_2 abgeben. Die großen Fotorezeptor-Fledermaus-ohren (die solche Probleme aufwarfen, weil ihre Trag-kraft den Anforderungen der Marsschwerkraft, nicht aber jenen der Erde entsprach, sodass sie dauernd ent-fernt und in die Werkstatt zurückgebracht wurden) wür-den abmontiert werden und verschwinden. Die Haut, die so schmerzhaft hergestellt und ihm angepasst wor-den war, würde ebenso schmerzhaft wieder abgelöst und durch menschliche Haut ersetzt werden, die schwitzte und Haarwuchs hervorbrachte. (Seine eigene Haut war unter der eng anliegenden künstlichen Ummantelung noch da, aber er rechnete nicht damit, dass sie das Expe-riment überstehen würde. Sie musste während der Zeit, in der sie unter dem Kunstfell verborgen war, daran ge-hindert werden, ihre normalen Funktionen auszuüben. Fast mit Gewissheit würde sie ihre Fähigkeit dazu verlo-ren haben und ersetzt werden müssen.)

Hartnetts Frau hatte ihm ein Versprechen abgenommen. Er hatte schwören müssen, dass er, solange er die Schreckmaske des Cyborgs trug, sich von seinen Kindern fernhalten würde. Zum Glück waren die Kinder klein genug, um folgsam zu sein, und Lehrer, Freunde, Nachbarn, Eltern von Schulkameraden und andere waren mit Andeutungen von Dschungelfäule und Hautkrankheiten zur Mitarbeit bewogen worden. Man hatte Neugier gezeigt, aber die Geschichte tat ihre Wirkung, und niemand hatte Terrys Vater gedrängt, zu einem Elternabend zu kommen, oder Brendas Mann, an einem Gartengrillfest teilzunehmen.

Brenda Hartnett selbst hatte versucht, ihren Mann nicht zu sehen, aber auf die Dauer war die Angst von der Neugier verdrängt worden. Sie hatte sich eines Tages, während Will einen Koordinationsversuch unternahm, mit einer Schüssel Wasser auf der Lenkstange auf einem Fahrrad im rötlichen Sand herumfahrend, in den Tank-Raum geschmuggelt. Don Kayman war bei ihr geblieben und hatte erwartet, dass sie ohnmächtig würde, schreien oder sich vielleicht übergeben würde. Sie tat nichts davon und überraschte sich selbst so sehr wie den Geistlichen. Der Cyborg glich zu sehr einer Gestalt aus einem japanischen Horrorfilm, als dass man ihn hätte ernst nehmen können. Erst an diesem Abend brachte sie das fledermausohrige, kristalläugige Wesen auf dem Fahrrad mit dem Vater ihrer Kinder in Verbindung. Am nächsten Tag ging sie zum medizinischen Leiter des Projekts und erklärte, Will müsse inzwischen ausgehungert nach Sex sein und sie sehe nicht ein, weshalb sie ihm nicht dienen könne. Der Arzt musste ihr klarmachen, was Will nicht fähig gewesen war, über die Lippen zu bringen, nämlich, dass man diese Funktionen als überflüssig betrachten müsse, weshalb sie vorübergehend ... äh ... unterbrochen seien.

Inzwischen rackerte sich der Cyborg mit seinen Tests ab und wartete auf die nächste Rate Schmerzen.

Seine Welt bestand aus drei Teilen. Der erste Teil war eine Flucht von Zimmern mit einem Luftdruck, wie er einer Höhe von etwa zweieinhalbtausend Metern entsprach, sodass das Projektpersonal nur mit geringer Beeinträchtigung ein und aus gehen konnte, wenn es sein musste. Dort schlief er auch, wenn er konnte, und aß das wenige, das er bekam. Er hatte immer Hunger, immer. Der zweite Teil war der Marsnormtank, in dem er seine Gymnastik betrieb und seine Tests ausführte, damit die Architekten seines neuen Körpers ihr Geschöpf bei der Arbeit beobachten konnten. Und der dritte Teil war eine Niederdruckkammer auf Rädern, die ihn von seinen Privaträumen zu seiner öffentlichen Testmanege oder dorthin rollte, wo er, selten genug, sonst hinmusste.

Der Marsnormtank glich einem Zookäfig, in dem er fortwährend zur Schau gestellt wurde. Der rollende Behälter bot nichts als einen Warteraum, um anderswohin befördert zu werden.

Es war nur die kleine Zweizimmersuite, offiziell sein zu Hause, die ihm so etwas wie Behaglichkeit bot. Dort hatte er sein Fernsehgerät, seine Stereoanlage, sein Telefon, seine Bücher. Manchmal besuchte ihn

einer der graduierten Studenten oder ein Astronauten-
kollege, spielte Schach oder versuchte ein Gespräch zu
führen, während ihre Brustkörbe sich mühten und die
Lunge bei einem Druck wie in 2500 Meter Höhe ver-
geblich pumpte. Auf diese Besuche freute er sich und
versuchte, sie zu verlängern. Wenn niemand bei ihm
war, musste er sich mit sich selbst beschäftigen. Ab und
zu las er. Manchmal saß er vor dem Fernseher, gleichgültig, was gerade gezeigt wurde. Meistens ruhte er
sich aus. So beschrieb er es seinen Aufsehern, und er
meinte damit, dass er lag oder stand und sein visuelles
System in Bereitschaft hatte. Das war, als schließe man
die Augen, bleibe aber wach. Ein Licht, das hell genug
war, registrierten seine Sinne, wie bei einem Schläfer
mit geschlossenen Augen; ein Geräusch machte sich
sofort bemerkbar. Zu diesen Zeiten arbeitete sein Gehirn fieberhaft, zauberte Gedanken an Sex, Essen, Eifersucht, Sex, Zorn, Kinder, Heimweh, Liebe hervor ... bis
er um Abhilfe flehte und einen Kurs in Selbsthypnose
absolvieren durfte, sodass er sein Gemüt leerwaschen
konnte. Danach tat er im Ruhezustand fast nichts, was
bewusst gewesen wäre, während sein Nervensystem
sich auf die nächsten Schmerzempfindungen vorbereitete und sein Gehirn die Sekunden zählte, bis sein Flug
vorbei sein und er seinen normalen Menschenkörper
wiederbekommen würde.

Es waren viele solcher Sekunden. Er hatte sie oft
genug nachgerechnet. Sieben Monate in einer Bahn
zum Mars. Sieben Monate für die Rückkehr. An beiden Enden einige Wochen, vorbereiten für den Start

und dann alles abwickeln, bevor der Prozess begann, ihm seinen eigenen Körper wiederzugeben. Ein paar Monate – niemand wollte ihm genau sagen, wie viele – für die Operationen und das Einheilen der restaurierten Teile.

Die Anzahl von Sekunden, soweit er sie schätzen konnte, betrug um die fünfundvierzig Millionen. Plus oder minus bis zu zehn Millionen. Er spürte, wie jede einzelne herankam, verweilte und zögernd verstrich.

Die Psychologen hatten versucht, das alles zu vermeiden, indem sie jeden Augenblick für ihn vorausplanten. Er wies die Pläne zurück. Sie versuchten ihn mit raffinierten Tests und Strukturprüfungen zu verstehen. Er ließ sie bohren, behielt aber innerlich eine private Zitadelle für sich, in die er sie nicht eindringen lassen wollte. Hartnett hatte sich selbst nie für einen nach innen gerichteten Menschen gehalten; er wusste, dass er über wenig Tiefe verfügte und ein unkontrolliertes Leben führte. Das gefiel ihm so. Aber nun, da er nichts mehr hatte als das Innere seines Gemüts, schützte er es.

Manchmal wünschte er sich zu wissen, wie er sein Leben analysieren sollte. Er wünschte sich, seine Gründe dafür verstehen zu können, dass er tat, was er tat.

Weshalb hatte er sich für diese Mission gemeldet? Manchmal versuchte er sich zu erinnern und sagte sich dann, dass er es nie gewusst hatte. Lag es daran, dass die freie Welt den Lebensraum auf dem Mars brauchte? Daran, dass er den Ruhm einheimsen wollte, der erste

Marsbewohner zu sein? Am Geld? An den Stipendien und Vergünstigungen für die Kinder, die das bedeuten würde? Um Brenda dazu zu bringen, dass sie ihn liebte?

Wahrscheinlich lag es irgendwo zwischen diesen Gründen, aber er konnte sich nicht erinnern. Falls er es je gewusst hatte.

Auf jeden Fall gab es kein Zurück. Das eine, was wirklich für ihn feststand, war, dass er nicht mehr aussteigen konnte.

Er würde alles an brutaler, sadistischer Folterung hinnehmen, die sie seinem Körper zugedacht hatten. Er würde in das Raumschiff steigen, das ihn zum Mars bringen sollte. Er würde die sieben endlosen Monate in der Umlaufbahn ertragen. Er würde auf der Oberfläche landen, forschen, Gebietsansprüche abstecken, Proben nehmen, fotografieren, testen. Er würde wieder von der Marsoberfläche aufsteigen, den siebenmonatigen Rückflug auf irgendeine Weise überstehen und ihnen alles verraten, was sie wissen wollten. Er würde die Orden und den Beifall und die Vortragsreisen und die Fernsehinterviews und die Buchverträge entgegennehmen.

Und dann würde er sich den Chirurgen stellen, um wieder so zusammengefügt zu werden, wie er sein sollte.

Zu all diesen Dingen hatte er sich entschlossen, und er war überzeugt davon, dass er sie wirklich ausführen würde.

In seinem Innern gab es nur eine einzige Frage, für die er noch keine Antwort gefunden hatte. Sie hing zusammen mit einer Möglichkeit, die zu akzeptieren er nicht bereit war. Als er sich freiwillig für das Programm gemeldet hatte, war ihm ganz offen und freimütig erklärt worden, dass die medizinischen Probleme vielschichtig und nicht völlig geklärt seien. Man würde an ihm lernen müssen, sie zu bewältigen. Es bestehe die Möglichkeit, dass manche Lösungen schwer zu finden oder falsch sein würden. Es könne sein, dass es – nun ja – schwer sein mochte, ihm seine eigene Gestalt zurückzugeben. Man erklärte ihm das gleich zu Anfang ganz deutlich und dann nie wieder.

Aber er erinnerte sich. Das Problem, das er nicht gelöst hatte, war, was er tun würde, wenn man, sobald das ganze Unternehmen vorbei war, ihn aus irgendeinem Grund nicht gleich zusammenfügen konnte. Was er nicht zu entscheiden vermochte, war, ob er sich dann ganz einfach umbringen oder gleichzeitig so viele seiner Freunde, Vorgesetzten und Kollegen wie möglich töten sollte.

4

Eine Gruppe potenzieller Sargträger

Als Roger Torraway, Colonel a. D. USAF, B. A., M. A., Dr. rer. nat. e. h., am Morgen erwachte, beendete die Nachtschicht die Überarbeitung der Fotorezeptoren des Cyborgs. Auf den Monitoren war, als sie zuletzt am Cyborg in Gebrauch gewesen waren, ein unerklärter Spannungsabfall angezeigt worden, aber die Überprüfung im Labor ergab nichts, und auch bei der Demontage war nichts gefunden worden. Sie waren nachweisbar in Ordnung.

Roger hatte schlecht geschlafen. Es war eine schreckliche Verantwortung, Wächter der letzten, verlorenen Hoffnung der Menschheit auf Freiheit und Anständigkeit zu sein. Er nahm alles, was der Präsident gesagt hatte, als bare Münze, obwohl er, Diplomat und Missionsleiter, Weltreisender, vertraut mit einem Dutzend Hauptstädten, in seinem Bewusstsein nicht wirklich glaubte, dass es diese freie Welt gab.

Er zog sich an, innerlich, wie gewohnt, beschäftigt, eine Dichotomie aufzulösen. Nehmen wir an, Dash meint es ernst, und die Besetzung des Mars bedeutet die

Rettung der Menschheit, dachte er. Können wir es schaffen? Er dachte an Will Hartnett – gut aussehend (oder gewesen, bevor die Prothesiologen ihn in die Hände bekommen hatten). Liebenswürdig. Geschickt mit den Händen. Aber auch eher ein Leichtgewicht, wenn man es genau nahm. Samstagabends zu sehr geneigt, im Club ein Glas zu viel zu trinken. Bei einer Party mit der Frau eines anderen Mannes allein in der Küche nicht vertrauenswürdig.

Er war kein Held, nach allen Maßstäben nicht, die Roger finden konnte. Aber wer war schon einer? Er ging die Liste der Ersatzleute für den Cyborg durch. Nummer eins, Vic Freibart, derzeit mit dem Vizepräsidenten unterwegs zu einer Rundreise und vorübergehend aus der Nachfolge ausgeschlossen. Nummer zwei, Carl Mazzini, in Krankenurlaub, bis das Bein heilte, das er sich am Mount Snow gebrochen hatte. Nummer drei: er selbst.

Sie hatten alle nichts Heldenhaftes an sich.

Er machte sich sein Frühstück, ohne Dorrie zu wecken, fuhr den Wagen heraus und ließ ihn tuckern, während er die Morgenzeitung holte, in die Garage warf und die Tür schloss. Sein Nachbar, der zu dem Sammelauto ging, das ihn mitnehmen sollte, hielt ihn auf. »Nachrichten schon gesehen? Dash war gestern Abend in der Stadt. Konferenz auf hoher Ebene.«

»Nein, ich habe heute früh den Fernseher nicht eingeschaltet«, sagte Roger automatisch. Aber ich habe Dash gesehen, dachte er, und könnte *dir* den Wind aus den Segeln nehmen. Es ärgerte ihn, das nicht aussprechen zu dürfen. Die Sicherheitsvorschriften gingen einem auf die Nerven. Die Hälfte seiner kürzlichen Schwierigkeiten mit Dorrie kamen nach seiner Überzeugung davon, dass sie bei den Plaudereien und Kaffeekränzchen mit den Ehefrauen der Nachbarn ihren Mann nur als ehemals aktiven Astronauten erwähnen durfte, der jetzt in der Verwaltung tätig sei. Selbst seine Auslandsreisen mussten heruntergespielt werden – verreist, Geschäfts-, Dienstreise, alles, nur nicht: Tja, *mein* Mann trifft diese Woche mit den Stabschefs der Luftwaffe von Basutoland zusammen. Sie hatte Widerstand geleistet. Sie leistete ihn immer noch oder beklagte sich zumindest oft genug bei Roger darüber. Aber soviel er wusste, hatte sie nicht gegen die Sicherheitsvorschriften verstoßen. Da man wusste, dass mindestens drei von den Ehefrauen dem Abwehroffizier des Labors Bericht erstatteten, hätte er unzweifelhaft davon erfahren.

Als Roger ins Auto stieg, fiel ihm ein, dass er Dorrie keinen Abschiedskuss gegeben hatte.

Er sagte sich, dass es nicht darauf ankäme. Sie würde nicht aufwachen und also nichts davon wissen; wenn sie ganz zufällig aufwachte, würde sie sich darüber beklagen, geweckt worden zu sein. Aber er verzichtete ungern auf ein Ritual. Während er darüber nachdachte, legte er jedoch den Gang ein und tippte seine Codenummer für das Labor; das Fahrzeug setzte sich in Bewegung. Er seufzte, schaltete das Fernsehgerät ein und sah sich auf dem ganzen Weg zur Arbeit die Today Show an.

Als P. Donnelly S. Kayman, A. B., M. A., Dr. phil., S. J., in der Marienkapelle von St. Jude's, drei Meilen entfernt, auf der anderen Seite von Tonka, die Messe zu zelebrieren begann, verschlang der Cyborg gierig das eine Mahl, das er an diesem Tag bekommen würde. Das Kauen fiel schwer, weil sein Zahnfleisch durch mangelnden Gebrauch wund war, und der Speichel schien nicht mehr so reichlich zu fließen wie früher. Aber der Cyborg aß mit Begeisterung, ohne an das Testprogramm für diesen Tag auch nur zu denken, und als er fertig war, starrte er traurig auf den Teller.

Don Kayman war einunddreißig Jahre alt und der maßgebendste Areologe der Welt (also Spezialist für den Planeten Mars) – jedenfalls in der freien Welt. (Kayman hätte eingeräumt, dass der alte Parnow am Schklowskij-Institut in Nowosibirsk auch das eine oder andere wusste.) Er war außerdem Jesuit. Er betrachtete sich nicht so, dass er zuerst eines und das andere mit dem Rest seiner Persönlichkeit gewesen wäre; seine Arbeit war Areologie, seine Person war das Priestertum. Exakt und mit Freude hob er die Hostie, trank den Wein, sagte das abschließende *Redempit,* schaute auf die Uhr und pfiff durch die Zähne. Er hatte Verspätung. Er legte das Messgewand in Rekordzeit ab. Er zielte mit einem Hieb auf den Chicano-Ministranten, der ihn angrinste und die Tür öffnete. Sie mochten einander; Kayman hoffte sogar, dass der Junge eines Tages auch Priester und Wissenschaftler zugleich werden könne.

In Sporthemd und langer Hose sprang Kayman in sein Coupé. Es war ein klassisches Fahrzeug. Räder statt Schwebeschürzen; man konnte es sogar abseits der Lenkstraßen fahren. Aber wohin konnte man da gelangen? Er wählte die Balors, schaltete die Hauptbatterien ein und schlug die Zeitung auf. Das kleine Fahrzeug schob sich ohne seine Aufmerksamkeit in die Autostraße, fand eine Lücke im Verkehr, füllte sie aus und trug ihn mit achtzig Meilen in der Stunde zu seiner Arbeit.

Die Nachrichten in der Zeitung waren, wie gewohnt, schlecht.

In Paris hatte die MFP erneut die Friedensgespräche von Chandrigar angegriffen. Israel hatte es abgelehnt, Kairo und Damaskus zu räumen. Das Kriegsrecht in New York, nun schon seit fünfzehn Monaten verhängt, hatte nicht verhindern können, dass eine Fahrzeugkolonne der 10. Gebirgsdivision, die der Garnison im Shea-Stadion Entsatz bringen sollte, in einen Hinterhalt geraten war; fünfzehn Soldaten waren gefallen, und der Konvoi war in die Bronx zurückgekehrt.

Kayman ließ bedrückt die Zeitung sinken. Er kippte den Rückspiegel, kurbelte die Seitenfenster hoch, um den Wind etwas abzulenken, und begann sein schulterlanges Haar zu bürsten. Fünfundzwanzigmal auf jeder Seite – es war für ihn beinahe ein solches Ritual wie die Messe. Er würde es an diesem Tag noch einmal bürsten, weil er zum Mittagessen eine Verabredung mit Schwester Clotilda hatte. Sie war bereits halb davon überzeugt, sich von bestimmten ihrer Gelübde dispensieren zu lassen, und Kayman wollte das Gespräch mit ihr so bald und so oft und so lang wie passend fortsetzen.

Da er eine geringere Entfernung zurückzulegen hatte, kam Kayman kurz nach Roger Torraway vor den Labors an. Sie stiegen aus, überließen ihre Fahrzeuge dem Parksystem und fuhren gemeinsam mit dem Lift zum Besprechungsraum hinauf.

Während sich Stellvertretender Direktor Gamble de Bell darauf vorbereitete, maßgebliches Personal bei der Morgenbesprechung aufzuputschen, war der Cyborg dreißig Meter weit entfernt und lag nackt mit dem Gesicht nach unten auf dem Bett. Auf dem Mars würde er nur Nahrung mit geringen unverdaulichen Resten bekommen, und auch davon nicht viel. Auf der Erde hielt man es für notwendig, seinen Ausscheidungsapparat wenigstens zur Mindestaktivität anzuhalten, trotz der Schwierigkeiten, die durch die Veränderungen von Haut und Metabolismus hervorgerufen wurden. Hartnett war froh um die Nahrung, aber die Einläufe hasste er.

Der Projektdirektor war General. Der wissenschaftliche Leiter war ein hervorragender Biophysiker, der bei Wilkins und Pauling gearbeitet hatte; vor zwanzig Jahren hatte er aufgehört, Wissenschaft zu betreiben, um Galionsfigur zu werden, weil sich das lohnte. Keiner von beiden hatte mit der eigentlichen Arbeit in den Labors viel zu tun, nur mit der Verbindung zwischen den tätigen Leuten und jenen schattenhaften Gestalten außerhalb, die am Geldschalter saßen.

Die Alltagsarbeit war Sache des stellvertretenden Direktors. Er hatte schon so früh am Morgen einen Stapel Aufzeichnungen und Berichte erhalten und gelesen.

»Bildzerhacker«, sagte er vom Pult aus, ohne aufzusehen. Das groteske Profil Will Hartnetts auf dem Monitor über ihm zerfiel zu einem Strohpuppenbündel von Linien, verwandelte sich zu Schnee, fügte sich wieder zusammen. (Nur der Kopf war sichtbar. Die Leute im Raum konnten nicht sehen, welche Demütigung Will zuteilwurde, obwohl die meisten es sehr wohl wussten. Das stand auf dem Tagesplan.) Das Bild war nicht mehr farbig. Es wirkte unschärfer und schwankte. Aber nun war es sicherheitskonform (auf die Gefahr hin, dass irgendein Spion die interne Fernsehleitung angezapft hatte), und bei der Wiedergabe Hartnetts spielte die Bildqualität schließlich nur eine sehr geringe Rolle.

»Also«, sagte de Bell rau, »ihr habt Dash gestern Abend gehört. Er ist nicht hergekommen, um eure Stimmen zu gewinnen, er will Ergebnisse sehen. Ich auch. Ich wünsche keine Versager mehr wie den Unfug mit den Fotorezeptoren.« Er blätterte um. »Morgen-Arbeitsbericht«, las er ab. »Commander Hartnetts Systeme funktionieren alle gut, mit drei Ausnahmen. Erstens reagiert das künstliche Herz nicht wunschgemäß auf anhaltende Bewegung bei niedrigen Temperaturen. Zweitens empfängt das CAV-System in Frequenzen oberhalb von mittlerem Blau schlecht – davon bin ich enttäuscht, Brad«, warf er ein und sah Alexander Bradley an, den Experten für die Wahrnehmungssysteme des Auges. »Sie wissen, dass wir auf UV-Bereich abstellen müssen. Drittens, Kommunikationsverbindungen. Wir mussten da gestern vor dem Präsidenten etwas eingestehen. Es hat ihm nicht gefallen, und *mir* gefällt es auch nicht. Das Kehlkopfmikrofon funktioniert nicht. Wir haben bei Marsnormdruck praktisch keine Sprechverbindung, und wenn wir keine Lösung finden, müssen wir zu rein optischen Systemen zurückkehren. Achtzehn Monate verpulvert.« Er schaute sich im Raum um und richtete den Blick auf den Herzspezialisten. »Also, was ist mit dem Kreislauf?«

»Es liegt an dem Wärmeaufbau«, sagte Fineman zu seiner Verteidigung. »Das Herz arbeitet perfekt. Soll ich es für unsinnige Bedingungen konstruieren? Das könnte ich, aber es wäre zweieinhalb Meter hoch. Regelt das mit dem Wärmegleichgewicht. Die Haut schließt sich bei niedrigen Temperaturen und überträgt nicht. Natürlich sinkt der Sauerstoffgehalt im Blut, und das Herz beschleunigt. Das soll es auch. Was wollen Sie? Im anderen Fall erleidet er einen Kollaps, und das Gehirn bekommt zu wenig Sauerstoff. Was machen Sie dann?«

Das Gesicht des Cyborgs schaute von der Wand ausdruckslos herab. Hartnett hatte die Stellung verändert (der Einlauf war vorbei, die Bettpfanne entfernt, er saß jetzt). Roger Torraway, nicht sehr an einer Diskussion interessiert, die sein Fachgebiet nicht betraf, blickte nachdenklich zum Cyborg hinauf. Er fragte sich, was der alte Will denken mochte, wenn er hörte, wie so über ihn geredet wurde. Roger hatte sich die Mühe gemacht, die privaten psychologischen Untersuchungen Hartnetts aus Neugierde in diesem Punkt anzufordern, aber sie waren nicht sehr aufschlussreich gewesen. Roger glaubte ziemlich genau zu wissen, weshalb. Sie alle waren so oft getestet und immer wieder getestet worden, dass sie beträchtliche Geschicklichkeit darin erworben hatten, Testfragen so zu beantworten, wie die Prüfer sie beantwortet haben wollten. Inzwischen mussten praktisch alle in den Labors sich so verhalten, entweder bewusst oder einfach durch einen angelernten Reflex. Sie wären großartige Pokerspieler, dachte er; lächelnd erinnerte er sich an Pokerabende mit Will. Er zwinkerte dem Cyborg verstohlen zu und reckte den Daumen in die Höhe. Hartnett reagierte nicht. An den rubinroten Facettenaugen war nicht zu erkennen, was er sah.

»...können wir die Haut nicht wieder verändern«, wandte der Körperdecken-Fachmann ein. »Das ist schon eine Gewichtsfrage. Wenn wir noch mehr Sensorenaktoren einbauen, wird er sich vorkommen, als hätte er dauernd einen Taucheranzug an.«

Überraschend ein Brummen vom Monitor. Der Cyborg meldete sich zu Wort.

»Wassss glaubt ührr, wie esss sssich jötzt anfiehlt?«

Einen Herzschlag lang Stille, als allen im Raum einfiel, dass sie über eine lebende Person sprachen. Dann erklärte der Hautfachmann beharrlich: »Umso mehr Anlass. Wir möchten es verfeinern, vereinfachen, etwas Gewicht wegbringen. Nicht noch komplizieren.«

Der stellvertretende Direktor hob die Hand.

»Ihr beiden setzt euch zusammen«, befahl er den Widersachern. »Erzählt mir nicht, was ihr nicht könnt – ich sage euch, was wir zu tun haben. Und jetzt Sie, Brad. Was ist mit der Sehstörung?«

»Unter Kontrolle«, sagte Alex Bradley munter. »Kann ich beheben. Aber hören Sie, Will, es tut mir leid, das gibt eine neue Einpflanzung. Ich weiß, woran es liegt. Am Netzhaut-Zwischensystem; es filtert die zusätzlichen Frequenzen. Das System ist in Ordnung, aber ...«

»Dann sorgen Sie dafür, dass es funktioniert«, sagte de Bell und schaute zur Uhr hinauf. »Und das Verständigungsproblem?«

»Sprechen Sie mit der Atmung«, sagte der Geräte-Mann. »Wenn sie uns etwas mehr gespeicherte Luft geben, bekommt Hartnett auch mehr Stimme. Die elektronischen Systeme arbeiten, es gibt nur nichts, was sie vermitteln könnten.«

»Unmöglich!«, schrie der Lungen-Fachmann. »Ihr habt uns nur noch einen halben Liter Raum gelassen! Das verbraucht er in zehn Minuten. Ich bin das hundertmal mit ihm durchgegangen, damit er das Speichern übt ...«

»Kann er nicht einfach flüstern?«, fragte de Bell. Als der Kommunikationsexperte Frequenzreaktionskurven herauszuziehen begann, fügte er hinzu: »Arbeitet das aus, ja? Bei allen anderen sieht es gut aus. Aber nicht nachlassen.« Er klappte die Plastikmappe mit den Notizen zu und gab sie seinem Assistenten. »Das wär's«, sagte er. »Und nun zum Wichtigsten.« Er wartete, bis es ruhig geworden war. »Der Grund für das Erscheinen des Präsidenten gestern Abend war der, dass ein Starttermin bestimmt worden ist. Freunde, die Uhr läuft.«

»Wann?«, rief eine Stimme.

»So bald wie möglich«, fuhr de Bell fort. »Wir müssen unsere Aufgabe zu Ende bringen – und zwar eindeutig. Bringt Hartnett auf Höchstleistung, damit er wirklich auf dem Mars leben kann – keine Rückkehr in die Werkstatt, wenn etwas schiefgeht – bis zum Startfenster nächsten Monat. Der Start ist vorgesehen für den zwölften November, acht Uhr früh. Damit haben wir noch dreiundvierzig Tage, zweiundzwanzig Stunden und einige Minuten. Nicht mehr.«

Sekundenlang blieb es still, dann redete alles durcheinander. Selbst der Ausdruck des Cyborggesichts veränderte sich, wenngleich niemand hätte sagen können, in welche Richtung.

»Das ist nur der erste Teil«, fuhr der stellvertretende Direktor fort. »Das Datum ist festgesetzt, es kann nicht geändert werden, wir müssen es einhalten. Jetzt möchte ich euch sagen, warum. Licht aus, bitte.«

Die Beleuchtung wurde dunkel, und der Vertreter des Vertreters warf, ohne auf ein Zeichen zu warten, ein Dia auf die Rückwand des Raums, wo alle es sehen konnten, selbst der Cyborg in seiner Zelle. Es zeigte eine Karte mit Kreuzschraffierung, auf der ein breiter, schwarzer Strich schräg nach oben führte, zu einem roten Balken. In Leuchtorange stand an der Oberkante: *Streng geheim. Nur zur Ansicht.*

»Lasst euch erklären, was ihr seht«, sagte de Bell. »Die schwarze Diagonale ist eine Funktion aus zweiundzwanzig Trends und Indizes, vom internationalen Kreditgleichgewicht bis zur Häufigkeit der Belästigung amerikanischer Touristen durch Regierungsbeamte im Ausland. Der Maßstab ist die Wahrscheinlichkeit eines Krieges. Der rote Balken ganz oben ist beschriftet mit ›AF‹, das heißt ›Ausbruch der Feindseligkeiten‹. Es ist keine Gewissheit, aber die Statistiker erklären uns, wenn die Obergrenze erreicht sei, bestehe eine Kriegswahrscheinlichkeit von 0,9 innerhalb von sechs Stunden, und wie ihr sehen könnt, bewegen wir uns darauf zu.«

Das Stimmengewirr hatte aufgehört. Es war grabesstill geworden. Schließlich fragte eine Stimme: »Welcher Zeitmaßstab?«

»Die Altdaten umfassen fünfunddreißig Jahre«, sagte de Bell. Man atmete ein wenig auf – der weiße Raum oben auf dem Diagramm musste damit Monate umfassen, nicht Minuten.

Dann fragte Kathleen Doughty: »Ergibt sich daraus irgendwie, mit wem wir Krieg führen werden?«

De Bell zögerte, dann sagte er bedächtig: »Nein, das ist im Diagramm nicht enthalten, aber ich glaube, wir können alle unsere eigenen Vermutungen anstellen. Ich werde Ihnen meine persönlichen Ansichten dazu nicht mitteilen. Wenn Sie die Zeitungen gelesen haben, wissen Sie, dass die Rotchinesen von den Wundern gesteigerter Nahrungsmittelproduktion gesprochen haben, die sie der Welt bieten könnten, wenn sie die landwirtschaftlichen Methoden in der Provinz Sinkiang auf den australischen Busch anwenden könnten. Nun, gleichgültig, worauf die Kollaborateure in Canberra sich einlassen wollen, ich bin ziemlich sicher, dass diese Regierung die Chinesen nicht einmarschieren lässt. Jedenfalls nicht, wenn sie auf meine Stimme Wert legt.« Nach einer kurzen Pause fügte er hinzu: »Das ist eine rein persönliche Meinung, unter uns gesagt, nehmen Sie das nicht in die Sitzungsniederschrift auf. Ich kenne keine amtliche Antwort und würde sie auch nicht verraten, wenn es so wäre. Ich weiß nur, was Sie jetzt auch wissen. Die Trendvorausschau sieht sehr düster aus. Sie zeigt, dass die Wahrscheinlichkeit der nuklearen Eskalation einem Höhepunkt zustrebt. Wir haben ein Datum dafür. Die fortgesetzte Kurve zeigt die Wahrscheinlichkeit von 0,9 in weniger als sieben Jahren.

Und das heißt«, fuhr er fort, »wenn wir bis dahin keine lebensfähige Marskolonie haben, erleben wir nie eine.«

Während Alexander Bradley, B. Sc., E. E., Dr. med., Dr. rer. nat., Lt. Colonel a. D. US-Marineinfanterie, die Konferenz verließ und statt dem Ausdruck der Besorgnis, den er für die Besprechung aufgesetzt hatte, wieder die natürlichere, offene Fröhlichkeit zeigte, die der Welt galt, wurde beim Cyborg Druckabfall für den Marsnormtank durchgeführt. Seine Überwacher machten sich etwas Sorgen. Obwohl sie an seinem Gesicht keine Empfindung ablesen konnten, vermochten sie das an Herz-, Atem- und Lebenssignalen, die ihnen ständig telemetrisch übermittelt wurden, und sie hatten den Eindruck, dass er sich in einem angespannten Zustand befand. Sie schlugen vor, den Test zu verschieben, aber er weigerte sich aufgebracht. »Wissst ührr nicht, dasss fasssts schon Krühg ühsst?«, fragte er in schrillem Ton und wollte nicht antworten, als sie wieder mit ihm sprachen. Sie beschlossen, die Tests fortzuführen, sein Psychoprofil aber nach dem Abschluss sofort zu überprüfen.

Als Alexander Bradley zehn Jahre alt war, verlor er seinen Vater und sein linkes Auge. Am Sonntag nach dem Erntedankfest fuhr die Familie von der Kirche nach Hause. Es war kalt geworden. Der Morgentau war gefroren, ungreifbar dünn und glatt, zu einem Überzug auf der Straße. Brads Vater fuhr sehr vorsichtig, aber es waren Autos vor ihm, Autos hinter ihm, Autos auf der anderen Hälfte der zweispurigen Straße in der anderen Richtung; er war gezwungen, eine bestimmte Geschwindigkeit einzuhalten, und beschränkte sich auf kurze Antworten, wenn von seiner Familie jemand etwas zu ihm sagte. Als es zur Katastrophe kam, konnte er nichts tun, um sie zu verhindern.

Für Brad, der vorne neben seinem Vater saß, sah es so aus, als biege ein Kombi, der ihnen in hundert Meter Entfernung entgegenkam, langsam und ruhig nach links ab. Dort gab es aber keine Straße, in die er hätte hineinfahren können. Brads Vater trat auf die Bremse. Ihr Wagen wurde langsamer und rutschte. Und einige Sekunden lang sah der Junge, wie das andere Fahrzeug mit der Breitseite auf sie zurutschte und sie ebenso gleichmäßig und unausweichlich darauf zu. Es war gemessen und langsam und unvermeidlich. Niemand sagte etwas, nicht Brad, nicht sein Vater, nicht Brads Mutter auf dem Rücksitz. Niemand tat etwas, außer starr sitzen zu bleiben. Der Vater saß stumm und aufrecht am Steuer und starrte konzentriert auf den anderen Wagen. Der Fahrer des anderen Autos blickte mit großen Augen über seine Schulter fragend zu ihnen herüber. Niemand bewegte sich bis zum Zusammenprall. Selbst auf dem

Eis bremste die Reibung, und sie konnten miteinander nicht mehr Beschleunigung gehabt haben als vierzig Kilometer in der Stunde. Es genügte. Beide Fahrer fanden den Tod – Brads Vater wurde aufgespießt, der andere Mann geköpft. Brad und seine Mutter erlitten, obwohl sie angegurtet waren, Brüche, Schnittwunden, Prellungen und innere Verletzungen; sie konnte nie mehr ihren linken Unterarm drehen, während ihr Sohn ein Auge verlor.

Dreiundzwanzig Jahre später träumte Brad noch immer davon, als sei es eben erst geschehen. Im Schlaf ängstigte ihn das zu Tode, und er erwachte schwitzend und weinend und nach Luft schnappend.

Es war nicht nur negativ. Er hatte entdeckt, dass auf Kosten eines Auges beträchtliche Vorteile erkauft worden waren. Da war einmal die Versicherung auf das Leben seines Vaters und der Schadenersatz für die Verletzungen. Dann war er vom Dienst bei der Armee befreit worden und hatte einen im Grunde zivilen Posten beim Marineinfanteriekorps antreten können, als er praktische Erfahrung auf seinem Spezialgebiet brauchte. Ferner hatte er eine annehmbare Ausrede gehabt, die unsinnigeren Risiken und noch lästigeren Pflichten des Jugendlichen zu meiden. Er hatte nie seinen Mut bei gewalttätigen Sportarten beweisen müssen und war von den Teilen des Turnunterrichts befreit worden, die er am meisten verabscheute.

Und was das Wichtigste war, er kam dadurch zu einer Ausbildung. Mit den Sozialgesetzen seines Bundesstaats wurden ihm Schule, College und Universität bezahlt. Er hatte vier akademische Grade erworben und war eine der größten Kapazitäten der Welt für die Wahrnehmungssysteme des Auges geworden. Unter dem Strich eine günstige Bilanz. Selbst mit dem negativen Faktor einer Mutter, die die restlichen zehn Jahre ihres Lebens unter einigen Schmerzen und großer Reizbarkeit verbrachte, war es lohnend gewesen.

Brad war beim Mensch-Plus-Projekt gelandet, weil er der Beste war, den es gab. Er hatte sich entschlossen, für das Marineinfanteriekorps zu arbeiten, weil man nirgends bessere, durch Granaten, Bajonette und Messer vorbereitete Versuchskaninchen fand als in den Feldlazaretten von Tansania, Borneo und Ceylon. Diese Arbeit war bei den hohen Militärrängen bemerkt worden. Man hatte Brad nicht angenommen, sondern eingezogen.

Was für ihn nicht feststand, war, dass Mensch Plus das Beste sei, was *er* bekommen konnte. Andere Leute waren wegen des Ruhms oder infolge von Appellen an das Pflichtgefühl zum Weltraumprogramm gekommen. Bei Bradley war das ganz anders. Als er begriffen hatte, worauf der Mann aus Washington hinauswollte, breiteten sich die Konsequenzen und Gelegenheiten vor ihm aus. Es war ein neues Gleis. Es hieß, manche Pläne aufzugeben, andere zu verschieben. Aber er sah, wohin es führen würde: ungefähr drei Jahre Mitarbeit an der Entwicklung der Optiksysteme für den Cyborg. Damit Weltruf gewinnen, aus dem Programm ausscheiden und die grenzenlosen, üppigen Weiden der privaten Praxis betreten. Hundertundacht Amerikaner von

hunderttausend litten an praktisch völligem Funktions-
verlust in einem oder beiden Augen. Das ergab mehr als
dreihunderttausend potenzielle Patienten, von denen
jeder sich den besten Mann auf seinem Gebiet wünschen würde.

Am Programm Mensch Plus mitzuarbeiten würde
ihn schlagartig zum Besten auf seinem Gebiet machen.
Bevor er vierzig war, würde er eine eigene Klinik besitzen. Nicht groß. Nur groß genug, dass er sie in jeder Beziehung persönlich beaufsichtigen konnte, mit einem
Personal, das von ihm ausgebildet war und unter seiner
Leitung arbeitete. Es würde auf fünf- oder sechshun-
dert Patienten im Jahr hinauslaufen – ein Bruchteil von
einem Prozent der Leute, die infrage kamen. Welchen
Bruchteil von einem Prozent würde er annehmen? Mindestens die Hälfte davon würde sich aus jenen rekrutie-
ren, die das meiste Geld hatten und am bereitwilligsten
waren, es auszugeben. Natürlich auch Wohltätigkeits-
fälle. Mindestens hundert im Jahr, alles gratis, sogar das
Telefon am Bett. Während die einigen Hundert, die bezahlen konnten, viel bezahlen würden. Die Bradley-Klinik würde als Modell für medizinische Versorgung auf
der ganzen Welt dienen und ihm ungeheuer viel Geld
einbringen.

Es war nicht Bradleys Schuld, dass aus den drei über
fünf Jahre geworden waren. Es lag nicht einmal an seinem Teil des Programms, dass es Verzögerungen gegeben hatte. Jedenfalls die meiste Zeit nicht. Immerhin
war er noch jung. Er würde das Programm mit guten
dreißig Jahren vor sich verlassen – es sei denn, er wollte

früher in den Ruhestand gehen und in der Bradley-Klinik nur noch als Berater mit hohem Rang fungieren. Und es gab andere Vorteile für die Tätigkeit im Raumprogramm, etwa darin, dass viele seiner Kollegen so reizvolle Frauen geheiratet hatten. Bradley hatte kein Interesse daran zu heiraten, aber er hatte sehr gern Ehefrauen.

In dem Labor von sieben Räumen, wo er herrschte, trieb er seine Untergebenen so an, dass die neue Netzhautzwischenverbindung innerhalb einer Woche für die Einpflanzung bereitstehen würde, und schaute auf die Uhr. Es war noch nicht elf. Er wählte Roger Torraway über die Sprechanlage an und bekam ihn nach einer Pause an den Apparat.

»Wie steht es mit dem Lunch, Rog? Ich möchte die neue Einpflanzung mit Ihnen besprechen.«

»Oh, das ist schade, Brad. Ich möchte gern, bin aber mindestens die nächsten drei Stunden mit Will Hartnett im Tank. Vielleicht morgen.«

»Bis dann«, sagte Brad fröhlich und legte auf. Er war nicht überrascht; er hatte Torraways Dienstplan schon geprüft. Aber er freute sich. Er erklärte seiner Sekretärin, er müsse zu einer Besprechung außer Haus und gehe dann essen. Gegen zwei Uhr werde er zurück sein. Er ließ seinen Wagen holen und fütterte die Koordinaten für die Ecke der Straße ein, wo Roger Torraway wohnte – und dessen Frau Dorrie.

5

Ein Monster wird wieder sterblich

Als Brad, vor sich hin pfeifend, davonfuhr, war sein Radio voller Weltnachrichten. Die Zehnte Gebirgsdivision hatte sich zu einem befestigten Gebiet in Riverdale zurückgezogen. Ein Taifun hatte die Reisernte in Südostasien vernichtet. Präsident Deshatine hatte die US-Delegation angewiesen, die UNO-Debatte über die Verteilung seltener Rohstoffe zu verlassen.

Es gab viele Nachrichten, die nicht über den reinen Schallfunk kamen, weil die Nachrichtenredakteure entweder nichts davon wussten oder sie nicht für wichtig hielten. Zum Beispiel wurde kein Wort von zwei chinesischen Herren erwähnt, die in Australien eingetroffen waren, oder von den Ergebnissen gewisser geheimer Beliebtheitsumfragen, die der Präsident in seinem Safe eingeschlossen hatte, oder von den Tests, die mit Will Hartnett angestellt wurden. Brad erfuhr also nichts von diesen Dingen. Hätte er davon gehört und ihre Bedeutung begriffen, wären sie ihm nicht gleichgültig gewesen. Er war kein Mensch, der sich um nichts kümmerte. Er war auch kein böser Mensch, nur kein besonders guter.

Manchmal stellte sich diese Frage – etwa, wenn es Zeit wurde, ein Mädchen oder einen Freund loszuwerden, der auf dem Weg nach oben von Nutzen gewesen war. Brad pflegte dann zu lächeln, mit den Achseln zu zucken und zu erklären, die Welt sei eben nicht gerecht. Auch der edelste Ritter habe nicht alle Turniere gewonnen. Bobby Fischer sei nicht der liebenswerteste Schachmeister der Welt, nur der beste. Und so weiter.

Und so gestand Brad dann ein, dass er nach den Maßstäben der Gesellschaft kein Vorzeigemodell sei. Das war er wirklich nicht. In seiner Kindheit war irgendetwas falsch gelaufen. Die Ego-Beule auf seinem Kopf war groß angeschwollen, und so sah er die Welt nur danach, was sie ihm bieten konnte. Krieg mit China? Nun, mal sehen, dachte Brad, da wird sehr viel operiert werden; vielleicht kann ich mein eigenes Krankenhaus leiten. Weltweite Depression? Sein Geld steckte in Farmland; essen würden die Leute immer.

Er war nicht bewundernswert. Trotzdem war er die beste Person, die es gab, um zu tun, was der Cyborg brauchte – nämlich Will Hartnett die Vermittlung zwischen Reiz und Auslegung zu liefern. Mit anderen Worten, zwischen dem äußeren Objekt, das der Cyborg sah, und den Schlüssen, die das Cyborggehirn daraus zog, musste es eine Stufe geben, wo unnötige Information weggefiltert wurde. Sonst würde der Cyborg einfach wahnsinnig werden.

Um zu begreifen, warum dem so ist, denke man an den Frosch.

Man stelle sich den Frosch als eine funktionelle Maschine vor, entworfen zu dem Zweck, kleine Frösche hervorzubringen. Das ist die darwinistische Ansicht, und nur darum geht es bei der Evolution. Um erfolgreich zu sein, muss der Frosch lange genug am Leben bleiben, um aufzuwachsen und schwanger zu werden oder irgendeinen weiblichen Frosch zu schwängern. Das heißt, dass er zwei Dinge tun muss. Er muss fressen und verhindern, dass er gefressen wird.

Unter den Wirbeltieren ist der Frosch ein stumpfsinniges und beschränktes Wesen. Er hat ein Gehirn, aber kein großes oder sonderlich komplexes. Im Froschgehirn gibt es nicht viel überschüssige Kapazitäten, mit denen man etwas erreichen könnte, sodass man nichts für Unwichtiges vergeuden möchte. Die Evolution ist stets ökonomisch. Männliche Frösche schreiben keine Gedichte oder quälen sich mit Ängsten herum, ihre weiblichen Frösche könnten untreu sein. Sie können auch nicht über Dinge nachdenken, die das Am-Leben-Bleiben nicht unmittelbar betreffen.

Auch das Froschauge ist einfach. Angenommen, ein Mensch tritt in einen Raum mit einem Tisch, auf dem Steak mit Pommes frites serviert worden ist; selbst wenn er nicht hören, nicht schmecken und nicht riechen kann, wird er von der Nahrung angezogen. Sein Auge richtet sich auf das Steak. Es gibt am Auge einen Fleck, genannt *Fovea centralis retinae,* die Stelle, mit der ein Mensch am besten sieht, und es ist diese Stelle, die sich dem Ziel zuwendet. Der Frosch tut das nicht; ein Teil seines Auges ist so gut wie jedes andere. Oder so schlecht. Denn das Interessante am Froschaugenblick darauf, was für einen Frosch das Gegenstück zu einem Steak ist – nämlich ein Käfer, groß genug, um das Verschlingen wert zu sein, aber klein genug, um nicht seinerseits verschlingen zu wollen –, ist, dass der Frosch blind für Nahrung bleibt, solange die Nahrung sich nicht wie Nahrung *verhält*. Man umstelle den Frosch mit der nahrhaftesten, gehackten Insektenpastete, die man erfinden kann. Er wird verhungern – es sei denn, ein Marienkäfer spaziert vorbei.

Wenn man bedenkt, wie ein Frosch frisst, erhält dieses seltsame Verhalten Sinn. Der Frosch passt in eine genau abgemessene ökologische Nische. In einem Zustand der Natur füllt niemand diese Nische mit gehacktem Futter. Der Frosch frisst Insekten, also sieht er Insekten. Wenn etwas durch seinen Sehbereich wandert, das die richtige Größe für ein Insekt besitzt und die richtige Geschwindigkeit für ein Insekt einhält, überlegt der Frosch nicht, ob er Hunger hat oder nicht oder welches Insekt am besten schmeckt. Er frisst es. Dann wartet er weiter auf das nächste.

Im Labor ist das ein negatives Überlebensmerkmal. Man kann einen Frosch mit einem Stück Stoff, einem Stück Holz an einem Bindfaden, mit allem narren, das sich richtig bewegt und die richtige Größe hat. Er wird es verschlingen und verhungern. Aber in der Natur gibt es solche Tricks nicht. In der Natur bewegen sich nur Käfer wie Käfer, und jeder Käfer ist Froschnahrung.

Dieses Prinzip ist nicht schwer zu verstehen. Man sage das zu einem naiven Freund, und er wird sagen: »Ah, ja, ich verstehe. Der Frosch ignoriert einfach alles, das nicht aussieht wie ein Käfer.« Falsch! Der Frosch tut nichts dergleichen. Er ignoriert Nicht-Käfer-Objekte nicht. Er sieht sie ganz einfach überhaupt nicht. Man berühre den Sehnerv eines Froschs und ziehe eine Murmel langsam vorbei – zu groß, zu langsam –, und kein Instrument vermag einen Nervenreiz zu registrieren. Es gibt keinen. Das Auge macht sich nicht die Mühe zu *sehen*, wovon der Frosch nichts wissen will. Aber man lasse eine tote Fliege vorbeibaumeln, und die Messzeiger schwingen aus, der Nerv überträgt einen Reiz, die Zunge des Froschs zuckt hinaus und greift zu.

Und so kommen wir zum Cyborg. Was Bradley getan hatte, war, eine Zwischenstufe zwischen den rubinroten Augenkomplexen und dem schmerzenden Gehirn von Will Hartnett zu liefern, die alle optischen Eingänge des Cyborgs filterten, interpretierten und ganz allgemein passend verpackten. Das Auge sah alles, sogar im UV-Bereich des Spektrums, sogar im Infraroten. Das Gehirn konnte mit einem derart riesigen Strom von Signalen nicht fertigwerden. Bradleys Zwischenstufe redigierte die unwichtigen Dinge heraus.

Die Stufe war eine Höchstleistung der Konstruktion, weil Bradley auf dem einen Gebiet, wo er gut war, wirklich Hervorragendes zustande brachte. Aber er war nicht dabei, um sie einzubauen. Und so veränderte sich, weil Brad ein Rendezvous hatte und weil der Präsident der Vereinigten Staaten auf die Toilette musste und zwei Chinesen namens Sing und Sun eine Pizza probieren wollten, die Geschichte der Welt.

Jerry Weidner, Brads erster Assistent, überwachte das langsame, mühevolle Verfahren, die Sehsysteme des Cyborgs neu einzustellen. Es war eine diffizile, delikate Arbeit. Wie fast alles, was mit Will Hartnett geschah, war sie von einem Höchstmaß an Unbequemlichkeit für ihn verbunden. Die empfindlichen Nerven des Augenlids waren längst herausoperiert worden, sonst hätte er Tag und Nacht vor Schmerzen geschrien. Aber er konnte fühlen, was vor sich ging – wenn nicht als Schmerz, dann als ein seelisch beunruhigendes Wissen, dass jemand an einem sehr empfindlichen Teil seiner Anatomie scharfrandige Instrumente herumschob. Seine eigentliche Sehfähigkeit war im Bereitschaftszustand, sodass er nur undeutliche, bewegte Schatten sah. Es genügte. Er hasste es.

Er lag eine Stunde und länger da, während Weidner und die anderen Potenzialveränderungen justierten, Messergebnisse festhielten, miteinander in Zahlen sprachen, die die Sprache der Techniker und Wissenschaftler ist. Als sie endlich mit der Feldstärke seines Wahrnehmungssystems zufrieden waren und ihn aufstehen ließen, kippte er ohne Warnung beinahe um. »Miisssst!«, fauchte er. »Sschon wieder sschwindlich.«

Besorgt und resigniert sagte Weidner: »Also gut, wir lassen lieber neue Schwindelversuche machen.« Es gab erneut eine Verzögerung von einer halben Stunde, während das Gleichgewichtsteam seine Reflexe prüfte, bis er herausplatzte: »Mensssch, hört auf! Ich kann die nächssten zzwanzzig Ssstunden auff einem Bein ssstehen, und wasss beweisst dasss?« Aber sie ließen ihn trotzdem auf einem Bein stehen und maßen, wie nah er seine Fingerspitzen aneinander heranführen konnte, während die Sehfähigkeit nur im Bereitschaftszustand war.

Der Gleichgewichtstrupp war zufrieden, aber Jerry Weidner nicht. Zu den Schwindelanfällen war es schon früher gekommen, und man hatte die Ursache nie genau aufspüren können, entweder auf den eingebauten mechanischen Horizont oder auf die primitiven natürlichen Steigbügel-und-Amboss-Knöchelchen in seinem Ohr. Weidner wusste nicht, ob es von dem Zwischensystem stammte, für das er die Verantwortung trug, er wusste aber auch nicht, ob das nicht der Fall war. Er wünschte sich, dass Brad endlich von seiner langen Mittagspause zurückkommen möge.

Zu dieser Zeit waren auf der anderen Seite der Welt diese beiden Chinesen namens Sing und Sun. Sie waren keine Figuren aus einem Witz. Sie hießen wirklich so. Sings Urgroßvater war nach dem vergeblichen Versuch der Boxer, die weißen Teufel aus China zu vertreiben, an der Mündung einer russischen Kanone gestorben, vor die man ihn gebunden hatte. Sein Vater hatte ihn auf dem Langen Marsch gezeugt und war gestorben, bevor er auf die Welt kam, im Kampf gegen die Soldaten eines mit Chiang Kai-shek verbündeten Kriegsherrn. Sing selbst war fast neunzig Jahre alt. Er hatte die Hand des Genossen Mao geschüttelt, für Maos Nachfolger den Gelben Fluss umgeleitet und beaufsichtigte nun das größte Wasserbauprojekt seiner Laufbahn in einer australischen Stadt namens Fitzroy Crossing.

Es war seine erste längere Reise außerhalb des Gebietes des Neuen Volksasien. Er verband damit die Erfüllung von drei lang gehegten Wünschen: einen unzensierten Pornofilm zu sehen, eine Flasche Scotch zu trinken, die wirklich aus Schottland stammte statt aus der Volksprovinz Honshu, und eine Pizza zu probieren. Mit seinem Kollegen Sun hatte er den schottischen Whisky in Angriff genommen, er wusste, wo er den Film würde sehen können, und nun gelüstete ihn nach der Pizza.

Sun war viel jünger – noch nicht vierzig – und litt trotz allem am Respekt vor dem Alter seines Begleiters. Dazu kam die Tatsache, dass Sun rangmäßig einige Stufen unter dem alten Mann stand, wenngleich er im technoindustriellen Flügel der Partei ein kommender Mann war. Sun war gerade zurückgekommen, nachdem er eine Vermessungsmannschaft ein Jahr lang durch die Große Sandwüste geführt hatte. Es war nicht nur Sand. Es war Humus – guter, bestellbarer, produktiver Humus –, dem nur ein paar Spurenelemente und Wasser fehlten. Was Sun vermessen hatte, war die Bodenchemie von einer Million Quadratmeilen. Sobald Suns Bodenkarte und Sings riesiger bergauf wirkender Aquädukt mit seinen vierzehn gigantischen, atomgetriebenen Pumpenbatterien zusammenkamen, würden sie für diese Millionen Meilen Wüste eine neue Art von Leben bedeuten. Chemische Zusatzstoffe plus sonnendestilliertes Wasser von der fernen Küste ergibt zehn Ernten im Jahr, mit der hundert Millionen ethnisch chinesische Neu-Australier ernährt werden konnten.

Das Projekt war sorgfältig ausgearbeitet worden

und enthielt nur einen Fehler. Die alten Neu-Australier, Nachkommen der Einwandererschübe aus der Zeit
nach dem Zweiten Weltkrieg, wollten nicht, dass Neu-
Neu-Australier herkamen, um dieses Land zu bestellen.
Sie wollten es für sich. Als Sun und Sing Dannys Pizza
Hut in der Hauptstraße von Fitzroy Crossing betraten,
verließen gerade zwei alte Neu-Australier, einer namens
Koschanko, der andere namens Gradetschek, die Bar
und erkannten Sing leider nach seinen Zeitungsfotos.
Es kam zu einem Wortwechsel. Die Chinesen erkannten den Bierdunst und glaubten, die Feindseligkeit be-
ruhe nur auf Betrunkenheit; sie versuchten vorbeizuge-
hen, und Koschanko und Gradetschek stießen sie von
der Tür weg. Man schwang Fäuste, und der neunzig
Jahre alte Schädel von Sing Hsichin zerbrach an einem
Randstein.

In diesem Augenblick zog Sun eine Pistole, die er
eigentlich nicht tragen durfte, und schoss die beiden
Angreifer nieder.

Es war nur ein Streit unter Betrunkenen. Die Polizei
von Fitzroy Crossing hatte Tausende von dramatische-
ren Taten bearbeiten müssen und wäre auch mit dieser
fertiggeworden, hätte man sie in Ruhe gelassen. Aber
eine der Barfrauen war selbst eine Neu-Neu-Australie-
rin aus Honan, erkannte Sun, begriff, wer Sing gewesen
war, griff nach dem Telefon und rief die Nachrichten-
agentur Neues China in Lagrange Mission an der Küste
an, um mitzuteilen, dass einer der berühmtesten Wissenschaftler Chinas auf brutale Weise ermordet worden
sei.

Binnen zehn Minuten hatte das Satellitennetz eine den Fakten nach wacklige, aber sehr farbige Version des Zwischenfalls über die ganze Welt verbreitet.

Vor Ablauf einer Stunde hatte die Botschaft des Neuen Volksasien um einen Termin beim Außenminister ersucht, um eine Protestnote zu überreichen, in Shanghai, Saigon, Hiroshima und einem Dutzend anderer NVA-Städte gab es spontane Demonstrationen, und ein halbes Dutzend Beobachtungssatelliten wurde aus den Umlaufbahnen gelenkt, um Nordwest-Australien und das Meer um die Sunda-Inseln zu überfliegen. Zwei Meilen vor dem Hafen von Melbourne tauchte ein großes, graues Ding auf und schwamm im Wasser, ohne Signale auszusenden oder zu bestätigen, über zwanzig Minuten lang. Dann gab es sich als NVA-Atom-U-Boot *Der Osten ist rot* zu erkennen, unterwegs zu einem normalen diplomatischen Besuch in einem befreundeten Hafen. Die Nachricht kam noch rechtzeitig, um den Angriff der australischen Luftwaffe gegen den unbekannten Eindringling zu unterbinden, aber nur ganz knapp.

Der Präsident der Vereinigten Staaten wurde in Pueblo, Colorado, bei seinem Mittagsschläfchen gestört. Er saß auf der Bettkante und schlürfte missmutig schwarzen Kaffee, als ein Adjutant mit einem Situationsbericht und der Mitteilung hereinkam, dass Alarmstufe Rot gegeben worden sei, in Übereinstimmung mit den vor langer Zeit in das Nordamerikanische Verteidigungsleitnetz eingegebenen Programmstufen. Er war bereits im Besitz der Satellitenberichte und eines

Direktberichtes von einer Militärmission in Fitzroy Crossing; er wusste vom Auftauchen des U-Bootes *Der Osten ist rot*, aber noch nicht, dass der Luftangriff abgesagt worden war. Er fasste die Informationen zusammen und sagte zum Präsidenten: »Die Frage ist also: losschlagen oder nicht, Sir. NAVL empfiehlt Abschuss mit Stornomöglichkeit in fünfzig Minuten.«

»Ich fühle mich nicht wohl«, fauchte der Präsident. »Was, zum Teufel, hat man in die Suppe getan?« Dash war nicht in der Stimmung, jetzt über China nachzudenken; er hatte gerade von einer Umfrage geträumt, die seine Beliebtheit auf 17 Prozent absinken sah, während 61 Prozent seine Leistung als schwach oder sehr unbefriedigend einstuften. Es war kein Traum gewesen. Es war genau das, was ihm die politische Morgenbesprechung an diesem Tag gezeigt hatte.

Er schob die Kaffeetasse weg und dachte düster über die Entscheidung nach, die nun er, ganz allein er auf der Welt, zu fällen hatte. Raketen auf die wichtigsten Städte des Neuen Volksasien abzuschießen war der Theorie nach eine rückrufbare Entscheidung: Sie konnten jederzeit vor dem Wiedereintritt entschärft werden, sodass sie harmlos ins Meer fielen. Aber die NVA-Posten würden in der Praxis die Starts orten, und wer wusste schon, was die verrückten Chinesenkerle dann machen würden? Sein Bauch fühlte sich an, als befinde er sich in den letzten Minuten einer Schwangerschaft, und es schien viel dafür zu sprechen, dass er sich übergeben musste. Sein erster Sekretär sagte vorwurfsvoll: »Doktor Stassen hat Ihnen geraten, keinen Kohl mehr zu essen,

Sir. Vielleicht sollten wir den Küchenchef anweisen, diese Suppe nicht mehr zuzubereiten.«

»Ich brauche jetzt keine Predigten«, sagte der Präsident. »Also, aufgepasst! Wir verbleiben im gegenwärtigen Zustand der Bereitschaft bis auf weitere Anweisung von mir. Kein Start. Keine Vergeltung. Verstanden?«

»Ja, Sir«, sagte der Adjutant bedauernd. »Sir? Ich habe mehrere direkte Anfragen, von NAVL, vom Mensch-Plus-Projekt, vom kommandierenden Admiral SWEPAC...«

»Sie haben mich gehört! Keine Vergeltung. Alles andere läuft weiter.«

Sein erster Sekretär verdeutlichte den Standpunkt.

»Unsere amtliche Haltung ist, dass diese Sache in Australien eine innenpolitische Angelegenheit ist und die nationalen Interessen der Vereinigten Staaten nicht berührt«, sagte er. »Unsere Bereitschaftshaltung bleibt unverändert. Alle Systeme bleiben aktiv, aber unternommen wird nichts. Ist das richtig, Mr. President?«

»Richtig«, sagte Dash dumpf. »Wenn ihr jetzt zehn Minuten ohne mich auskommen könnt, möchte ich auf die Toilette.«

Brad überlegte, ob er anrufen sollte, um zu erfahren, wie die Neukalibrierung vonstattenging, aber es machte ihm wirklich Spaß, mit einer Frau zu duschen, mit dem ganzen Vergnügen, sich wechselseitig abzuseifen, und die Badezimmerausstattung des Froh-Strip-Schwebehotels umfasste Badeölkugeln, Schaum und wunderbar dicke Handtücher. Es wurde drei Uhr, bevor er daran dachte, wieder an die Arbeit zurückzukehren.

Inzwischen war es so ziemlich zu spät. Weidner hatte versucht, vom stellvertretenden Direktor die Erlaubnis zur Verschiebung der Versuche zu erhalten, aber dieser wollte das nicht auf seine Verantwortung nehmen, sondern verständigte Washington, wo man beim Büro des Präsidenten anfragte und die Antwort erhielt: »Nein, ihr könnt nicht, wiederhole, nicht, diesen oder irgendeinen anderen Versuch verschieben.« Der Mann, der die Antwort gab, war der erste Sekretär des Präsidenten, und er betrachtete während des Telefongesprächs die Kriegsrisikoprojektion an der Wand des privatesten Arbeitszimmers des Präsidenten. Während des Gesprächs noch reckte sich der breite, schwarze Balken steiler dem roten entgegen.

So wurde der Versuch fortgesetzt; Weidner hatte die Lippen zusammengepresst und die Stirn gerunzelt. Es ging ganz gut, bis es auf einmal sehr schlecht ging. Roger Torraways Gedanken waren weit weg, bis er hörte, wie der Cyborg seinen Namen rief. Er ging durch die Luftschleuse und stand im Gummianzug und mit Atemmaske auf dem rötlichen Sand. »Was ist los, Will?«, fragte er scharf.

Die großen Rubinaugen wandten sich ihm zu.

»Ich ... ich konn Sssie nicht sssehen, Roger!«, schrillte der Cyborg. »Ich ... ich ...«

Und er kippte und fiel um. So schnell ging das. Roger bewegte sich nicht einmal auf ihn zu, bis er einen mächtigen, donnernden Lufthammer im Rücken spürte und er auf die am Boden liegende Monstergestalt zustolperte.

Don Kayman kam von der 2500-Meter-Entsprechung außerhalb der Marsnormkammer verzweifelt hereingestürzt. Er hatte nicht auf den Druckausgleich in der Schleuse gewartet. Er hatte beide Türen aufgerissen. Er war kein Wissenschaftler mehr, sondern nur noch Priester. Er sank neben der gekrümmten Gestalt, die einmal Will Hartnett gewesen war, auf die Knie.

Roger riss die Augen auf, während Don Kayman die Rubinkristalle berührte, ein Kreuz über dem synthetischen Fleisch beschrieb und flüsterte, was Roger nicht hören konnte. Er wollte es nicht hören. Er wusste, was geschah.

Der erste Cyborgkandidat erhielt vor seinen Augen die letzte Ölung.

Der erste Ersatzmann war Vic Freibart, auf Anweisung des Präsidenten von der Liste gestrichen.

Der zweite Ersatzmann war Carl Mazzini, wegen seines Beinbruchs nicht einsatzfähig.

Der dritte Ersatzmann und neue Champion war er selbst.

6

Sterblich in Todesfurcht

Es ist nicht leicht für ein menschliches Wesen aus Fleisch und Blut, sich mit dem Wissen anzu-
freunden, dass Teile von seinem Fleisch weggerissen
und durch Stahl, Kupfer, Silber, Kunststoff, Aluminium
und Glas ersetzt werden sollen. Wir konnten sehen, dass
Torraway sich nicht sehr vernünftig verhielt. Er stolperte
durch den Flur, fort vom Marsnormtank, mit höchster
Eile, als habe er eine äußerst wichtige Verabredung. Er
hatte aber nichts vor, als fortzukommen. Der Korridor
erschien ihm wie eine Falle. Er hatte das Gefühl, es nicht
zu ertragen, wenn auch nur eine Person auf ihn zugehen und erklären würde, das mit Will Hartnett tue ihr
leid, oder Torraways neuen Status bestätigen sollte. Er
kam an einer Herrentoilette vorbei, blieb stehen, schaute
sich um – niemand beobachtete ihn – und ging hinein,
um sich ans Urinal zu stellen, die Augen glasig, auf den
funkelnden Chrom gerichtet. Als die Tür aufgestoßen
wurde, machte Torraway große Umstände, Wasser laufen zu lassen und den Reißverschluss zu schließen, aber
es war nur ein junger Mann aus dem Schreibbüro, der
ihn ohne Neugier ansah und zu einer Kabine ging.

Vor der Toilette fing der stellvertretende Direktor ihn ab.

»Verdammtes Pech, zum Kotzen«, sagte er. »Sie wissen ja wohl, dass Sie...«

»Ich weiß es«, sagte Torraway, erfreut darüber, dass seine Stimme so ruhig klang.

»Wir müssen ganz schnell herausfinden, was passiert ist. In anderthalb Stunden Konferenz in meinem Büro. Bis dahin haben wir die ersten Obduktionsberichte. Ich muss Sie dabeihaben.«

Roger nickte, schaute auf die Armbanduhr und drehte sich um. Das Entscheidende war, dachte er, in Bewegung zu bleiben, so, als sei er zu beschäftigt, um gestört werden zu dürfen. Leider fiel ihm nicht das Geringste ein, was er zu tun gehabt hätte, oder auch nur etwas, mit dem das vorzutäuschen gewesen wäre, um Gespräche zu verhindern. Nein, nicht Gespräche, begriff er. Es war Nachdenken, das er verhindern wollte, Nachdenken über sich selbst. Er hatte keine Angst. Er war nicht wütend auf das Schicksal. Er war nur nicht bereit, sich mit den persönlichen Konsequenzen von Will Hartnetts Tod zu befassen, nicht gerade in diesem Augenblick!

Er hob den Kopf; jemand hatte seinen Namen gerufen.

Es war Jon Freeling, Brads chirurgischer Assistent für Wahrnehmungssysteme, der Brad suchte.

»Hm, nein«, sagte Torraway, froh, über etwas anderes reden zu können als Wills Tod oder seine eigene Zukunft. »Ich weiß nicht, wo er ist. Beim Essen, glaube ich.«

»Er ging vor zwei Stunden weg. Er sitzt in der

Klemme, wenn ich ihn nicht vor der Sitzung finde. Ich bin nicht sicher, dass ich alle Fragen beantworten kann – und ich kann ihn nicht suchen, sie bringen den Cyborg jetzt in mein Labor, und ich muss ...«

»Ich finde ihn für Sie«, sagte Torraway hastig. »Ich rufe ihn zu Hause an.«

»Schon versucht. Nichts. Und er hat keine Nummer hinterlassen, wo er erreichbar wäre.«

Torraway zwinkerte plötzlich erleichtert und erfreut darüber, eine Herausforderung zu haben, auf die er reagieren konnte.

»Sie kennen Brad«, sagte er. »Sie dürfen nicht vergessen, dass er ein alter Schürzenjäger ist. Ich finde ihn schon.« Und er fuhr mit dem Aufzug zur Verwaltungsetage hinauf, bog um zwei Ecken und klopfte an eine Tür mit der Aufschrift Verwaltungsstatistik.

Die Aufgabe der Leute hinter dieser Tür hatte mit Statistik sehr wenig zu tun. Die Tür öffnete sich nicht sofort; stattdessen wurde ein Guckloch aufgemacht, und ein blaues Auge starrte ihn an. »Ich bin Colonel Torraway, und es handelt sich um einen Notfall.«

»Augenblick«, sagte eine Frauenstimme; ein Klappern und Scharren, dann war die Tür aufgesperrt, und sie ließ Torraway herein. Im Zimmer waren vier Personen, alle in Zivil, alle ganz unauffällig, was beabsichtigt war. Jede hatte einen altmodischen Rollpultschreibtisch von einer Art, wie man ihn in einem modernen NASA-Büro nicht erwartete. Die Rollläden konnten heruntergezogen werden, um auf Anhieb verbergen zu können, was auf den Schreibtischen lag; sie waren es auch jetzt.

»Es geht um Doktor Alexander Bradley«, sagte Roger. »Er wird in einer Stunde dringend gebraucht, und seine Abteilung kann ihn nicht finden. Commander Hartnett ist tot, und ...«

»Wir wissen Bescheid über Commander Hartnett«, sagte das Mädchen. »Sollen wir Doktor Bradley für Sie aufspüren?«

»Nein, das mache ich schon. Aber Sie können mir sicher sagen, wo ich anfangen soll zu suchen. Ich weiß, dass Sie uns alle überwachen, auch das Privatleben.« Er zwinkerte ihr nicht direkt zu, hörte aber einen entsprechenden Unterton in seiner Stimme.

Das Mädchen sah ihn sekundenlang unverwandt an.

»Er ist wahrscheinlich im ...«

»Halt!«, rief der Mann am Schreibtisch hinter ihr mit überraschend zorniger Stimme.

Sie schüttelte den Kopf und ging über seinen Einwand hinweg, ohne ihn anzusehen.

»Versuchen Sie es im Froh-Strip-Schwebehotel«, sagte sie. »Er verwendet gewöhnlich den Namen Beckwith. Ich empfehle Ihnen anzurufen. Vielleicht wäre es sogar besser, wenn wir das für Sie machen würden ...«

»O nein«, sagte Torraway leichthin, entschlossen, diese Aufgabe selbst zu erfüllen. »Es ist wichtig, dass ich selbst mit ihm spreche.«

Der junge Mann sagte eindringlich: »Doktor Torraway, ich empfehle wirklich, dass Sie uns das ...«

Aber er nickte nur und schob sich schon zur Tür hinaus, ohne zuzuhören. Er hatte sich entschlossen, nicht lange erst zu telefonieren, sondern zum Motel zu fahren; es war ein guter Grund, das Institut zu verlassen, um sich zu sammeln.

Außerhalb der klimatisierten Laborgebäude war es in Tonka immer heißer geworden. Die Sonne drang sogar durch die getönte Windschutzscheibe und heizte Torraways Wagen so auf, dass auch die Kühlanlage nicht mehr dagegen aufkam. Er fuhr ungeschickt mit Handsteuerung und nahm die Kurven so ungenau, dass die Leiträder wegrutschten. Das Motel war fünfzehn Stockwerke hoch und ganz aus Glas; es schien das Sonnenlicht direkt auf ihn zu werfen, wie Archimedes' Soldaten, die Syrakus verteidigten. Er war froh, in die Tiefgarage fahren und mit der Rolltreppe zum Foyer hinaufgelangen zu können.

Die Eingangshalle selbst war so hoch wie das Gebäude, völlig umschlossen, die Räume ringsherum aufgereiht, mit einem Gewirr von Brücken und Galerien. Der Empfangschef hatte nie von Dr. Alexander Bradley gehört.

»Versuchen Sie es mit Beckwith«, sagte Torraway und hielt ihm einen Geldschein hin. »Manchmal erinnert er sich kaum an seinen Namen.«

Aber es hatte keinen Zweck, der Angestellte wollte oder konnte Brad nicht finden. Roger fuhr aus der Tiefgarage, hielt im grellen Sonnenschein und überlegte, wie es weitergehen sollte. Er starrte blind in das spiegelnde Becken, das auch als Wärmebecken für die Klimaanlage des Motels diente. Wahrscheinlich sollte er versuchen, Brad in seiner Wohnung anzurufen, dachte er. Hätte er schon im Foyer tun sollen; er hatte keine große Lust, umzukehren und wieder zum Institut zu fahren. Oder vom Wagen aus anzurufen; das Autotelefon war dem Landfunk angeschlossen, und das Gespräch sollte lieber privat bleiben. Er konnte heimfahren und von dort aus telefonieren; ein Weg von nicht mehr als fünf Minuten ...

An diesem Punkt kam Roger erstmals der Gedanke, dass er eigentlich unbedingt seiner Frau mitteilen sollte, was geschehen war.

Es war eine Pflicht, auf die er sich nicht freute. Dorrie Bescheid zu sagen bedeutete bedauerlicherweise auch, dass er für sich selbst alles klarstellen musste. Aber Roger hatte eine gute Einstellung unausweichlichen Dingen gegenüber, selbst wenn sie unangenehm waren, und er drängte seine Gedanken zurück, während er zu seinem Haus und Dorrie fuhr.

Leider war Dorrie nicht da.

Er rief ihren Namen in der Diele, schaute ins Esszimmer, warf einen Blick auf das Schwimmbecken hinter dem Haus, guckte in beide Badezimmer. Keine Dorrie. Sicher beim Einkaufen. Es war ärgerlich, ließ sich aber nicht ändern, und er wollte ihr eben einen Zettel hinterlassen und starrte zum Fenster hinaus, während er überlegte, wie er die Mitteilung abfassen sollte, als er sie mit ihrem Mikromini-Zweisitzer heranfahren sah.

Er hatte die Tür geöffnet, bevor sie dort ankam.

Er hatte erwartet, dass sie überrascht sein würde. Er hatte nicht damit gerechnet, dass sie einfach dastehen würde, die hübschen Brauen hochgezogen und regungslos, ohne jede Bewegung im Gesicht. Sie sah aus wie ein Schnappschuss von sich selbst, mitten im Schritt aufgenommen.

»Ich wollte etwas mit dir bereden«, sagte er. »Ich komme gerade vom Froh-Strip, weil Brad auch betroffen ist, aber...«

Sie wurde wieder lebendig und sagte höflich: »Lass mich erst mal hereinkommen und hinsetzen.« Ihr Gesicht zeigte noch immer keinen Ausdruck, als sie in der Diele stehen blieb, um sich im Spiegel zu betrachten. Sie glättete irgendeinen Makel an ihrer Wange, fuhr mit den Fingern durchs Haar, ging ins Wohnzimmer und setzte sich, ohne den Hut abzunehmen. »Schrecklich warm draußen heute, nicht?«, meinte sie.

Roger setzte sich auch und versuchte seine Gedanken zu sammeln. Es war wichtig, sie nicht zu erschrecken. Er hatte einmal ein Fernsehprogramm darüber gesehen, wie man schlechte Nachrichten überbringt, geleitet von einem Psychiater. Nie mit der Tür ins Haus fallen, hatte er gesagt. Dem anderen Zeit lassen, sich zu fangen. Alles hübsch der Reihe nach. Damals hatte Roger das komisch gefunden und hatte noch darüber gelacht.

»Bitte, fang an«, sagte Dorrie einladend und nahm eine Zigarette aus der Dose auf dem Kaffeetisch. Als sie sie anzündete, sah Roger die Butanflamme flackern und bemerkte erstaunt, dass ihre Hand zitterte. Er war gleichermaßen überrascht und erfreut; offenkundig bereitete sie sich auf eine schlechte Nachricht vor. Sie ist immer sehr einsichtsvoll gewesen, dachte er bewundernd und fing an, weil er sah, dass sie bereit war.

»Es ist Will Hartnett, Liebes«, sagte er gütig. »Heute früh ist etwas schiefgegangen, und...« Er machte eine Pause und wartete darauf, dass sie nachkam. Sie wirkte nicht so sehr besorgt als verwirrt. »Er ist tot«, sagte Torraway kurz und verstummte, um das wirken zu lassen.

Sie nickte nachdenklich. Es dringt nicht durch, dachte Roger bedauernd. Sie nimmt es nicht auf. Sie hatte Will gerngehabt, aber sie weinte und schrie nicht, zeigte überhaupt keine Empfindung.

Er schloss den Gedanken ab und verzichtete auf Takt: »Und das bedeutet natürlich, dass ich an der Reihe bin«, sagte er, bemüht, langsam zu sprechen. »Die anderen sind ausgeschieden, du erinnerst dich, ich habe es dir erzählt. Also bin ich derjenige, den sie für den Marsflug werden... äh... vorbereiten wollen.«

Der Ausdruck auf ihrem Gesicht verblüffte ihn. Er war zerbrechlich und ängstlich, beinahe so, als habe sie etwas Schlimmeres erwartet und sei nicht sicher, dass es nicht noch komme. Er sagte ungeduldig: »Verstehst du nicht, was ich sage, Liebes?«

»Aber ja. Das ist... nun, ein bisschen schwer zu verdauen.« Er nickte befriedigt, und sie fuhr fort: »Ich bin durcheinander. Hast du nicht angefangen, etwas von Brad und dem Froh-Strip zu sagen?«

»Ach, entschuldige, ich weiß, ich habe dich mit ein bisschen viel auf einmal überfallen. Ja. Ich sagte, ich bin eben im Motel gewesen, um Brad zu suchen. Es sieht nämlich danach aus, als läge es an den Wahrnehmungssystemen, dass Will tot ist. Nun, und das ist

Brads Verantwortung. Ausgerechnet heute hat er aber eine lange Mittagspause gebraucht, um… na, ich brauche dir von Brad nichts zu erzählen. Wahrscheinlich vögelt er irgendeine von den Krankenschwestern. Aber es sähe schlecht für ihn aus, wenn er nicht zur Konferenz käme…« Er verstummte und schaute auf die Uhr.

»Oje, ich muss selber zurück. Aber ich wollte dir das persönlich sagen.«

»Danke, Liebling«, sagte sie zerstreut. »Wäre es nicht besser gewesen, ihn anzurufen?«

»Wen?«

»Brad, natürlich.«

»Oh. Oh, sicher, aber es war doch eher privat. Ich wollte nicht, dass jemand mithört. Und außerdem nahm ich an, dass er sich am Telefon nicht melden würde. Der Empfangschef hat auch nicht zugeben wollen, dass er überhaupt dort gewesen sei. Und ich musste zum Sicherheitsbüro, um ihm auf die Spur zu kommen.« Plötzlich kam ihm ein Gedanke; er wusste, dass Dorrie Brad mochte, und fragte sich kurz, ob Brads Unmoral sie bedrückte. Der Gedanke verflüchtigte sich, und er platzte bewundernd heraus: »Schätzchen, ich muss schon sagen, du hältst dich großartig. Die meisten Frauen wären inzwischen hysterisch geworden.«

Sie sagte achselzuckend: »Nun, was hat es für einen Sinn, sich aufzuregen? Wir wussten beide, dass es dazu kommen könnte.«

»Ich werde nicht sehr gut aussehen, Dorrie«, sagte er versuchsweise. »Und, weißt du, das Körperliche in unserer Ehe wird für eine Weile ausfallen – nicht einmal mitgerechnet, dass ich über anderthalb Jahre unterwegs sein werde.«

Sie wirkte zuerst nachdenklich, dann resigniert, schließlich sah sie ihn an und lächelte. Sie stand auf, trat zu ihm und legte die Arme um ihn.

»Ich werde stolz auf dich sein«, sagte sie. »Und wenn du wieder da bist, haben wir ein langes, langes Leben vor uns.« Sie wich aus, als er nach ihr greifen und sie küssen wollte, und sagte verspielt: »Nichts da, du musst zurück. Was machst du wegen Brad?«

»Na ja, ich könnte noch einmal zum Motel fahren...«

Sie sagte entschieden: »Tu das nicht, Roger. Er soll selbst für sich sorgen. Wenn er etwas treibt, das sich nicht gehört, ist das sein Problem. Ich möchte, dass du zur Konferenz fährst und – ach ja, richtig! Ich muss wieder los. Ich komme ganz in der Nähe vom Motel vorbei. Wenn ich Brads Auto sehe, hefte ich einen Zettel hin.«

»Auf den Gedanken bin ich gar nicht gekommen«, sagte er bewundernd.

»Mach dir also keine Sorgen. Ich will nicht, dass du über Brad nachdenkst. Bei allem, was bevorsteht, müssen wir an dich denken!«

Jonny Freeling, Dr. med., F.A.C.S., A.A.S.M., war lange genug in der Raummedizin tätig, um den Umgang mit Leichen verlernt zu haben. Vor allem war er es nicht gewohnt, die Leichen von Freunden aufzuschneiden. Astronauten ließen gewöhnlich ihre Körper nicht zurück, wenn sie starben. Kamen sie im Dienst um, gab es kaum eine Obduktion; diejenigen, die im Weltraum starben, blieben dort, die zu Hause das Leben verloren, wurden meist von Wasserstoff- und Sauerstoffflammen in Gas verwandelt. In beiden Fällen blieb nichts, was man auf einen Seziertisch hätte legen können.

Es fiel schwer, sich klarzumachen, dass das Objekt, das er sezierte, Will Hartnett war. Es war nicht so sehr eine Obduktion als etwa das Zerlegen eines Karabiners. Er hatte mitgeholfen, diese Teile zusammenzusetzen – hier diese Platinelektroden, dort die Mikrochips in ihrem schwarzen Kasten; jetzt war es Zeit, sie wieder auseinanderzunehmen. Nur war da Blut. Trotz allem war Will mit einer großen Menge feuchten, sickernden menschlichen Bluts in sich gestorben.

»Einfrieren und Probeschnitt«, sagte er und gab seiner Oberschwester ein Glasplättchen, die es nickend entgegennahm. Clara Bly. Ihr hübsches schwarzes Gesicht spiegelte Traurigkeit, auch wenn niemand wusste, dachte Freeling, als er einen tropfenden Metallstrang heraushob, der zu den Sehschaltungen gehörte, wie viel von der Traurigkeit dem Tod des Cyborgs galt und wie viel ihrer unterbrochenen Abschiedsparty. Sie verließ das Institut, um am nächsten Tag zu heiraten; im Raum nebenan war noch alles mit Krepppapier und Papierblumen für ihre Party geschmückt. Man hatte Freeling gefragt, ob man für die Obduktion alles wegräumen solle, aber das war natürlich nicht nötig; in diesem Schockraum würde niemand wiederbelebt werden.

Er sah seine Assistentin an, die dort stand, wo bei

einer normalen Operation der Narkosearzt seinen Platz hatte, und knurrte: »Schon Nachricht von Brad?«

»Er ist im Haus«, sagte sie.

Warum, zum Teufel, kommt er dann nicht herunter?, dachte Freeling, aber er sprach es nicht aus, sondern nickte nur. Wenigstens war er wieder da. Was für Probleme daraus auch entstehen mochten, Freeling brauchte sie nicht alleine zu bewältigen.

Aber je mehr er sondierte und fischte, desto verwirrter wurde er. Wo lag die Ursache? Was hatte Hartnett getötet? Die elektronischen Bauteile schienen nicht defekt zu sein; jedes Mal, wenn er eines entfernte, wurde es zu den Instrumenten-Teams geschafft, die sich sofort damit befassten. Keine Probleme. Auch die äußere Struktur des Gehirns lieferte keine Erklärung...

War es möglich, dass der Cyborg an gar nichts gestorben war?

Freeling bog sich nach hinten, spürte Schweiß unter den heißen Lampen und wartete instinktiv darauf, dass eine Hilfsschwester ihn wegwischte. Sie war nicht da, er besann sich und wischte sich die Stirn mit dem Ärmel. Er ging wieder hinein, löste sorgfältig das Sehnervensystem heraus und entfernte es – was davon vorhanden war; die Hauptteile waren mit den Augen zusammen herausoperiert worden, ersetzt durch Elektronik.

Dann sah er es.

Zuerst sickerte Blut unter den *Corpus callosum*. Dann, als er vorsichtig anhob und tastete, die grau-weiße, glitschige Scheide einer Arterie, mit einer Ausbeulung, die geplatzt war. Ein Gefäßriss.

Freeling beließ es dabei. Der Rest konnte später oder auch gar nicht erfolgen. Vielleicht war es besser, das, was von Will Hartnett übrig war, möglichst intakt zu lassen.

Der Konferenzsaal diente auch als Klinikbibliothek, sodass bei einer Sitzung nichts nachgeschlagen werden konnte. Es gab gepolsterte Sitze für vierzehn Personen am langen Tisch, und sie waren alle besetzt, während die übrigen Leute auf Klappstühlen sich hineingezwängt hatten, wo es gerade ging. Zwei Plätze waren leer, die für Brad und Jon Freeling, unterwegs zu einem letzten Abstecher ins Labor, wie sie sagten, in Wirklichkeit, damit Freeling seinen Chef über die Ereignisse während seiner Mittagspause informieren konnte. Alle anderen waren da, Don Kayman und Vic Samuelson (nun zu Rogers Ersatzmann befördert und nicht den Eindruck erweckend, als gefalle ihm das), Telly Ramez, der Chef-Psychiater, alle die Kardiovaskulär-Leute, die miteinander murmelten, die Chefs der Verwaltungsabteilungen – und die beiden Stars. Einer der Stars war Roger Torraway, unsicher am Kopfende des Tisches sitzend, während er mit starrem Lächeln den Gesprächen der anderen zuhörte. Der zweite war Jed Griffin, der erste Mann des Präsidenten für die Behebung von Schwierigkeiten. Sein Titel war nur Chefverwaltungsassistent des Präsidenten, aber selbst der stellvertretende Direktor behandelte ihn wie den Papst.

»Wir können jederzeit anfangen, Mr. Griffin«, sagte de Bell. Griffins Gesicht zeigte ein verkrampftes Lächeln, und er schüttelte den Kopf.

»Nicht, bis die beiden anderen da sind«, sagte er.

Als Brad und Freeling eintrafen, wurde es schlagartig still.

»*Jetzt* können wir anfangen«, knurrte Jed Griffin, und der sorgenvolle Ton seiner Stimme war für alle im Saal deutlich vernehmbar. Griffin wollte seine Sorgen nicht allein tragen und verteilte sie prompt auf alle Anwesenden: »Sie wissen nicht, wie nah dieses Projekt der sofortigen Einstellung ist. Nicht nächstes Jahr oder nächsten Monat«, sagte er, »nicht langsam abgewickelt, nicht reduziert. *Eingestellt.*«

Roger Torraway löste den Blick von Brad und richtete ihn auf Griffin.

»Eingestellt«, wiederholte Griffin. »Erledigt.«

Er schien Befriedigung dabei zu finden, wenn er das aussprach, dachte Torraway.

»Und das Einzige, was es gerettet hat«, fuhr Griffin fort, »war das hier.« Er klopfte mit einem Bündel grünlicher Computerausdrucke auf den Tisch. »Die amerikanische Öffentlichkeit will, dass das Projekt fortgeführt wird.«

Torraway spürte einen zerrenden Griff an seinem Herzen, und erst in diesem Augenblick begriff er, wie blitzartig und überwältigend das Gefühl der Hoffnung kurz vorher gewesen war. Einen Augenblick lang hatte es nach einer Begnadigung ausgesehen.

Der stellvertretende Direktor räusperte sich.

»Ich war der Meinung, dass die Umfragen eine beträchtliche… äh… Gleichgültigkeit unserer Arbeit gegenüber ergeben hatten«, sagte er.

»Die Vorausergebnisse, ja.« Griffin nickte. »Aber wenn man sie alle addiert und durch den Computer analysieren lässt, läuft es auf starke Unterstützung im ganzen Land hinaus. Ganz recht. Signifikant bis auf zwei Sigmas, glaube ich, nennt man das. Das Volk wünscht, dass ein Amerikaner auf dem Mars lebt. Allerdings«, fuhr er fort, »war das vor diesem letzten Fiasko. Weiß der Himmel, was das anrichten würde, wenn es bekannt werden sollte. Die Regierung braucht keine Sackgasse, keine Sache, für die sie sich entschuldigen muss. Sie braucht einen Erfolg. Ich kann Ihnen nicht sagen, wie viel davon abhängt.«

Der stellvertretende Direktor wandte sich an Freeling.

»Doktor Freeling?«, fragte er.

Freeling stand auf.

»Will Hartnett ist an einem Schlaganfall gestorben«, sagte er. »Der vollständige Obduktionsbericht wird noch geschrieben, aber darauf läuft es hinaus. Es gibt keinen Hinweis auf eine Degeneration, in seinem Alter und seiner Verfassung hätte ich nicht damit gerechnet. Es war also ein Trauma. Zu große Belastung für die Blutgefäße in seinem Gehirn.« Er betrachtete seine Fingerspitzen. »Das Folgende sind Vermutungen«, sagte er, »aber das ist das Beste, was ich anbieten kann. Ich werde Ripplinger von der medizinischen Fakultät in Yale zuziehen und Anford...«

»Kommt nicht infrage«, fauchte Griffin.

»Wie bitte?«, sagte Freeling erstaunt.

»Keine Konsultationen. Nicht ohne vorherige umfangreiche Sicherheitsüberprüfung. Das ist von äußerster Dringlichkeit, Doktor Freeling.«

»Oh. Nun, dann muss ich die Verantwortung selbst übernehmen. Die Ursache des Traumas war zu starker Input. Er war überlastet und wurde nicht damit fertig.«

»Ich habe noch nie gehört, dass so etwas einen Schlaganfall hervorruft«, beschwerte sich Griffin.

»Es bedarf einer enormen Belastung. Aber es kommt vor. Und hier haben wir es mit neuen Formen der Belastung zu tun, Mr. Griffin. Das ist wie ... nun, ein Vergleich: Wenn Sie ein Kind hätten, das mit grauem Star geboren worden ist, würden Sie mit ihm zum Arzt gehen, und der Arzt würde den Star operieren. Nur müssten Sie das tun, bevor das Kind die Pubertät erreicht – beziehungsweise bevor es aufhört zu wachsen, innerlich wie äußerlich. Wenn Sie es bis dahin nicht tun, ist es besser, Sie lassen das Kind blind bleiben. Kinder, bei denen solche Katarakte nach dem dreizehnten, vierzehnten Lebensjahr entfernt werden, haben nämlich eine interessante Erscheinung gemeinsam. Sie begehen Selbstmord, bevor sie zwanzig sind.«

Torraway versuchte, der Diskussion zu folgen, was ihm aber nicht ganz gelang. Er war erleichtert, als der stellvertretende Direktor eingriff.

»Ich glaube nicht, dass ich verstehe, was das mit Will Hartnett zu tun hat, Jon.«

»Auch da handelt es sich um zu großen Input. Bei den jungen Leuten scheint nach der Staroperation eine Desorientierung einzutreten. Sie erhalten neue Wahrnehmungen, für deren Verarbeitung sie kein System besitzen. Wenn von der Geburt an Sehfähigkeit besteht, entwickelt die Hirnrinde Systeme für den Umgang, die Verarbeitung und Interpretation dieser Zugänge. Wenn nicht, gibt es keine entwickelten Systeme, und es ist zu spät, sie nachwachsen zu lassen.

Ich glaube, Wills Problem war, dass wir ihm Dinge zugeführt haben, für deren Verarbeitung er keine Systeme besaß. Es war zu spät für ihn, eines nachwachsen zu lassen. Die eingehenden Daten überfluteten ihn, die Belastung zerriss ein Blutgefäß. Und ich glaube, das wird auch mit Roger hier passieren, wenn wir es bei ihm genauso machen«, fügte er hinzu.

Griffin warf Roger Torraway einen kurzen, prüfenden Blick zu. Torraway räusperte sich, sagte aber nichts. Es schien nichts zu geben, was er sagen konnte.

»Was wollen Sie damit ausdrücken, Freeling?«, sagte Griffin.

Der Doktor schüttelte den Kopf.

»Nur das, was ich gesagt habe. Ich erklärte Ihnen, woran es liegt, es ist Sache anderer, Ihnen klarzumachen, wie man das beheben kann. Ich glaube nicht, dass man es überhaupt beheben kann. Nicht medizinisch, meine ich. Man hat ein Gehirn – das von Will oder das von Roger. Es ist als Radioempfänger gewachsen. Nun führen Sie Fernsehbilder ein. Es weiß nicht, wie es damit umgehen soll.«

Die ganze Zeit über hatte Brad gekritzelt und von Zeit zu Zeit mit interessiertem Ausdruck den Kopf gehoben. Er blickte wieder auf den Notizblock, schrieb etwas, betrachtete es nachdenklich, schrieb wieder, während sich die Aufmerksamkeit aller Anwesenden auf ihn richtete.

Schließlich sagte der stellvertretende Direktor: »Brad? Der Ball scheint auf Ihrer Platzseite zu sein.«

Brad sah auf und lächelte.

»Daran arbeite ich«, sagte er.

»Stimmen Sie Doktor Freeling zu?«

»Keine Frage, er hat recht. Wir können einem Nervensystem, das nicht ausgestattet ist, sie zu verarbeiten, keine Rohdaten zuführen. Diese Mechanismen gibt es im Gehirn nicht, in keinem, außer wir wollen ein Kind direkt nach seiner Geburt so umkonstruieren, dass das Gehirn zu entwickeln vermag, was es braucht.«

»Wollen Sie vorschlagen, dass wir auf eine neue Generation von Astronauten warten?«, knurrte Griffin.

»Nein. Ich schlage vor, dass wir Verarbeitungsschaltungen in Roger einbauen. Nicht einfach Sensoren. Filter, Umsetzer – Methoden, die Eingangsdaten interpretieren, das sichtbare Licht von anderen Wellenlängen des Spektrums trennen, das kinästhetische Gefühl von neuen Muskeln unterscheiden – alles. Lassen Sie mich ein wenig ausholen«, sagte er. »Weiß irgendjemand von Ihnen über McCulloch und Lettvin und das Froschauge Bescheid?« Er schaute sich am Tisch um. »Sicher, Jonny, Sie und ein, zwei Weitere. Ich reiße das am besten kurz an. Das Wahrnehmungssystem des Frosches – nicht allein das Auge, alles, was zum Sehsystem gehört – filtert weg, was nicht wichtig ist. Wenn ein Käfer vor dem Froschauge vorbeiläuft, nimmt das Auge ihn wahr, die Nerven übermitteln die Information, das Gehirn reagiert darauf, und der Frosch frisst den Käfer. Wenn, sagen wir, ein kleines Blatt vor dem Frosch herunterfällt, frisst er es nicht. Er *beschließt* nicht, es nicht zu fressen. Er *sieht* es nicht. Das Abbild bildet sich zwar im Auge, aber die Information wird ausgefiltert, bevor es das Gehirn erreicht. Das Gehirn nimmt überhaupt nicht wahr, was das Auge gesehen hat, weil es nicht erforderlich ist. Es ist für einen Frosch einfach nicht relevant zu wissen, ob vor ihm ein Blatt liegt oder nicht.«

Roger verfolgte das Gespräch mit großem Interesse, aber geringerem Verständnis.

»Augenblick«, sagte er. »Ich bin doch komplizierter – ich meine, ein Mensch ist viel komplizierter als ein Frosch. Woher soll ich wissen, was ich zu sehen *brauche* und was nicht?«

»Überlebensdaten, Rog. Wir haben vieles von Will gelernt. Ich glaube, wir können es schaffen.«

»Danke. Mir wäre es lieb, wenn Sie etwas mehr Gewissheit hätten.«

»Oh, ich bin mir sicher genug«, sagte Brad grinsend. »Mich hat das nicht völlig überrascht.«

Torraway sagte mit einem Kratzen in der Kehle und dünner Stimme: »Soll das heißen, Sie haben zugelassen, dass Will...«

»Nein, Roger! Hören Sie mal. Will war auch mein Freund. Ich glaubte, der Sicherheitsfaktor sei groß genug, um ihn wenigstens überleben zu lassen. Ich habe mich geirrt, und es tut mir mindestens ebenso leid wie Ihnen, Roger. Aber wir wussten alle, dass ein Risiko bestand, die Systeme würden nicht funktionieren, wir müssen noch mehr tun.«

»Das ist in Ihren Arbeitsberichten nicht sehr klar herausgestellt worden«, sagte Griffin schwerfällig. Der stellvertretende Direktor wollte etwas sagen, aber Griffin schüttelte den Kopf. »Dazu kommen wir ein andermal. Was wollen Sie jetzt darlegen, Bradley? Haben Sie vor, einen Teil der Informationen wegzufiltern?«

»Nicht einfach wegfiltern. Verarbeiten. In eine Form umsetzen, mit der Roger zurechtkommt.«

»Und was ist mit Torraways Einwand, dass ein Mensch komplizierter sei als ein Frosch? Haben Sie so etwas mit Menschen schon gemacht?«

Brad grinste überraschend; darauf war er vorbereitet.

»Um genau zu sein, ja. Vor etwa sechs Jahren, bevor ich hierherkam – ich war noch graduierter Student. Wir nahmen vier Freiwillige und konditionierten sie auf einen pawlowschen Reflex. Wir leuchteten ihnen mit einem grellen Licht ins Auge und betätigten gleichzeitig eine elektrische Türklingel mit dreißig Schwingungen in der Sekunde. Wenn einem grelles Licht ins Auge scheint, zieht die Pupille sich natürlich zusammen. Das unterliegt nicht der bewussten Kontrolle. Man kann es nicht vortäuschen. Es ist eine Reaktion auf Licht, nichts sonst, nur eine evolutionäre Fähigkeit, das Auge vor direkter Sonneneinstrahlung zu schützen.

Diese Art von Reaktion, die das autonome Nervensystem betrifft, ist menschlichen Wesen schwer einzuprägen. Aber es gelang uns. Sobald der Reflex sitzt, haftet er ganz fest. Nach – ich glaube, es waren dreihundert – Versuchen pro Mann war der Reflex fixiert. Man brauchte nur noch die Glocke zu läuten, und die Pupillen der Probanden schrumpften auf Stecknadelkopfgröße. Können Sie mir so weit folgen?«

»Ich weiß vom College noch genug über pawlowsche Reflexe. Grundwissen«, sagte Griffin.

»Nun, das ging aber anders weiter. Wir zapften den Hörnerv an und konnten das Signal messen, wie es zum Gehirn gelangte – *brrr, brrr* –, dreißig Schwingungen in der Sekunde, auf dem Oszilloskop abzulesen.

Wir nahmen eine andere Klingel, eine, die mit vierundzwanzig Schwingungen in der Sekunde läutete. Wollen Sie raten, was geschehen ist?« Niemand antwortete. Brad lächelte. »Das Oszilloskop zeigte nach wie vor *dreißig Schwingungen in der Sekunde*. Das Gehirn hörte etwas, das es in Wirklichkeit gar nicht gab.

Sie sehen also, es sind nicht nur Frösche, die eine solche Verarbeitung betreiben. Menschliche Wesen nehmen die Welt auf eine schon vorverdaute Weise wahr. Die sensorischen Zugänge redigieren und gestalten die Information selbst um.

Was ich also mit Ihnen machen möchte, Roger«, sagte er jovial, »ist, Ihnen beim Interpretieren etwas Hilfestellung zu leisten. Mit Ihrem Gehirn können wir nicht viel machen. Gut oder schlecht, wir sind darauf angewiesen. Es ist eine Masse aus grauer Gallerte mit einer kapazitätsbegrenzenden Struktur, und wir können nicht unbeschränkt Informationen hineingießen. Die einzige Stelle, wo wir eingreifen müssen, ist an der Grenzfläche – *bevor* das Gehirn erreicht wird.«

Griffin schlug mit der flachen Hand auf den Tisch.

»Können wir das Startdatum einhalten?«, brummte er.

»Ich kann es versuchen, Sir«, sagte Brad liebenswürdig.

»Sie können sich gratulieren, wenn wir das akzeptieren und es nicht klappt, mein Lieber!«

Brads Gesicht wurde ernst.

»Was soll ich sagen?«

»Ich möchte die Chancen wissen«, knurrte Griffin.

Brad zögerte.

»Nicht schlechter als fifty-fifty«, sagte er schließlich.

»Abgemacht«, sagte Griffin und lächelte endlich.

Fifty-fifty ist keine schlechte Wette, dachte Roger auf dem Rückweg zu seinem Büro. Hängt natürlich vom Einsatz ab.

Er ging langsamer, damit Brad ihn einholen konnte.

»Brad«, sagte er, »sind Sie Ihrer Sache ziemlich sicher?«

Brad schlug ihm sanft auf die Schulter.

»Sicherer, als ich mich ausgedrückt habe, um die Wahrheit zu sagen. Ich wollte mich beim alten Griffin nur nicht zu weit vorwagen. Und vielen Dank noch, Roger.«

»Wofür?«

»Dass Sie vorhin versucht haben, mich zu warnen. Ich weiß das zu schätzen.«

»Gern geschehen«, sagte Roger. Er blieb stehen und sah Brad einen Augenblick nach, während er sich fragte, woher Brad von etwas wusste, das er nur seiner Frau erzählt hatte.

Wir hätten es ihm sagen können – wie wir ihm vieles hätten sagen können, auch, warum die Umfragen zeigten, was sie zeigten. Aber niemand brauchte es ihm eigentlich zu sagen. Er hätte es sich selbst sagen können – wenn er sich gestattet hätte, es zu wissen.

7

Ein sterbliches Monster

Don Kayman war ein vielschichtiger Mensch, der ein Problem nie aus den Händen ließ. Das war der Grund, weshalb wir ihn als Areologen beim Projekt haben wollten, aber es reichte auch in sein religiöses Leben hinein. In einem Winkel seines Gehirns beschäftigte ihn ein religiöses Problem.

Es hinderte ihn nicht daran, vor sich hin zu pfeifen, während er sorgfältig um seinen Dizzy-Gillespie-Bart herumrasierte und seine Haare vor dem Spiegel zu einer Pagenfrisur bürstete. Aber es beschäftigte ihn. Er starrte in den Spiegel und versuchte herauszulösen, was es war, das ihn störte. Nach einigen Augenblicken wurde ihm klar, dass es zumindest zum Teil an seinem T-Shirt lag. Es passte nicht. Er zog es aus und ersetzte es durch einen vierfarbigen Rollkragenpullover, der genug Ähnlichkeit mit einem Klerikerkragen hatte, um seinem Sinn für Humor zu entsprechen.

Die Sprechanlage surrte.

»Donnie? Schon fertig?«

»Komme sofort«, sagte er und schaute sich um. Was noch? Sein Sportjackett hing über einer Stuhllehne an der Tür. Seine Schuhe waren geputzt. Der Reißverschluss an der Hose war zu. »Ich werde noch ganz zerstreut«, sagte er zu sich selbst. Was ihn störte, hing mit Roger Torraway zusammen, der ihm in diesem Augenblick sehr leidtat.

Er zuckte die Achseln, griff nach der Jacke, hängte sie über die Schulter, ging durch den Flur und klopfte an die Tür von Schwester Clotildas Konvent.

»Morgen, Pater«, sagte die Novizin, die ihn hereinließ. »Setzen Sie sich. Ich hole sie gleich.«

»Danke, Jess.« Als sie durch den Korridor davonging, sah Kayman ihr anerkennend nach. Das enge Hosenanzug-Habit brachte ihre Figur gut zur Geltung, und Kayman genoss das schwache, uralte Gefühl der Verworfenheit. Es war ein harmloses Laster, wie am Freitag Roastbeef zu essen. Er erinnerte sich, wie seine Eltern jeden Freitagabend beharrlich ihre tiefgefrorenen, gebackenen Jakobsmuscheln gekaut hatten, selbst dann noch, als der Dispens für alle erteilt worden war. Sie hatten nicht das Gefühl, es sei Sünde, Fleisch zu essen, sondern ihr Verdauungssystem hatte sich so auf Fisch am Freitag eingestellt, dass sie nicht mehr anders konnten. Kaymans Einstellung zum Sex war ähnlich. Als der Zölibat aufgehoben worden war, hatte das nicht die genetische Erinnerung an zweitausend Jahre einer Priesterschaft aufheben können, die so getan hatte, als wisse sie nicht, wofür ihr Sexualapparat da sei.

Schwester Clotilda kam ins Zimmer, küsste ihn auf die frisch rasierte Wange und griff nach seinem Arm.

»Du riechst gut«, sagte sie.

»Willst du irgendwo eine Tasse Kaffee trinken?«, fragte er, als er sie hinausführte.

»Ich glaube nicht, Donnie. Bringen wir es hinter uns!«

Die Herbstsonne brannte.

»Klappen wir das Verdeck herunter?«

Sie schüttelte den Kopf.

»Dein ganzes Haar wird zerzaust. Außerdem ist es zu heiß.« Sie drehte sich mit dem Gurt, um ihn anzusehen. »Was ist los?«

Er zuckte mit den Achseln, ließ den Motor an und lenkte den Wagen auf die automatischen Spuren.

»Ich... ich weiß nicht recht. Ich habe das Gefühl, als hätte ich vergessen, etwas zu beichten.«

Clotilda nickte.

»Mich?«

»O nein, Tillie! Es ist... ich weiß nicht genau, was.« Er griff zerstreut nach ihrer Hand und starrte zum Seitenfenster hinaus. Als sie über eine Überführung fegten, konnte er den großen, weißen Würfel des Projektgebäudes am Horizont sehen.

Es war nicht sein Interesse für Schwester Clotilda, das ihn störte, dessen war er sich ziemlich sicher. Obwohl ihm das schwache Prickeln sanfter Verworfenheit gefiel, war er in keinem Sinn bereit, die Gesetze seiner Kirche und seines Gottes zu missachten. Vielleicht sollte er sich einen guten Anwalt nehmen und ein Gesetz bekämpfen, nicht es brechen, dachte er. Er fand sein Streben nach Schwester Clotilda wagemutig genug, und was sich daraus ergeben würde, hing davon ab, was ihr Orden erlaubte, wenn und falls er je dazu kam, sie zu bitten, um einen Dispens einzugeben. Er hatte kein Interesse für die wilderen Splittergruppen wie die Klerikalkommunen oder die Neu-Manichäer.

»Roger Torraway?«, sagte sie.

»Würde mich nicht wundern«, erwiderte er. »Mich stört etwas an den Manipulationen mit seinen Sinnen, mit seiner Wahrnehmung der Welt.«

Schwester Clotilda drückte seine Hand. Als psychiatrische Sozialarbeiterin durfte sie wissen, was im Projekt vorging, und sie kannte Don Kayman.

»Die Sinne sind Lügner, Donnie. Das sagt die Schrift.«

»Oh, sicher. Aber hat Brad ein Recht zu sagen, wie Rogers Sinne lügen?«

Clotilda zündete sich eine Zigarette an und überließ ihn seinen Gedanken. Erst als sie sich dem Einkaufszentrum näherten, sagte sie: »Nächste Abzweigung, nicht?«

»Richtig«, sagte er, griff nach dem Lenkrad und schaltete um auf Handsteuerung. Er glitt in eine Parklücke, immer noch mit Roger Torraway beschäftigt. Da war das unmittelbare Problem von Rogers Frau. Das war schwierig genug. Aber dahinter stand das größere Problem: Wie konnte Roger sich mit der größten aller persönlichen Fragen befassen – was ist Recht und was ist Unrecht? –, wenn die Information, auf die er eine Entscheidung gründen musste, durch Brads Zwischenschaltungen gefiltert wurde?

Über dem Schaufenster stand »Schöne Kleinigkeiten«. Es war nach dem Maßstab des Zentrums ein kleines Geschäft, aber groß genug, um teuer zu sein. Mit Miete, Betriebskosten, Versicherung, Gehälter für drei Verkäufer, zwei davon Teilzeitkräfte, und einem großzügigen Geschäftsführergehalt für Dorrie, bedeutete es jeden Monat einen Nettoverlust von fast zweitausend Dollar. Roger bezahlte das gern, obwohl unsere Buchhaltungsprogramme immer wieder sagten, es wäre billiger, Dorrie die zweitausend im Monat als Taschengeld zu geben.

Dorrie stapelte Porzellan auf einer Theke mit der Aufschrift »Räumungsverkauf – 50% Rabatt«. Sie nickte den Besuchern durchaus höflich zu.

»Hallo, Don. Nett, Sie zu sehen, Schwester Clotilda. Wollen Sie günstig ein paar Tontassen kaufen?«

»Sehen hübsch aus«, sagte Clotilda.

»Das sind sie. Aber nicht für den Konvent. Die Lebensmittelüberwachung hat verordnet, sie vom Markt zu nehmen. Die Glasur soll giftig sein – vorausgesetzt, man trinkt aus jeder Tasse zwanzig Jahre lang jeden Tag mindestens vierzig Portionen Tee.«

»Ah, das ist aber schade. Aber Sie verkaufen sie?«

»Die Anweisung gilt erst in einem Monat«, erklärte Dorrie und feixte. »Zu einem Priester und einer Nonne hätte ich das nicht sagen sollen, wie? Aber ehrlich gesagt, wir verkaufen mit dieser Glasur seit Jahren, und ich habe noch nie gehört, dass jemand gestorben wäre.«

»Wollen Sie eine Tasse Kaffee mit uns trinken?«, fragte Kayman. »In anderen Tassen, versteht sich.«

Dorrie seufzte, rückte eine Tasse gerade und sagte: »Nein, wir können uns ruhig nur unterhalten. Kommen Sie mit in mein Büro!« Sie ging voraus und sagte über die Schulter: »Ich weiß ohnehin, weshalb Sie hier sind.«

»So?«, sagte Kayman.

»Sie möchten, dass ich Roger besuche. Richtig?«

Kayman setzte sich in einen großen Sessel vor ihren Schreibtisch.

»Warum tun Sie es nicht, Dorrie?«

»Mein Gott, Don, was soll das? Er ist ohne Bewusstsein. Er würde gar nicht wahrnehmen, ob ich da bin oder nicht.«

»Er wird stark sediert, das ist wahr, aber er hat auch Zeiten, in denen er bei Bewusstsein ist.«

»Hat er nach mir verlangt?«

»Er hat nach Ihnen gefragt. Was soll er noch tun, betteln?«

Dorrie zuckte die Achseln und spielte mit einer keramischen Schachfigur.

»Sind Sie schon einmal auf den Gedanken gekommen, sich um Ihre eigenen Angelegenheiten zu kümmern, Don?«, fragte sie.

Er war nicht beleidigt.

»Das tue ich. Roger ist jetzt unser einziger unentbehrlicher Mann. Wissen Sie, was mit ihm geschieht? Er war schon achtundzwanzigmal auf dem Operationstisch. Dreizehn Tage! Er hat keine Augen mehr. Weder Lunge noch Herz noch Ohren noch Nase – er hat nicht einmal mehr seine Haut, sie ist weg, immer ein paar Quadratzentimeter auf einmal, ersetzt durch Kunststoff. Bei lebendigem Leib die Haut abgezogen, ge-schunden – dafür sind Menschen heiliggesprochen wor-den, und jetzt haben wir einen Mann, dem nicht einmal seine eigene Frau…«

»Ach, verdammt, Don!«, brauste Dorrie auf. »Sie wissen nicht, wovon Sie reden. Roger hat mich *gebeten*, nicht zu kommen und ihn zu sehen, sobald die Operati-onen begonnen haben. Er dachte, ich wäre nicht fähig… Er wollte einfach nicht, dass ich ihn so sehe!«

»Mein Eindruck von Ihnen ist, dass Sie ziemlich wi-derstandsfähig sind, Dorrie«, sagte der Priester dünn. »Würden Sie es denn ertragen können?«

Dorrie schnitt eine Grimasse. Für einen Augenblick sah ihr hübsches Gesicht gar nicht hübsch aus.

»Es geht nicht darum, was ich ertragen kann«, sagte sie. »Schauen Sie, Don. Wissen Sie, was es heißt, mit einem Mann wie Roger verheiratet zu sein?«

»Na, ich stelle mir vor, dass das etwas Schönes ist«, sagte Kayman überrascht. »Er ist ein guter Mann!«

»Das ist er, ja. Ich weiß das mindestens genauso gut wie Sie, Don Kayman. Und er liebt mich abgöttisch.«

Es entstand eine Pause.

»Ich glaube, ich verstehe nicht, was Sie sagen«, meinte Schwester Clotilda. »Ist Ihnen das unangenehm?«

Dorrie sah die Nonne prüfend an.

»Unangenehm. So kann man es auch ausdrücken.« Sie stellte die Schachfigur weg und beugte sich vor. »Das ist der Traum jedes Mädchens, nicht? Einen echten Hel-den zu finden, gut aussehend und klug und berühmt und nahezu reich – und er so närrisch in sie verliebt, dass er an ihr keinen Fehler entdecken kann. Deshalb habe ich Roger geheiratet. Ich konnte nicht glauben, dass ich so viel Glück hatte.« Ihre Stimme wurde etwas schriller. »Ich glaube nicht, dass Sie wissen, was es heißt, abgöttisch geliebt zu werden. Was nützt einem ein solcher Mann? Manchmal, wenn wir im Bett liegen, versuche ich einzuschlafen, und ich kann *hören,* wie er neben mir wach liegt, sich nicht bewegt, nicht aufsteht, um ins Bad zu gehen, so verdammt *rücksichtsvoll* ... Wissen Sie, dass Roger, wenn wir miteinander verreisen, nie auf die Toilette geht, bis er glaubt, dass ich eingeschlafen bin, oder wenn ich woanders bin? Er rasiert sich sofort nach dem Aufstehen – er möchte nicht, dass ich ihn mit zerzaustem Kopf sehe. Er rasiert sich die Achselhöhlen, gebraucht am Tag dreimal ein Deodorant. Er ... er behandelt mich, als wäre ich die Jungfrau Maria, Don! Er ist *einfältig.* Und so geht das jetzt seit *neun Jahren.*« Sie sah den Priester und die Nonne, die stumm blieben und ein wenig verlegen wirkten, flehend an. »Und dann kommen Sie daher und sagen mir, ich sollte ihn besuchen, wenn sie ihn in etwas Grässliches, Absurdes verwandeln. Sie und alle anderen. Gestern Abend kam Kathleen Doughty vorbei. Sie war voll, sie hatte getrunken und vor sich hin gebrütet und beschlossen, herüberzukommen und mir mit ihrer Whisky-Weisheit mitzuteilen, dass ich Roger unglücklich mache. *Sie hat recht. Sie haben alle recht. Ich mache ihn unglücklich.* Und Sie täuschen sich, wenn Sie der Meinung sind, es würde ihn glücklich machen, wenn ich ihn besuchen würde ... Ach, verdammter Mist!«

Das Telefon läutete. Dorrie griff danach, dann warf sie einen Blick auf Kayman und Schwester Clotilda. Der Ausdruck auf ihrem Gesicht, der beinahe ein Flehen gewesen war, verhärtete sich, bis sie den Porzellanfiguren auf dem Tisch neben ihrem Schreibtisch ähnlich sah.

»Entschuldigen Sie«, sagte sie, klappte die weichen Kunststofflappen über das Mundstück der Muschel, die ein Flüsterfon daraus machten, und drehte sich mit dem Stuhl herum. Sie sprach kurze Zeit unhörbar, dann legte sie auf und drehte sich wieder um.

»Sie haben mir Stoff zum Nachdenken gegeben, Dorrie«, sagte Kayman, »aber trotzdem ...«

Sie zeigte ein Porzellanlächeln.

»Aber Sie wollen mir trotzdem sagen, wie ich zu leben habe. Nun, das können Sie nicht. Sie haben sich geäußert, alle beide. Ich danke Ihnen für Ihr Kommen. Und nun danke ich Ihnen, wenn Sie gehen. Es gibt nichts mehr zu sagen.«

In dem riesigen, weißen Würfel des Projektgebäudes lag Roger ausgestreckt auf einem Wasserbett. Er lag schon dreizehn Tage so, die meiste Zeit entweder bewusstlos oder unfähig zu unterscheiden, ob er bei Bewusstsein war oder nicht. Er träumte. Wir konnten zunächst an den schnellen Augenbewegungen, danach am Zucken der Muskelenden, als die Augen entfernt waren, erkennen, was er träumte. Manche seiner Träume waren Wirklichkeit, aber er konnte nicht zwischen ihnen unterscheiden.

Wir überwachten Roger Torraway zu dieser Zeit jede Sekunde. Es gab kaum eine Muskelbewegung, kaum einen Synapsensprung, die nicht von irgendeinem Monitor registriert worden wären, und wir verarbeiteten getreulich die Daten und überwachten unablässig seine lebenswichtigen Funktionen.

Das war erst der Anfang. Was mit Roger in den ersten dreizehn Tagen Chirurgie geschehen war, umfasste nicht viel mehr als das schon bei Will Hartnett Vorgenommene. Und das genügte nicht.

Als das alles getan war, begannen die Prothetik- und Chirurgen-Teams Dinge zu tun, die nie zuvor bei einem menschlichen Wesen getan worden waren. Sein ganzes Nervensystem wurde revidiert und alle wichtigen Verbindungswege an Kupplungen angeschlossen, die zu dem Großcomputer darunter führten. Das war eine Allzweck-IBM-3070-Anlage. Sie nahm einen halben Saal ein und verfügte noch immer nicht über genügend Kapazität, alles zu leisten, was von ihr verlangt wurde. Es war nur ein Anschluss für eine Zwischenzeit. In zweitausend Meilen Entfernung, im Bundesstaat New York, montierte IBM einen Sondercomputer, der auf dem Rücken getragen werden konnte. Ihn zu konstruieren war das Schwierigste am Projekt; wir veränderten die Schaltungen schon, wenn sie noch auf den Werkbänken zusammengefügt wurden. Er durfte nicht mehr wiegen als 36 Kilogramm, Erdgewicht. Das größte Ausmaß durfte 48 Zentimeter nicht überschreiten. Und er musste mit Wechselstrom-Gleichstrom-Batterien arbeiten, die durch Solarzellen ständig aufgeladen wurden.

Die Solarzellen waren zunächst ein Problem, aber wir lösten es in eher eleganter Weise. Sie verlangten eine Oberfläche von allermindestens 2,7 Quadratmetern. Die Oberfläche von Rogers Körper war selbst nach der Revision und Ausstattung mit verschiedenen Anhängseln nicht groß genug, wäre es auch nicht gewesen, wenn sie das ziemlich schwache Sonnenlicht auf dem Mars gleichzeitig ganz hätte aufnehmen können. Wir lösten das Problem, indem wir zwei riesengroße, hauchdünne Elfenflügel entwickelten. »Er wird aussehen wie Oberon«, sagte Brad grinsend, als er die Zeichnungen sah. »Oder wie eine Fledermaus«, murrte Kathleen Doughty.

Sie glichen tatsächlich Fledermausflügeln, zumal sie kohlschwarz waren. Zum Fliegen taugten sie nicht, nicht einmal in einer angemessen dichten Atmosphäre, wenn der Mars eine solche besessen hätte. Sie waren eine dünne Haut mit wenig Kraft im inneren Gefüge. Aber sie waren auch nicht zum Fliegen oder irgendeiner Art von Lastentragen gedacht. Sie sollten sich nur automatisch ausbreiten und so viel Strahlung auffangen, wie die Sonne zu liefern vermochte. Auf einen nachträglichen Einfall hin wurde die Konstruktion verändert, sodass Roger sie in gewissem Maß steuern konnte, um die Flügel zu gebrauchen, wie ein Drahtseilartist seine Stange verwendet, um das Gleichgewicht zu halten. Alles in allem waren sie ein gewaltiger Fortschritt gegenüber den Ohren, die wir Will Hartnett aufgesetzt hatten.

Die Solarflügel wurden in acht Tagen entwickelt und

hergestellt; bis Rogers Schultern sie aufnehmen konnten, waren sie fertig. Die Haut war inzwischen beinahe schon ein Normalerzeugnis. So viel davon war bei Will Hartnett verwendet worden, sowohl als Urausrüstung wie als Ersatz für Schäden oder Konstruktionsänderungen, dass neue Hautverpflanzungen auf Rogers Körper erfolgten, so schnell die Chirurgen die Körperdecke abziehen konnten, mit der er geboren worden war.

Von Zeit zu Zeit raffte er sich auf und betrachtete seine Umgebung mit, wie es schien, Erkennen und Intelligenz. Es war schwer, sicher zu sein. Seine Besucher – es war ein ständiger Strom – sprachen manchmal mit ihm, betrachteten ihn manchmal als ein Versuchskaninchen, mit dem man umgehen konnte wie mit einer Titrierflasche. Vern Scanyon kam fast jeden Tag und starrte das entstehende Geschöpf mit wachsendem Widerwillen an. »Sieht scheußlich aus«, knurrte er. »Die Steuerzahler wären begeistert!«

»Vorsicht, General«, fauchte Kathleen Doughty und schob ihren großen Körper zwischen den Direktor und das Subjekt. »Woher wissen Sie, dass er Sie nicht hören kann?«

Scanyon zuckte die Achseln und ging, um dem Büro des Präsidenten zu berichten. Don Kayman kam herein, als er sich entfernte.

»Danke, Mutter der ganzen Welt«, sagte er ernsthaft. »Ich weiß Ihre Sorge um meinen Freund Roger zu schätzen.«

»Ja«, sagte sie gereizt. »Hat nichts mit Gefühlen zu tun. Der arme Kerl wird Selbstvertrauen brauchen. Wis-

sen Sie, mit wie vielen Amputierten und Querschnitts-
gelähmten ich gearbeitet habe? Und wissen Sie, wie
viele davon hilflose Leute waren, die nie gehen oder
einen Muskel bewegen oder auch nur selbst auf die
Toilette gehen konnten? Es ist die Willenskraft, die es
schafft, Don, und dazu muss man an sich glauben.«

Kayman runzelte die Stirn; Rogers Gemütszustand
beschäftigte ihn fast unaufhörlich.

»Streiten Sie mit mir?«, sagte Kathleen scharf, das
Stirnrunzeln missverstehend.

»Ganz und gar nicht! Ich meine ... seien Sie vernünftig, Kathleen. Bin ich der Mann, der die Transzendenz
des Geistigen über das Körperliche bestreiten würde?
Ich bin nur sehr dankbar. Sie sind ein guter Mensch,
Kathleen.«

»Ach Quatsch!«, knurrte sie mit der Zigarette
im Mundwinkel. »Dafür bezahlt man mich. Und
außerdem«, sagte sie, »nehme ich an, dass Sie heute
noch nicht in Ihrem Büro gewesen sind? Ein Aufmun-
terungsschreiben an uns alle von Seiner Hoheit dem
General ist gekommen, damit wir nicht vergessen, wie
wichtig das ist, was wir machen – mit einer kleinen Andeutung, dass wir alle ins Lager kommen, wenn wir das
Startdatum nicht einhalten.«

»Als müsste uns jemand daran erinnern«, sagte Pater
Kayman seufzend und betrachtete Rogers groteske, re-
gungslose Gestalt. »Scanyon ist ein braver Mann, aber
er glaubt, alles, was er tut, spiele sich im Zentrum des
Universums ab. Nur könnte er diesmal recht haben ...«

Das ließ sich immerhin hören. Für uns gab es kaum eine Frage: Das wichtigste Verbindungsglied in all den komplexen Wechselbeziehungen von Geist und Materie, die eine frühere Generation von Wissenschaftlern Gaia genannt hatte, war hier, schwebend auf dem Flüssigkeitsbett, und sah aus wie der Star eines japanischen Horrorfilms. Ohne Roger Torraway konnte der Marsstart nicht rechtzeitig erfolgen. Milliarden Menschen mochten die Bedeutung dieser Tatsache bestreiten. Wir taten es nicht.

Roger war im Mittelpunkt von allem. Rings um ihn, in der Masse des Projektgebäudes, gingen alle die Hilfs- und Nebentätigkeiten vor sich, die ihn zu dem machen sollten, was er sein musste. Im Operationssaal nebenan bastelten Freeling, Weidner und Bradley neue Bauteile an seinen Körper. Unten im Marsnormtank, wo Will Hartnett gestorben war, wurden diese Teile in der Marsumwelt getestet. Manchmal war die Zeit bis zum Versagen erschreckend kurz, dann wurden sie, falls möglich, umkonstruiert oder durch ein neues Gerät unterstützt – oder manchmal auch trotzdem verwendet, mit Daumenhalten und Gebeten.

Das Universum dehnte sich von Roger aus wie die Schalen einer Zwiebel. Noch weiter im Gebäude entfernt war die riesige 3070, klickend und surrend, während sie neue Programmierungssegmente sammelte, um den Verarbeitungsanlagen zu entsprechen, die Stunde für Stunde in Roger eingebaut wurden. Rund um das Gebäude lag Tonka, das mit dem Zustand des Projekts lebte oder starb, seinem Hauptarbeitgeber und

Daseinsgrund. Rings um Tonka lagen der Rest von Oklahoma und, in alle Richtungen ausgebreitet, die anderen vierundfünfzig Staaten und rings um sie die zerstrittene, zornige Welt, damit beschäftigt, auf Politikerebene von einer Hauptstadt zur anderen arrogante Noten zu jagen und in jedem ihrer Myriaden Einzelleben um das Dasein zu ringen.

Die Leute vom Projekt waren dazu übergegangen, sich von dieser Welt fast ganz abzuschließen. Sie verfolgten die Nachrichten im Fernsehen nicht, wenn sie es vermeiden konnten, zogen es vor, nichts zu lesen als die Sportseiten der Zeitungen. Sie hatten nicht sehr viel freie Zeit, aber das war nicht der Grund. Der Grund war, dass sie einfach nichts wissen wollten. Die Welt schnappte über, und die isolierte Seltsamkeit in dem großen, weißen Würfel des Projektgebäudes erschien ihnen vernünftig und wirklich, während die Unruhen in New York, der Kampf mit taktischen Atomwaffen um den Golf von Arabien und das massenweise Verhungern in dem, was man die aufstrebenden Nationen nannte, bedeutungslose Fantastereien zu sein schienen.

Sie waren Fantasievorstellungen. Zumindest spielten sie für die Zukunft unserer Spezies keine Rolle.

Und so fuhr Roger fort, sich zu verändern und zu überleben. Kayman verbrachte immer mehr Zeit bei ihm, jede Minute, die er erübrigen konnte von der Überwachung der Marsnormkammer. Er verfolgte mit Zuneigung, wie Kathleen Doughty im Zimmer herumstapfte und Zigarettenasche auf alles streute, nur nicht auf Roger. Aber er war immer noch beunruhigt.

Er musste Rogers Bedürfnis nach Verarbeitungs-schaltungen hinnehmen, damit er das Übermaß an Eindrücken interpretieren konnte, aber er hatte keine Antwort für die große Frage: Wenn Roger nicht wissen konnte, was er sah, wie konnte er die Wahrheit erken-nen?

8

Durch trügerische Augen

Das Wetter hatte sich schnell und zum Guten verändert. Wir hatten den Umschlag als Polarluftkeil kommen sehen, der von Alberta bis hinunter nach Texas vorgeschoben wurde. Sturmwarnungen hatten die Schwebefahrzeuge stillgelegt. Diejenigen vom Projektpersonal, die keine Räderfahrzeuge hatten, mussten mit öffentlichen Verkehrsmitteln vorliebnehmen, und die Parkplätze waren bis auf große Klumpen von Steppenhexen, die der Wind umherrollte, fast leer.

Nicht alle hatten die Warnungen beherzigt, und es gab die Erkältungen und Grippeinfektionen der ersten richtigen Kältewelle des Jahres. Brad war bettlägerig, Weidner zwar auf den Beinen, aber er durfte nicht an Roger heran, aus Angst, er könne ihn mit einer trivialen kleinen Krankheit anstecken, mit der er nicht fertigwerden konnte. Die meiste Arbeit an Roger blieb Jonathan Freeling überlassen, dessen Gesundheit beinahe ebenso eifersüchtig gehütet wurde wie die Rogers. Kathleen Doughty, die unzerstörbar zähe alte Dame, war ständig in Rogers Zimmer, ließ Zigarettenasche und Ratschläge für die Schwestern fallen. »Behandelt ihn wie eine *Person*«, befahl sie. »Und zieht etwas an, bevor ihr heimfahrt. Ihr könnt eure hübschen, kleinen Hintern jederzeit herzeigen – aber jetzt müsst ihr jede Erkältung meiden, bis wir euch entbehren können.« Die Schwestern leisteten keinen Widerstand. Sie taten ihr Bestes, sogar Clara Bly, zurückgerufen von ihren Flitterwochen, um für die erkrankten Schwestern einzuspringen. Sie sorgten sich so sehr wie Kathleen Doughty, obwohl es, wenn man auf das groteske Wesen sah, das noch immer Roger Torraway hieß, schwerfiel, sich zu erinnern, dass er wirklich ein menschliches Wesen war, der Sehnsucht und Depression so fähig wie sie selbst.

Roger war jedes Mal klarer im Kopf. Zwanzig Stunden oder länger am Tag war er ohne Bewusstsein oder in einer halb träumenden, schmerzlosen Betäubung, aber manchmal erkannte er die Leute im Zimmer und sprach gelegentlich sogar verständlich mit ihnen. Dann schickten wir ihm wieder Schlaf.

»Wenn ich nur wüsste, was er empfindet«, sagte Clara Bly zu ihrer Ersatzkraft.

Das andere Mädchen blickte auf die Maske, alles, was von seinem Gesicht noch geblieben war, mit den großen, weiten Augen, die man ihm gegeben hatte.

»Vielleicht ist es besser, Sie wissen es nicht«, meinte sie. »Gehen Sie heim, Clara.«

Roger hörte das; die Oszilloskopspuren zeigten es. Durch das Studium der Telemetrie konnten wir uns eine Vorstellung davon machen, was in seinem Innern vorging. Oft hatte er Schmerzen, das war offensichtlich. Aber der Schmerz war keine Warnung vor etwas, das der Aufmerksamkeit bedurfte, oder ein Antrieb zum Handeln. Er war einfach eine Tatsache in seinem Leben. Er lernte, ihn zu erwarten und hinzunehmen, sobald er kam. Er nahm sonst nicht viel von dem wahr, das seinen Körper betraf. Seine körperbewussten Sinne waren noch nicht so weit, sich mit der Wirklichkeit seines neuen Körpers zu befassen. Er wusste nichts davon, wann seine Augen, Lungen, Herz, Ohren, Nase und Haut ersetzt oder ergänzt wurden. Er wusste nicht, wie er die Hinweise erkennen sollte, die ihm Informationen hätten liefern können. Der Geschmack von Blut und Erbrochenem in seiner Kehle: Woher sollte er wissen, dass das hieß, seine Lungenflügel fehlten? Die Schwärze, der unterdrückte Schmerz im Schädel, so unähnlich allen Kopfschmerzen, die er je gehabt hatte: Wie konnte er sagen, was das bedeutete, wie konnte er unterscheiden zwischen der Entfernung seines gesamten Sehsystems und dem Drehen eines Lichtschalters?

Er konnte hören. Mit einer Schärfe der Unterscheidung und auf einer Ebene der Wahrnehmung, die er nie zuvor erlebt hatte, konnte er jedes Wort hören, das in dem Raum gesprochen wurde, so leise geflüstert es sein mochte, und das meiste auch von dem, was in den angrenzenden Zimmern vorging. Er hörte, was die Leute sagten, wenn er genug bei Bewusstsein war, um überhaupt zu hören. Er verstand die Wörter. Er konnte den guten Willen von Kathleen Doughty und Jon Freeling fühlen und verstand die Sorge und den Zorn in den Stimmen des stellvertretenden Direktors und des Generals.

Und vor allem konnte er Schmerz fühlen.

Es gab so viele verschiedene Arten von Schmerzen! Da waren alle die Qualen in allen Teilen seines Körpers. Da war das Verheilen nach den chirurgischen Eingriffen und das zornige Pulsieren von Gewebe, das man dabei geschädigt hatte. Da waren die endlosen kleinen Stiche, wenn Freeling oder die Schwestern an tausend schmerzenden Stellen seines Körpers Instrumente packten, um ablesen zu können, was sie anzeigten.

Und da war der tiefere, innere Schmerz, manchmal beinahe körperlich, wenn er an Dorrie dachte. Manchmal, wenn er wach war, fiel ihm ein zu fragen, ob sie da gewesen sei oder angerufen habe. Er konnte sich nicht erinnern, je eine Antwort bekommen zu haben.

Und dann spürte er eines Tages einen stechenden neuen Schmerz in seinem Kopf... und begriff, dass das Licht war.

Er konnte wieder sehen.

Als die Krankenschwestern begriffen, dass er sie sehen konnte, unterrichteten sie sofort Jon Freeling, der nach dem Telefon griff und Brad anrief.

»Komme sofort«, sagte Brad. »Haltet ihn im Dunkeln, bis ich da bin!«

Brad brauchte über eine Stunde für den Weg, und als er auftauchte, war er deutlich wacklig auf den Beinen. Er unterzog sich einer antiseptischen Dusche, nahm ein Mundspray und das Anlegen einer Chirurgenmaske hin, dann öffnete er vorsichtig die Tür und betrat Rogers Zimmer.

Die Stimme vom Bett sagte: »Wer ist da?« Sie klang schwach und zittrig, aber es war Rogers Stimme.

»Ich. Brad.« Er tastete sich an der Tür entlang, bis er den Lichtschalter fand. »Ich mache ein bisschen hell, Roger. Sagen Sie es mir, wann Sie mich sehen können.«

»Ich kann Sie jetzt sehen«, sagte die Stimme seufzend. »Jedenfalls nehme ich an, dass Sie es sind.«

Brads Hand kam zum Stillstand.

»Sie können mich doch nicht...«, begann er und verstummte. »Was heißt, Sie können mich sehen? Was sehen Sie?«

»Nun«, flüsterte die Stimme, »ich bin mir beim Gesicht nicht sicher. Das ist nur eine Art Schimmer. Aber ich kann Ihre Hände und Ihren Kopf sehen. Sie sind hell. Und Ihren Körper und die Arme kann ich ziemlich gut erkennen. Aber viel schwächer – ja, Ihre Beine sehe ich auch. Aber Ihr Gesicht sieht merkwürdig aus. Die Mitte ist nur ein Fleck.«

Brad begriff und berührte die Gesichtsmaske.

»Infrarot. Sie sehen die Wärme. Was können Sie noch sehen, Roger?«

Einen Augenblick blieb es still, dann sagte Roger: »Tja, da ist eine Art Lichtrechteck. Der Türrahmen, nehme ich an. Ich sehe hauptsächlich den Umriss. Und etwas ziemlich Helles drüben an der Wand, wo ich auch etwas höre – die Telemetriemonitore? Und meinen eigenen Körper kann ich auch erkennen, oder wenigstens die Bettdecke mit einer Art Umriss meines Körpers darauf.«

Brad sah sich mit großen Augen im Zimmer um. Selbst nach der Dunkelanpassung sah er beinahe nichts:

ein Punktmuster beleuchteter Skalen an den Monitoren und einen ganz schwachen Lichteinfall an den Türkanten.

»Das ist sehr gut, Rog. Sonst noch etwas?«

»Ja, aber ich weiß nicht, was es ist. Lichter tief unten, in Ihrer Nähe. Sehr schwach.«

»Ich glaube, das sind die Heizungsrohre. Das ist großartig. Gut, jetzt warten Sie. Ich drehe das Licht ein bisschen auf. Vielleicht kommen Sie ohne das Licht aus, aber ich nicht und die Schwestern auch nicht. Sagen Sie mir, was Sie empfinden.«

Langsam drehte er die Potenziometerscheibe herum, eine Achteldrehung, noch ein wenig weiter. Die indirekte Beleuchtung hinter den Deckenleisten wurde hell – zuerst schwach, dann ein wenig stärker. Brad konnte die Gestalt auf dem Bett jetzt erkennen, zuerst das Glitzern der ausgebreiteten Flügel, die sich über den Körper Roger Torraways nach vorn gedreht hatten, dann den Körper selbst, mit einer Decke bis zu den Hüften.

»Jetzt sehe ich Sie«, seufzte Roger mit seiner dünnen, scharfen Stimme. »Es ist ein wenig anders – ich sehe jetzt Farben, und Sie sind nicht mehr so hell.«

Brad nahm die Hand vom Schalter.

»Das genügt fürs Erste.« Er lehnte sich schwindlig an die Wand. »Verzeihung«, sagte er. »Ich bin erkältet oder so was ... Was ist mit Ihnen, spüren Sie etwas? Schmerzen, meine ich, irgendetwas in der Art?«

»Mensch, Brad!«

»Nein, ich meine, im Zusammenhang mit dem Sehen. Tut das Licht Ihren ... Ihren Augen weh?«

»Sie sind so ungefähr das Einzige, das nicht wehtut«, seufzte Roger.

»Gut. Ich mache noch heller – ungefähr so viel, ja? Keine Probleme?«

»Nein.«

Bradley ging vorsichtig auf das Bett zu.

»Schön, ich möchte, dass Sie etwas ausprobieren. Können Sie – nun ja, die Augen schließen? Ich meine, können Sie die Sehrezeptoren abschalten?«

Pause.

»Ich … glaube nicht.«

»Doch, Sie können es, Rog. Die Fähigkeit ist vorhanden, Sie müssen sie nur finden. Will hatte zuerst etwas Schwierigkeiten, kam aber dann dahinter. Er sagte, er habe einfach herumprobiert, und auf einmal sei es gegangen.«

»… es tut sich nichts.«

Brad überlegte. Sein Kopf war dumpf von der Infektion, und er spürte, wie seine Kraft verebbte.

»Wie ist es damit? Haben Sie schon einmal Schwierigkeiten mit den Nebenhöhlen gehabt?«

»Nein – na ja, vielleicht. Ein bisschen.«

»Können Sie sich erinnern, wo es wehgetan hat?«

Die Gestalt auf dem Bett regte sich unbehaglich, die großen Augen starrten Brad an.

»Ich … ich glaube schon.«

»Fühlen Sie da herum«, befahl Brad. »Stellen Sie fest, ob Sie Muskeln finden, die Sie bewegen können. Die Muskeln sind nicht da, aber die Nervenenden, die sie gesteuert haben.«

»... nichts. Nach welchem Muskel suche ich?«

»Ach, verdammt, Roger! Er heißt *rectus lateralis,* und was nützt Ihnen das? Probieren Sie einfach!«

»... nichts.«

»Na gut.« Brad seufzte. »Lassen Sie erst mal. Aber versuchen Sie es weiterhin so oft wie möglich, ja? Sie kommen dahinter.«

»Das ist ein Trost«, flüsterte die von Groll erfüllte Stimme vom Bett her. »He, Brad? Sie werden heller.«

»Was heißt heller?«, fauchte Brad.

»Heller. Ihr Gesicht strahlt mehr Licht aus.«

»Ja«, sagte Brad, dem zum Bewusstsein kam, dass ihm wieder schwindlig wurde. »Ich glaube, ich habe Fieber. Ich verschwinde lieber. Die Gaze soll verhindern, dass ich Sie anstecke, aber sie wirkt nur eine Viertelstunde oder so ...«

»Bevor Sie gehen«, flüsterte die Stimme drängend. »Tun Sie etwas für mich. Machen Sie kurz das Licht aus.« Brad zuckte die Achseln und tat es.

»Ja?«

Er hörte, wie der schwerfällige Körper sich im Bett herumdrehte.

»Ich drehe mich nur um, damit ich besser sehe«, erklärte Roger. »Hören Sie, Brad, was ich Sie fragen wollte, wie steht es denn? Werde ich es schaffen?«

Brad dachte nach.

»Ich denke schon«, sagte er ehrlich. »Bis jetzt läuft alles gut. Ich würde Ihnen nichts vormachen, Roger. Das ist alles Neuland, und es kann immer etwas schiefgehen. Aber bis jetzt sieht es nicht so aus.«

»Danke. Noch eines, Brad. Haben Sie in letzter Zeit Dorrie gesehen?«

Pause.

»Nein, Roger. Schon seit über einer Woche nicht. Ich war ziemlich krank, und wenn ich nicht krank war, hatte ich verdammt viel zu tun.«

»Ja. Ach, ich glaube, Sie können das Licht so lassen, wie es vorhin gewesen ist, damit die Schwestern sich zurechtfinden.«

Brad drehte das Licht wieder heller.

»Ich komme her, sooft ich kann. Üben Sie, die Augen zu schließen, ja? Und Sie haben ein Telefon – rufen Sie mich jederzeit an. Ich meine, nicht, wenn etwas schief- geht – davon erfahre ich sofort, keine Sorge; ich gehe nicht auf die Toilette, ohne zu hinterlassen, wo ich zu erreichen bin. Ich meine, dann, wenn Sie einfach reden wollen.«

»Danke, Brad. Bis später!«

Endlich waren die Operationen überstanden – jeden- falls die schlimmsten. Als Roger das erkannte, fühlte er eine Erleichterung, die ihm sehr kostbar war, auch wenn es noch mehr ungemilderte Spannungen in ihm gab, als er bewältigen konnte.

Clara Bly machte ihn sauber und brachte ihm gegen ausdrückliche Anweisung Blumen, um ihn aufzumun- tern.

»Sie sind lieb«, flüsterte Roger und drehte den Kopf, um die Blumen anzusehen.

»Wie sehen sie für Sie aus?«

Er versuchte, es zu beschreiben.

»Nun, es sind Rosen, aber sie sind nicht rot. Hellgelb? Etwa die Farbe wie Ihr Armband.«

»Das ist orangerot.« Sie legte die Decke über seine Beine, und sie bauschte sich unter dem Druck des Wasserbetts. »Wollen Sie die Bettpfanne?«

»Wozu?«, murrte er. Er war in der dritten Woche reduzierter Ernährung und am zehnten Tag überwachter Flüssigkeitsaufnahme. Sein Ausscheidungssystem diente, wie Clara das ausdrückte, vorwiegend Schmuckzwecken. »Außerdem darf ich aufstehen«, sagte er, »und wenn wirklich etwas passiert, kann ich das erledigen.«

»Großer Junge«, sagte Clara grinsend, raffte die schmutzige Wäsche zusammen und ging. Roger setzte sich auf und begann wieder mit seiner Erforschung der Umwelt. Er betrachtete prüfend die Rosen. Die großen Facettenaugen erfassten nahezu eine zusätzliche Strahlungsoktave, was von IR bis UV ein halbes Dutzend neuer Farben bedeutete, die Roger noch nie gesehen hatte, aber er kannte keine Namen dafür, und das Regenbogenspektrum, das er sein ganzes Leben hindurch gesehen hatte, vereinnahmte sie alle. Was ihm als dunkelrot erschien, war, wie er wusste, geringe Wärme. Aber es stimmte nicht einmal ganz, zu behaupten, es scheine rot zu sein; es war nur ein anderes Licht, das Vorstellungen von Wärme und Behaglichkeit erweckte.

Trotzdem, die Rosen hatten etwas sehr Merkwürdiges an sich, und es war nicht die Farbe.

Er schlug die Decke zurück und sah an sich hinunter.

Die neue Haut war porenlos, unbehaart und ohne Runzeln. Sie sah eher aus wie ein Taucher-Gummianzug als wie das Fleisch, das er sein ganzes Leben lang gekannt hatte. Darunter befand sich, wie er wusste, eine völlig neue, motorgetriebene Muskulatur, aber das war äußerlich nicht erkennbar.

Bald würde er ganz allein aufstehen und gehen. Er war noch nicht ganz vorbereitet darauf. Er schaltete das Fernsehgerät ein. Der Bildschirm leuchtete auf mit einer blendenden Darbietung von Punkten in Magentarot, Zyanblau und Grün. Es bedurfte einer Willensanstrengung Rogers, sie anzusehen und drei Mädchen zu erkennen, die sangen und sich rhythmisch bewegten; seine neuen Augen wollten das Muster in seine Bestandteile zerlegen. Er wechselte die Kanäle und fand eine Nachrichtensendung. Das Neue Volksasien hatte drei weitere Atom-U-Boote zu einem Höflichkeitsbesuch nach Australien geschickt. Präsident Deshatines Pressesprecher erklärte streng, alle unsere Verbündeten in der freien Welt könnten auf uns zählen. Sämtliche Footballmannschaften von Oklahoma hatten verloren. Roger schaltete ab; er stellte fest, dass er Kopfschmerzen bekam. Jedes Mal, wenn er die Haltung veränderte, schienen die Linien zu kippen, und von der Rückseite des Geräts ging ein seltsames Glühen aus. Als der Strom unterbrochen war, beobachtete er einige Zeit das verblassende Licht der Kathodenröhre und das Glühen von der Rückseite beim Verblassen und Dunkeln. Es war Wärme, begriff er.

Also, was hatte Brad gesagt? *Probieren Sie herum, in der Nähe Ihrer Nebenhöhlen.*

Es war ein seltsames Gefühl, erstens schon in einem fremdartigen Körper zu sein und dann zu versuchen, in ihm ein Steuerelement zu finden, das niemand genau zu definieren vermochte. Und alles nur, um die Augen zu schließen! Aber Brad hatte ihm versichert, dass er dazu imstande sei. Rogers Gefühle Brad gegenüber waren vielschichtig, und eine Komponente davon war Stolz; wenn Brad sagte, dass jeder das könne, dann würde Roger es schaffen.

Nur, es *war* nicht zu schaffen. Er versuchte jede Kombination von Muskelanstrengung und Willenskraft, die ihm einfiel, und es rührte sich nichts.

Eine Erinnerung überfiel ihn plötzlich: jahrealt, eine aus den Tagen, als er und Dorrie frisch verheiratet gewesen waren. Nein, nicht verheiratet, noch nicht; sie lebten zusammen, erinnerte er sich und versuchten zu entscheiden, ob sie ihr Leben öffentlich gemeinsam führen wollten. Das war ihre Massage-und-Transzendentalmeditations-Periode, als sie einander auf all die Arten erforscht hatten, die ihnen eingefallen waren, und er erinnerte sich an den Geruch von Babyöl mit einer Spur von Moschus und daran, wie sie über die Anweisungen für das zweite Chakra gelacht hatten: *Zieh die Luft in deine Milz, und halte sie fest, dann atme aus, während deine Hände am Rückgrat deines Partners hinaufgleiten.* Aber sie hatten nie dahinterkommen können, wo die Milz war, und Dorrie war sehr drollig gewesen, während sie die geheimen Stellen ihrer Körper absuchte: »Ist sie da? Oder da? Ach, Rog, hör mal, du nimmst das nicht ernst...«

Er spürte einen plötzlichen inneren Schmerz schwindelnd in sich anschwellen und lehnte sich untröstlich zurück. *Dorrie!*

Die Tür wurde aufgerissen.

Clara Bly stürzte herein, die Augen riesengroß in ihrem schwarzen, hübschen Gesicht.

»Roger! Was machen Sie?«

Er atmete tief und langsam ein, bevor er antwortete.

»Was ist los?« Er konnte hören, wie tonlos seine Stimme klang, nach all dem, was sie damit gemacht hatten.

»Alles schlägt aus! Ich dachte – ich weiß nicht, was ich dachte, Roger. Aber was auch passiert ist, es hat Sie in Schwierigkeiten gebracht.«

»Tut mir leid, Clara.« Er sah zu, als sie zu den Monitoren an der Wand eilte und sie überflog.

»Sie sehen ein bisschen besser aus«, meinte sie zögernd. »Es ist wohl wieder gut. Aber was, zum Teufel, haben Sie mit sich gemacht?«

»Mir Sorgen«, sagte er.

»Worüber?«

»Wo meine Milz ist. Wissen Sie das?«

Sie starrte ihn einen Augenblick lang nachdenklich an, bevor sie antwortete.

»Unter den kurzen Rippen, auf der linken Seite. Ungefähr da, wo Sie Ihr Herz vermuten. Ein bisschen tiefer. Wollen Sie mich auf den Arm nehmen, Roger?«

»Na ja, so ungefähr. Ich glaube, ich habe mich an etwas erinnert, woran ich nicht denken sollte, Clara.«

»Bitte, tun Sie es nicht mehr!«

»Ich versuche es.« Aber der Gedanke an Dorrie und Brad lauerte immer noch dort, gleich unter der Bewusstseinsschicht. »Etwas anderes«, sagte er. »Ich habe versucht, meine Augen zu schließen, aber ich kann nicht.«

Sie trat heran und legte freundschaftlich die Hand auf seine Schulter.

»Sie schaffen es, Schätzchen.«

»Ja, ja.«

»Nein, im Ernst. Ich war um diese Zeit auch bei Will, und er war ziemlich entmutigt. Aber er hat es geschafft. Jedenfalls erledige ich das jetzt für Sie«, sagte sie und wandte sich ab. »Licht aus! Sie müssen morgen taufrisch sein.«

»Wozu?«, fragte er argwöhnisch.

»Ach, keine Operation mehr. Das ist für eine Weile vorbei. Hat Brad es Ihnen nicht gesagt? Morgen werden Sie für dieses ganze Verarbeitungszeug an den Computer angeschlossen. Sie werden viel zu tun haben, Rog, also schön schlafen.« Sie drehte das Licht aus, und Brad sah, wie ihr dunkles Gesicht zu einem sanften Leuchten wurde, das ihm rosarot vorkam.

»Clara?«, sagte er, als ihm etwas einfiel. »Tun Sie mir einen Gefallen?«

Sie blieb stehen, die Hand an der Tür.

»Was für einen?«

»Ich möchte Sie etwas fragen.«

»Fragen Sie!«

Er zögerte und fragte sich, wie er tun konnte, was er tun wollte.

»Was ich wissen will«, sagte er und arbeitete es im

Kopf während des Redens aus, »ist, also – ach, ja. Was ich wissen will, Clara, ist, wenn Ihr Mann und Sie im Bett liegen und sich lieben, welche verschiedenen Methoden wenden Sie an?«

»Roger!« Die Helligkeit ihres Gesichts steigerte sich plötzlich; er konnte den Verlauf der Adern unter der Haut sehen, als heißes Blut hindurchschoss.

»Es tut mir leid, Clara«, sagte er. »Ich ... ich bin durch das Herumliegen wohl lüstern geworden. Vergessen Sie, dass ich Sie das gefragt habe, ja?«

Sie schwieg einen Augenblick lang. Als sie antwortete, klang ihre Stimme sachlich, nicht mehr freundschaftlich.

»Klar, Roger. Schon gut. Sie haben mich nur kalt erwischt. Es ... nun ja, es macht nichts, es ist nur so, dass Sie so etwas noch nie zu mir gesagt haben.«

»Ich weiß. Tut mir leid.«

Aber es tat ihm nicht leid, oder jedenfalls nicht sehr.

Er sah, wie die Tür sich hinter ihr schloss, und betrachtete das Rechteck von Lichtlinien vom Flur. Er gab sich Mühe, möglichst ruhig zu bleiben. Er wollte nicht, dass die Monitoren wieder Alarm schlugen.

Aber er wollte über etwas nachdenken, das unmittelbar an der Gefahrengrenze lag, nämlich, woher es kam, dass die Rötung, die er durch seinen Trick bei Clara Bly erzeugt hatte, so sehr dem plötzlichen Aufflammen auf Brads Gesicht ähnelte, als er gefragt hatte, ob Brad mit Dorrie zusammen gewesen sei.

Wir waren am nächsten Morgen voll mobilisiert, überprüften die Schaltungen, schalteten die Zusatzaggregate ein, sorgten dafür, dass die automatischen Umschaltrelais bei der geringsten Andeutung eines Defekts eingreifen würden. Brad kam um sechs Uhr früh, schwach, aber mit klarem Kopf und arbeitsbereit. Weidner und Jon Freeling erschienen Minuten später, obwohl die Hauptarbeit für diesen Tag Brad oblag. Sie vermochten einfach nicht fortzubleiben. Kathleen Doughty war selbstverständlich dabei, wie bei jedem Schritt, nicht, weil ihre Pflicht es verlangte, sondern weil ihr Herz darauf bestand. »Macht es meinem Jungen nicht schwer«, knurrte sie mit der Zigarette im Mund. »Er wird alles an Hilfe brauchen, was er bekommen kann, wenn ich nächste Woche mit ihm anfange.«

Jede Silbe einzeln betonend, sagte Brad: »Kathleen. Ich werde mein Allerbestes tun.«

»Ja, das weiß ich, Brad.« Sie drückte die Zigarette aus und zündete sich sofort eine neue an. »Ich habe nie Kinder gehabt, und Roger und Will sind wohl eine Art Ersatz für mich.«

»Mhm«, brummte Brad, der schon nicht mehr zuhörte. Er war nicht qualifiziert und nicht ermächtigt, den 3070-Computer oder irgendeines der Anschlussgeräte zu berühren. Alles, was er tun konnte, war zuzusehen, während die Techniker und Programmierer ihre Arbeit taten. Als die dritte Überprüfung ohne Störung fast abgeschlossen war, verließ er endlich den Computersaal und fuhr mit dem Lift drei Etagen zu Rogers Zimmer hinauf.

An der Tür blieb er kurz stehen, um Atem zu holen, dann öffnete er sie lächelnd.

»Sie sind praktisch reif für den Anschluss, mein Junge«, sagte er. »Fühlen Sie sich dem gewachsen?«

Die roten Insektenaugen drehten sich ihm zu. Rogers tonlose Stimme sagte: »Ich weiß nicht, was ich fühlen soll. In erster Linie habe ich Angst.«

»Ach, gar kein Grund, Angst zu haben. Heute«, ergänzte Brad hastig, »probieren wir die Zwischenschaltung nur aus.«

Die Fledermausflügel bebten und wechselten die Lage.

»Wird mich das töten?«, fragte die aufreizend monotone Stimme.

»Aber, *hören* Sie, Roger!« Brad war plötzlich wütend.

»Das ist nur eine Frage«, sagte die Stimme.

»Aber eine unsinnige! Schauen Sie, ich weiß, wie Ihnen zumute ist...«

»Das bezweifle ich.«

Brad verstummte und betrachtete Rogers ausdrucksloses Gesicht. Nach einer Pause sagte er: »Ich wiederhole noch einmal. Was ich tun werde, ist nicht, Sie umzubringen, sondern Sie am Leben zu erhalten. Sicher, Sie denken an das, was mit Will geschehen ist. Ihnen wird das nicht passieren. Sie werden bewältigen können, was vor sich geht – hier und auf dem Mars, wo es wichtig ist.«

»Es ist für mich hier wichtig«, sagte Roger.

»Ach, Herrgott noch mal! Wenn das System voll einsatzfähig ist, werden Sie nur sehen oder hören, was nötig ist, verstehen Sie? Oder was Sie wollen. Sie werden über ein großes Maß an bewusster Steuerung verfügen. Sie werden in der Lage sein...«

»Ich kann noch nicht einmal meine Augen schließen, Brad.«

»Das kommt noch. Sie werden alles gebrauchen können. Aber nicht, wenn wir nicht damit anfangen. Dann wird das ganze Zeug die unnötigen Signale wegfiltern, sodass Sie nicht in Verwirrung geraten. Das war es, was Will getötet hat: die Verwirrung.«

Eine Pause, während das Gehirn hinter der grotesken Maske überlegte. Was Roger schließlich sagte, war: »Sie sehen elend aus, Brad.«

»Tut mir leid. Ich fühle mich auch nicht besonders.«

»Sind Sie sicher, dass Sie der Sache gewachsen sind?«

»Ich bin sicher. He, Roger, was meinen Sie damit? Wollen Sie es hinausschieben?«

»Nein.«

»Also, was wollen Sie dann?«

»Wenn ich das wüsste, Brad. Fangen Sie an!«

Wir waren inzwischen alle bereit; seit einigen Minuten schon war grünes Licht gegeben. Brad zuckte die Achseln und sagte mürrisch zur diensthabenden Schwester: »Dann mal los!«

Es folgten zehn Stunden Einspeisen der Verarbeitungsschaltungen, eine nach der anderen, prüfen, justieren, Rogers neue Sinne mit Dias von Rorschach-Klecksen und Maxwell-Farbrädern beschäftigen. Für Roger huschte der Tag vorbei. Sein Zeitgefühl war unzuverläs-

sig. Es wurde nicht mehr von der in jedermann eingebauten biologischen Uhr bestimmt, sondern von seinen
Maschinenbauteilen; sie verlangsamten seine Zeitwahrnehmung, wenn es keine Stresssituation gab, beschleu-
nigten sie im Bedarfsfall. *Langsamer*, flehte er, als die
Schwestern wie Geschosse an ihm vorbeisurrten. Und
dann, als Brad, der vor Erschöpfung zittrig wurde, eine
Schale mit Tinte und Schreibstiften umstieß, schienen
für Roger die Teile auf den Boden buchstäblich hinab-
zuschweben. Es fiel ihm nicht schwer, zwei Tintenfla-
schen und die Schale selbst aufzufangen, bevor sie den
Boden berührten.

Als er nachher darüber nachdachte, begriff er, dass
es die Teile gewesen waren, die hätten auslaufen oder
zerbrechen können. Er hatte die Wachsstifte fallen lassen. In diesem Sekundenbruchteil der Wahlmöglichkeit
hatte er es vorgezogen, die Gegenstände aufzufangen,
bei denen es nötig war, und die anderen sich selbst zu
überlassen, ohne sich bewusst zu werden, was er tat.

Brad war hocherfreut.

»Das ist großartig«, sagte er und hielt sich am Bett-
pfosten fest. »Ich gehe jetzt und schlafe, aber morgen
nach der Operation sehen wir uns.«

»Operation? Was für eine Operation?«

»Ach«, sagte Brad, »nur eine kleine Korrektur. Nichts
im Vergleich zu dem, was Sie schon hinter sich haben,
glauben Sie mir! Von jetzt an«, sagte er, während er sich
zum Gehen wandte, »sind Sie mit dem Geborenwerden
praktisch fertig; jetzt brauchen Sie nur noch aufzuwachsen. Zu üben. Zu lernen, das zu gebrauchen, was Sie

besitzen. Das Schwere liegt hinter Ihnen. Wie weit sind Sie mit dem Abschalten des Sehens, wenn Sie das wollen?«

»Brad«, tönte die tonlose Stimme, lauter, aber vom Ton her grau, »was, zum Teufel, wollen Sie von mir? Ich gebe mir Mühe!«

»Ich weiß«, sagte Brad beschwichtigend. »Bis morgen.«

Zum ersten Mal an diesem Tag wurde Roger allein gelassen. Er experimentierte mit seinen neuen Sinnen. Er konnte erkennen, dass sie ihm in Situationen, bei denen es ums Überleben ging, sehr nützlich sein mochten. Aber sie wirkten auch sehr verwirrend. All die winzigen Geräusche des täglichen Lebens waren vielfach verstärkt. Vom Flur her konnte er Brad mit Jonny Freeling reden und die Schwestern heimgehen hören. Er wusste, dass er mit den Ohren, die seine Mutter in ihrem Schoß für ihn gebildet hatte, nicht einmal ein Flüstern hätte wahrnehmen können; jetzt konnte er die Worte nach Belieben verstehen: »... Lokalanästhesie anwenden, aber das will ich nicht. Ich möchte, dass er ohne Bewusstsein ist. Er hat Traumata genug zu verkraften.« Das war Freeling, der mit Brad sprach.

Die Lichter waren greller als vorher. Er versuchte die Empfindlichkeit seines Sehens zu mindern, aber das ging nicht. Was er eigentlich wollte, dachte er, war eine einzige Weihnachtsbaumkerze; das war Licht genug. Diese Lichtfluten hier störten ihn. Außerdem bemerkte er, dass die Lichter aufreizend rhythmisch leuchteten; er konnte jede Schwingung des 60-Hertz-Stroms wahrnehmen. In den Leuchtröhren beobachtete er die Windungen einer glühenden Gasschlange. Glühbirnen dagegen waren fast dunkel, bis auf die grellen Leuchtfäden in der Mitte, die er genau unterscheiden konnte.

Er hörte im Korridor eine Stimme und schärfte sein Gehör, um zu lauschen: Clara Bly, die eben den Nachtdienst antrat.

»Wie geht es dem Patienten, Doktor Freeling?«

»Sehr gut. Er wirkt ausgeruht. Sie haben ihm gestern Abend keine Schlaftablette geben müssen?«

»Nein. Es ging ihm gut. Er war eher …« – sie kicherte – »eher lüstern. Er hat mir gewissermaßen Avancen gemacht, was ich von Roger nie erwartet hätte.«

»Hm.« Eine Pause. Freeling war etwas verwirrt. »Nun, das wird kein Problem mehr sein. Ich muss die Messergebnisse prüfen. Schön aufpassen.«

Roger dachte, dass er zu Clara besonders nett sein musste; das fiel nicht schwer, weil sie ihm die liebste unter den Schwestern war. Er legte sich zurück, lauschte dem Rascheln seiner schwarzen Flügel und den rhythmischen Geräuschen der Telemetriemonitore. Er war sehr müde. Es wäre schön, schlafen zu können …

Er fuhr hoch. Die Lichter waren erloschen! Dann, als er das bemerkte, gleißten sie sofort wieder auf.

Er hatte gelernt, die Augen zu schließen!

Zufrieden ließ Roger sich auf das sanft fließende Bett zurücksinken. Es stimmte wirklich; er begann zu lernen.

Sie weckten ihn, um ihn zu füttern, dann versetzten sie ihn zu seiner letzten Operation wieder in Schlaf.

Es gab keine Narkose. »Wir schalten Sie einfach ab«, sagte Jon Freeling. »Sie spüren gar nichts.« Und so war es. Zuerst wurde er in den Operationssaal nebenan gerollt, mit Sauerstoffflaschen, Schläuchen, Ablaufrinnen und allem. Er konnte die Desinfektionsmittel nicht riechen, wusste aber, dass der Geruch da war; er nahm die Helligkeit am Scheitelpunkt aller metallenen Gegenstände wahr, die Hitze vom Sterilisator wie Sonnenglanz an der Wand.

Dann befahl Dr. Freeling, ihn abzuschalten, und wir taten es. Wir unterdrückten seine sensorischen Eingänge einen nach dem anderen; für ihn war das, als würden die Geräusche leiser, die Lichter trüber, die körperlichen Empfindungen schwächer. Wir dämpften die Schmerzempfindlichkeit in seiner ganzen neuen Haut und löschten sie gänzlich dort, wo Freelings Messer schneiden und Nadeln stechen würden. Das Problem war vielschichtig. Viele von den Schmerzeingängen mussten erhalten bleiben, sobald er sich erholt hatte. Er brauchte ein Warnsystem, wenn er auf der Marsoberfläche frei herumlief, etwas, das ihm sagte, ob er verbrannt, zerrissen oder beschädigt wurde; Schmerz war der lauteste Alarm, den wir ihm geben konnten. Aber für einen Teil seines Körpers war der Schmerz vorbei. Als wir die Eingänge gelöscht hatten, lösten wir sie aus seinem Sensorium ganz heraus.

Roger wusste davon natürlich nichts. Roger schlief nur ein und wachte wieder auf.

Als er aufsah, kreischte er.

Freeling, der sich zurückbeugte und seine Finger bewegte, erschrak und ließ seine Maske fallen.

»Was ist denn?«

»Mein Gott!«, sagte Roger. »Einen Augenblick lang sah ich ... ich weiß nicht. Könnte es ein Traum gewesen sein? Aber ich habe euch alle um mich herumstehen sehen, und ihr habt ausgesehen wie ein Haufen Gespenster. Totenschädel. Skelette. Die mich angrinsten! Und dann wart ihr wieder normal.«

Freeling sah Weidner an und zuckte die Achseln.

»Ich glaube, das sind nur Ihre Verarbeitungsschaltungen mit ihrer Arbeit«, sagte er. »Verstehen Sie? Sie verwandeln, was Sie sehen, in etwas, das Sie augenblicklich fassen können.«

»Gefällt mir nicht«, brauste Roger auf.

»Na ja, wir werden mit Brad darüber reden müssen. Aber im Ernst, Roger, ich glaube, das soll so sein. Ich glaube, das ist so, als hätte der Computer Ihre Empfindungen von Angst und Schmerz genommen – was eben jeder spürt, wenn er operiert worden ist – und sie mit den sichtbaren Reizen gekoppelt: unseren Gesichtern, den Masken, allem. Interessant. Möchte wissen, wie viel davon Verarbeitung war und wie viel schlichte postoperative Wahnvorstellung?«

»Freut mich, dass Sie das interessant finden«, sagte Roger beleidigt.

Aber in Wahrheit fand er es auch interessant. Als er wieder in seinem Zimmer war, ließ er seine Gedanken wandern. Er konnte die Fantasiebilder nicht willkürlich herbeirufen. Sie kamen, wann sie kommen wollten, waren aber nicht so furchterregend wie jener erste entsetzte Blick auf fleischlose Kiefer und leere Augenhöhlen. Als Clara mit einer Bettpfanne hereinkam und wieder ging, als er abwinkte, beobachtete er sie durch die geschlossene Tür, und der Schatten der Tür wurde zu einem Höhleneingang und Clara Bly zu einem Bären, der ihn gereizt anknurrte. Sie war noch immer ein wenig verärgert, begriff er; irgendein unterschwelliger Hinweis in ihrem Gesicht wurde von seinen Sinnen registriert, von der summenden 3070 unten analysiert und als Warnung dargestellt.

Aber als sie zurückkam, trug sie Dorries Gesicht. Es schmolz weg und kleidete sich wieder in ihre vertraute schwarze Haut und die hellen Augen, ganz ohne Ähnlichkeit mit Dorrie; aber Roger nahm das als Zeichen, dass zwischen ihnen wieder alles in Ordnung war...

Zwischen Clara und ihm.

Nein, dachte er, zwischen Dorrie und ihm. Er warf einen Blick auf das Telefon am Bett. Die Bildschaltung war auf seine Bitte hin auf Dauer abgeklemmt; er wollte nicht jemanden anrufen und vergessen, was der Gesprächspartner zu sehen bekommen würde. Aber er hatte es nie dazu verwendet, Dorrie anzurufen. Oft genug hatte er die Hand danach ausgestreckt, sie aber immer wieder zurückgezogen.

Er wusste nicht, was er zu ihr sagen sollte.

Wie sollte er seine Frau fragen, ob sie mit einem seiner besten Freunde schlief? – Einfach hingehen und sie fragen, sagte sich Rogers; aber er konnte sich einfach nicht dazu überwinden. Er war seiner Sache nicht sicher genug. Er konnte diese Beschuldigung nicht riskieren; er mochte sich irren.

Die Sache war die, er konnte das nicht mit seinen Freunden besprechen, mit keinem. Don Kayman wäre der natürliche Partner dafür gewesen; das gehörte zur Aufgabe eines Priesters. Aber Don war so deutlich, so schön und zart in seine hübsche, kleine Nonne verliebt, dass Roger sich nicht den Schmerz auferlegen wollte, über Schmerz mit ihm zu reden.

Und bei den meisten seiner Freunde war der Haken der, dass sie ehrlich nicht begriffen hätten, wo das Problem lag. Die offene Ehe war in Tonka, wie fast in der ganzen westlichen Welt, so an der Tagesordnung, dass nur das seltene geschlossene Paar Aufsehen erregte. Eifersucht einzugestehen war wahrscheinlich sehr schwierig.

Und außerdem war es nicht Eifersucht, die ihn belastete, sagte Torraway sich vor. Nicht direkt Eifersucht. Es war etwas anderes. Es war nicht sizilianischer Machismo oder die Empörung des Besitzers, der Unbefugte in seinem fruchtbaren Garten ertappt. Es lag daran, dass Dorrie nur den Wunsch haben sollte, ihn zu lieben. Da er nur sie lieben wollte…

Er erkannte, dass er in einen Gemütszustand geriet, der gewiss die Alarmglocken der Telemetrieanlagen auslösen würde. Das wollte er nicht. Entschlossen schob er die Gedanken an seine Frau weg.

Er übte eine Weile, die Augen zu schließen; es war beruhigend, befähigt zu sein, dieses neue Talent nach

Wunsch zu gebrauchen. Er hätte nicht besser als Will Hartnett beschreiben können, was es war, das er machte; aber auf irgendeine Weise war er fähig, zu dem Entschluss zu gelangen, optische Eindrücke nicht mehr aufzunehmen, und auf irgendeine Weise vermochten die Schaltungen in seinem Kopf und unten im 3070-Saal diese Entscheidung in Dunkelheit umzuwandeln. Er konnte das Licht sogar nach Wunsch trüben. Er konnte es heller werden lassen. Er konnte, wie er entdeckte, alles bis auf ein Wellenlängenband wegfiltern oder eines unterdrücken oder eine oder mehrere der Regenbogenfarben heller hervortreten lassen als die übrigen.

Es war wirklich befriedigend, aber mit der Zeit bekam er genug davon. Er wünschte sich, dass er sich auf das Mittagessen hätte freuen können, aber an diesem Tag gab es keines, zum Teil, weil er eine Operation hinter sich hatte, zum Teil, weil man ihm das Essen langsam abgewöhnte. Im Lauf der nächsten Wochen würde er immer weniger essen und trinken; bis er sich auf dem Mars befand, würde er im Monat nur noch eine einzige richtige Mahlzeit brauchen.

Er warf die Decke zurück und blickte zerstreut an dem Artefakt hinunter, der aus seinem Körper geworden war.

Eine Sekunde später stieß er einen gellenden Schrei der Angst und des Schmerzes aus. Die Telemetriemonitore blinkten alle gleißend rot. Draußen im Korridor fuhr Clara Bly mitten im Schritt herum und raste zu seiner Tür. In Brads Junggesellenwohnung schrillte die

Alarmglocke den Bruchteil einer Sekunde später und meldete etwas Dringendes, Ernstes, das ihn aus unruhigem, erschöpftem Schlaf riss.

Als Clara die Tür öffnete, sah sie Roger zusammengekrümmt auf dem Bett liegen und qualvoll stöhnen. Eine Hand war zwischen die geschlossenen Beine gekrallt.

»Roger! Was ist denn?«

Der Kopf hob sich, und die roten Insektenaugen starrten sie blind an. Roger hörte nicht auf mit den animalischen Lauten, die aus ihm herausquollen, er sagte nichts. Er hob nur die Hand.

Dort, zwischen seinen Beinen, war nichts. Überhaupt nichts von Penis, Hoden, Hodensack, nichts als das schimmernde, künstliche Fleisch, mit einem durchsichtigen Verband darüber, der die Nähte verdeckte. Es war so, als sei dort nie etwas gewesen. Von den diagnostischen Zeichen der Männlichkeit – nichts. Die kleine Operation war vorbei, und was man übrig gelassen hatte, war überhaupt nichts.

9

Dash an der Bettkante

Don Kayman war mit dem Zeitpunkt nicht einverstanden, aber er hatte keine Wahl; er musste zu seinem Schneider. Unglücklicherweise war sein Schneider in Merritt Island, Florida, beim Testzentrum Atlantik.

Er flog voller Sorgen hin und kam voller Sorgen an. Nicht nur wegen dem, was mit Roger Torraway geschehen war. Das schien unter Kontrolle zu sein, dank der himmlischen Gnade, wenngleich Kayman das Gefühl nicht loswurde, dass sie ihn beinahe verloren hätten und jemandem ein schwerer Fehler unterlaufen sei, als er ihn nicht auf diese letzte Kleinigkeit von nebensächlicher kosmetischer Chirurgie hingewiesen hatte. Wahrscheinlich lag es daran, dass Brad krank gewesen war, dachte er nachsichtig. Aber sie waren ganz nah dran gewesen, das Projekt völlig zu ruinieren.

Das andere, was ihn nicht in Ruhe ließ, war, dass er das geheime Gefühl der Sünde nicht zu meiden vermochte, das eine Erkenntnis zu sein schien, innerlich, im Innersten seines Herzens, wünschte er, dass das Projekt ruiniert werden möge. Er hatte eine tränenreiche Stunde mit Schwester Clotilda verbracht, als die Wahrscheinlichkeit, dass er zum Mars fliegen würde, sich zu Anweisungen verdichtete. Sollten sie vorher heiraten? Nein. Nein aus pragmatischen, praktischen Gründen: Obwohl es nicht viele Zweifel gab, dass beide den Dispens von Rom verlangen und erhalten konnten, bestand auch nicht viel Hoffnung, dass er früher als in sechs Monaten eintreffen würde.

Wenn sie ihn nur früher beantragt hätten ...

Aber sie hatten es nicht getan, und beide wussten, dass sie nicht bereit waren, ohne ihn zu heiraten oder ohne das Sakrament auch nur miteinander zu schlafen.

»Wenigstens brauchst du dir keine Sorgen zu machen, ich könnte dir untreu sein«, sagte Clotilda am Ende und versuchte zu lächeln. »Wenn ich mein Gelübde für dich nicht breche, würde ich es für keinen Mann tun.«

»Ich habe mir keine Sorgen gemacht«, sagte er, aber jetzt, unter dem strahlend blauen Himmel Floridas, während er an den Startgerüsten hinaufblickte, die nach den flauschigen, weißen Wolken griffen, machte er sich Sorgen. Der Armee-Colonel, der sich bereit erklärt hatte, ihn herumzuführen, spürte, dass Kayman etwas bedrückte, aber er hatte keine Möglichkeit, die Ursache zu erkennen.

»Die Sicherheit ist groß genug«, sagte er, aufs Geratewohl sondierend. »Ich würde keinen Gedanken an die niedrige Rendezvous-Umlaufbahn verschwenden.«

Kayman riss seine Aufmerksamkeit von seinem Innern los und sagte: »Ich kann Ihnen versichern, dass ich das nicht getan habe. Ich weiß nicht einmal, was Sie meinen.«

»Oh. Nun ja, es ist so, dass wir Ihren Vogel und die beiden Versorgungsraketen in eine niedrigere Umlaufbahn als gewöhnlich bringen: zweihundertzwanzig statt vierhundert Kilometer. Politik, versteht sich. Ich hasse es, wenn die Bürokraten uns sagen, was wir zu tun haben, aber diesmal fällt es wirklich nicht ins Gewicht.«

Kayman schaute auf die Uhr. Er musste noch eine Stunde hinter sich bringen, bevor er zur letzten Anprobe von Marsanzug und Raumanzug erscheinen musste, und er legte Wert darauf, sich in dieser Zeit nicht das Gehirn zu zermartern. Er schätzte den Colonel zutreffend als einen jener glücklichen Menschen ein, die über nichts lieber sprechen als ihre Arbeit, und dass er nur von Zeit zu Zeit zustimmend knurren musste, damit der Colonel alles erklärte, was erklärt werden konnte. Er knurrte.

»Nun, Pater Kayman«, sagte der Colonel mitteilsam, »wir geben Ihnen ein großes Schiff, wissen Sie. Zu groß, um in einem Stück gestartet zu werden. Deshalb schicken wir drei Vögel hinauf, und sie treffen sich in der Umlaufbahn – optimal zwo zwanzig bis zwo fünfunddreißig, und ich nehme an, dass wir das genau treffen – und…«

Kayman nickte, ohne wirklich zuzuhören. Er kannte den Flugplan auswendig; er stand in den Anweisungen, die er erhalten hatte. Die einzigen offenen Fragen waren, wer die beiden anderen Insassen der Marsrakete sein würden, aber es konnte sich nur um Tage handeln, bis das entschieden war. Einer würde Pilot sein müssen, um in der Umlaufbahn zu bleiben, während die anderen drei sich in die Marslandefähre zwängten und zur Oberfläche des Planeten hinabflogen. Der vierte Mann sollte vom idealen Standpunkt aus jemand sein, der als Ersatzmann für Pilot, Areologen und Cyborg dienen konnte, aber eine solche Person gab es natürlich nicht. Es wurde aber Zeit, die Entscheidung zu treffen. Die drei Menschen – die drei *unveränderten* Menschen, verbesserte er sich – würden überleben. Sie würden dieselben Ergänzungen brauchen wie er und dann eine letzte Ausbildung.

Und die Startzeit war nur dreiunddreißig Tage entfernt.

Der Colonel hatte die Andock- und Montagemanöver abgeschlossen und schickte sich an, den Ablauf während der langen Monate des Fluges zum Mars Tag für Tag zu schildern. Kayman sagte: »Augenblick, Colonel. Das mit den politischen Rücksichten habe ich nicht ganz verstanden. Was hat das damit zu tun, wie wir starten?«

Der Colonel brummte gereizt: »Die verdammten Umweltschützer bringen alles durcheinander. Die Texas-Twin-Startraketen sind ziemlich groß. Ungefähr das Zwanzigfache an Schub wie bei einer Saturn. Das gibt also allerhand Abgas. An die fünfundzwanzig Tonnen Wasserdampf in der Sekunde, und das mal drei – sehr viel Wasserdampf. Und zugegebenermaßen besteht ein gewisses Risiko, dass der Wasserdampf – nein, wir wollen fair sein; wir wissen verdammt genau – entschuldigen Sie, Pater –, dass dieser ganze Wasserdampf bei normaler Umlaufbahnhöhe die freien Elektronen an einem großen Stück Himmel vernichten würde. Das hat man schon, mal sehen, ich glaube, es war 73 oder 74, festgestellt, als das erste Raumlabor hinaufgeschossen wurde. Die freien Elektronen wurden aus einem Atmosphärevolumen gerissen, das sich von Illinois bis Labrador erstreckte. Und die verhindern natürlich, dass man von der Sonne verbrannt wird. Unter anderen Dingen. Sie helfen, die Sonnen-UV-Strahlung zu filtern. Hautkrebs, Sonnenbrand, Zerstörung der Flora – nun, das ist alles möglich, das *könnte* passieren. Aber es sind nicht unsere eigenen Leute, die Dash Sorgen machen! Was ihn beunruhigt, ist das NVA. Man hat ihm ein Ultimatum gestellt, dass man es als feindseligen Akt betrachten wird, wenn Ihr Start ihren Himmel beschädigt. Feindseliger Akt! Wie, zum Teufel, nennen Sie es, wenn *die* vor dem Kap May in New Jersey fünf Atom-U-Boote vorbeischwimmen lassen? Angeblich ozeanografische Forschungen, aber dazu benützt man keine Atom-U-Boote, jedenfalls nicht in unserer Marine...

Jedenfalls«, sagte der Colonel, zu seinem Gast zurückkehrend, mit einem Lächeln, »ist alles in Ordnung. Wir bringen euch einfach etwas tiefer in die Rendezvous-Umlaufbahn, außerhalb der Schicht mit den freien Elektronen. Kostet mehr Treibstoff. Am Ende kommt dabei *mehr* Verschmutzung heraus, so, wie ich das sehe. Aber ihre kostbaren freien Elektronen bleiben unberührt – nicht, dass wirklich Aussicht bestünde, sie würden über den Atlantik hinweg nach Afrika hinein weiterexistieren, geschweige denn in Asien...«

»Das war wirklich sehr interessant, Colonel«, sagte Kayman höflich. »Ich glaube aber, es ist Zeit, dass ich mich wieder melde.«

Die Ausrüster warteten schon. »Schlüpfen Sie mal da hinein!« Der Physiotherapeut, Mitglied des Teams, grinste. In den Raumanzug hineinschlüpfen bedeutete zwanzig Minuten harte Arbeit, selbst wenn die ganze Mannschaft mitgeholfen hätte. Kayman bestand darauf, das allein zu machen. Im Raumschiff würde er nicht mehr Hilfe haben als der Rest der Besatzung, die mit ihren eigenen Problemen beschäftigt sein würde; und in einem Notfall würde ihm überhaupt niemand helfen. Es dauerte eine Stunde und noch einmal zehn Minuten, um ihn auszuziehen, nachdem sie alle Maße überprüft und sämtlich in Ordnung befunden hatten, und dann mussten noch alle anderen Kleidungsstücke anprobiert werden.

Es wurde bereits dunkel, eine warme Florida-Herbstnacht, bevor er fertig war. Er blickte auf die Reihe von Ausrüstungsgegenständen auf den Tischen und grinste. Er deutete auf den Kom-Antennenstoff an einem Handgelenk, an den Strahlungsumhang für den Gebrauch bei Sonneneruptionen, das Kleidungsstück, das unter den Raumanzügen zu tragen war.

»Ihr habt mich ganz ausgestattet. Da ist die Manipel, da die Kasel, das ist mein Chorhemd. Noch ein paar Stücke, und ich könnte die Messe lesen.« Tatsächlich hatte er ein vollständiges Messgewand innerhalb seines Gewichtslimits vorgesehen – auf Kosten der Reserve für

Bücher, Musikbänder und Bilder von Schwester Clotilda. Aber er war nicht bereit, mit diesen weltlichen Menschen darüber zu sprechen. Er reckte sich und seufzte. »Wo kann man hier gut essen?«, fragte er. »Ein Steak, oder vielleicht ein Stück von dem Schnapperfisch, von dem einem alle erzählen – und dann ins Bett ...«

Der Air-Force-Militärpolizist, der zwei Stunden dabeigestanden hatte, schaute auf die Uhr, trat vor und sagte: »Tut mir leid, Pater. Sie werden anderswo verlangt, und da müssen Sie in, mal sehen, zwanzig Minuten sein.«

»Wo? Ich habe morgen einen langen Flug ...«

»Tut mir leid, Sir. Mein Befehl lautet, Sie zum Verwaltungsgebäude im Luftwaffenstützpunkt Patrick zu bringen. Dort wird man Ihnen wohl sagen, worum es geht.«

Der Priester richtete sich auf.

»Corporal«, sagte er, »ich stehe nicht unter Ihrer Verfügungsgewalt. Ich schlage vor, Sie sagen mir, was Sie wollen.«

»Nein, Sir«, bestätigte der MP. »Stehen Sie nicht. Aber mein Befehl lautet, Sie hinzubringen, und, bei allem Respekt, Sir, das werde ich tun.«

Der Physiotherapeut berührte Kayman an der Schulter.

»Gehen Sie nur, Don«, sagte er. »Ich habe das Gefühl, dass Sie in sehr hohen Rängen verkehren.«

Murrend ließ Kayman sich hinausführen und in einen Schwebejeep setzen. Der Fahrer hatte es eilig. Er gab sich nicht mit Straßen ab, sondern richtete das Fahrzeug auf die Brandung, schätzte Zeit und Entfernung und huschte hinaus auf die Meeresoberfläche zwischen Wellenbergen. Dann lenkte er nach Süden und gab Gas; in zehn Sekunden erreichten sie hundertfünfzig Stundenkilometer. Selbst bei Höchstschub, mit drei Meter Luft zwischen ihnen und der durchschnittlichen Wasserhöhe, veranlasste das rollende, schaukelnde Stoßen von den Korkenzieherwellen unter ihnen Kayman dazu, Speichel zu schlucken und nach einer Tüte zu suchen. Er versuchte, den Corporal zu bewegen, langsamer zu werden. »Tut mir leid, Sir«; es war offenbar der Lieblingsausdruck des MP.

Aber sie erreichten den Strand am Stützpunkt Patrick, bevor Kayman sich wirklich übergeben musste, und an Land legte der Fahrer wieder ein vernünftiges Tempo vor. Kayman wankte hinaus und blieb in der feuchten, warmen Nacht stehen, bis zwei andere Militärpolizisten, über Funk verständigt, salutierten und ihn in ein weißes, stuckverziertes Gebäude führten.

Bevor zehn Minuten vergangen waren, hatte man ihn bis auf die Haut ausgezogen und durchsucht, und er begriff, auf welch hoher Ebene er sich bewegte.

Die Düsenmaschine des Präsidenten landete um vier Uhr früh in Patrick. Kayman hatte in einem Liegestuhl gedöst, eine Decke über den Beinen; er wurde höflich wach gerüttelt und zur Gangway geführt, während Tankfahrzeuge in besonders unheimlicher Lautlosigkeit die Tragflächentanks auffüllten. Es gab keine Gespräche, kein Klirren von Bronzedüsen an Aluminium-Tankverschlüssen, nur das Pulsieren der Tankzugpumpen.

Ein VIP schlief. Kayman wünschte sich von ganzem Herzen, auch schlafen zu können. Er wurde zu einem Liegesessel geführt, angeschnallt und allein gelassen, und bevor noch seine Stewardess vom Frauenhilfskorps sich entfernte, rollte das Flugzeug zur Startbahn.

Er versuchte zu dösen, aber während die Maschine noch im Steigflug war, kam der Diener des Präsidenten und sagte: »Der Präsident empfängt Sie jetzt.«

Im Sitzen und frisch rasiert um seinen Spitzbart, sah Präsident Deshatine aus wie ein Gilbert-Stuart-Porträt von sich selbst. Er entspannte sich in einem Ledersessel und starrte leer zum Fenster hinaus, während er über Kopfhörer irgendeinem Tonband lauschte. Neben ihm dampfte eine volle Kaffeetasse, eine leere stand vor der Silberkanne. Neben der Tasse befand sich ein schmales Kästchen aus rotem Leder, verziert mit einem Silberkreuz.

Dash ließ ihn nicht warten. Er schaute sich um, lächelte, nahm den Kopfhörer ab und sagte: »Danke, dass Sie sich von mir haben entführen lassen, Pater Kayman. Setzen Sie sich, bitte. Trinken Sie eine Tasse Kaffee, wenn Sie ihn mögen.«

»Danke.« Der Diener eilte herbei, um einzugießen, und stellte sich dann hinter Don Kayman auf. Kayman schaute sich nicht um; er wusste, dass der Diener jedes Muskelzucken verfolgte, und vermied deshalb plötzliche Bewegungen.

»Ich bin in den letzten achtundvierzig Stunden in so vielen Zeitzonen gewesen, dass ich vergessen habe, wie die wirkliche Welt aussieht«, sagte der Präsident. »Mün-

chen, Beirut, Rom. Ich habe Vern Scanyon in Rom abgeholt, als ich von den Schwierigkeiten mit Roger
Torraway erfuhr. Das hat mich zu Tode erschreckt, Pater. Sie hätten ihn beinahe verloren, nicht?«

»Ich bin Areologe, Mr. President«, sagte Kayman. »Es
war nicht meine Verantwortung.«

»Hören Sie auf damit, Pater. Ich messe keine Schuld
zu. Davon ist genug vorhanden, wenn man es sich genau überlegt. Ich will wissen, was geschehen ist.«

»Ich bin sicher, General Scanyon kann Ihnen mehr
sagen als ich, Mr. President«, sagte Kayman steif.

»Wenn ich mich mit Verns Version begnügen wollte«,
sagte der Präsident geduldig, »wäre ich nicht zwischen-
gelandet, um Sie abzuholen. Sie waren dabei. Er nicht.
Er war in Rom bei der Pacem-in-Excelsis-Konferenz des
Vatikans.«

Kayman trank hastig einen Schluck aus seiner Tasse.

»Nun, es war knapp. Ich glaube, er war nicht angemessen unterrichtet über das Bevorstehende, eigentlich
wohl, weil eine Grippeepidemie herrschte. Wir waren
unterbesetzt. Brad ist nicht zur Stelle gewesen.«

»Das ist schon vorgekommen«, meinte der Präsident.

Kayman zuckte die Achseln und ging nicht darauf ein.

»Man hat ihn kastriert, Mr. President. Was die Sultane
eine Totalkastration nannten, samt Penis und allem. Er
braucht das alles nicht, weil so wenig Verbrauchbares in
ihn hineinkommt, dass alles anal ausgeschieden wird,
sodass das nur eine verwundbare Stelle gewesen ist. Es
gibt keine Frage, dass das entfernt werden musste, Mr.
President.«

»Und die – wie nennen Sie das? – Prostataektomie? War das auch eine verwundbare Stelle?«

»Sie sollten wirklich einen der Ärzte danach fragen, Mr. President«, sagte Kayman bedrückt.

»Ich frage aber Sie. Scanyon sagte etwas von Priesterkrankheit, und Sie sind Priester.«

Kayman grinste.

»Das ist ein alter Ausdruck, aus der Zeit, als alle Priester im Zölibat lebten. Aber ja, ich kann Ihnen etwas darüber sagen, wir haben im Priesterseminar oft darüber gesprochen. Die Prostata erzeugt Flüssigkeit – nicht viel, ein paar Tropfen am Tag. Wenn ein Mann keine Ejakulationen hat, läuft sie meist mit dem Urin ab, aber wenn er sexuell erregt ist, wird mehr produziert, und sie verschwindet nicht ganz. Sie staut sich, und das führt zu Schwierigkeiten.«

»Man hat also seine Prostata entfernt.«

»Und eine Steroidkapsel eingepflanzt, Mr. President. Er wird keine weiblichen Züge annehmen. Physisch ist er jetzt ein völlig selbstständiger Eunuch und... Oh. Ich meine eine Einheit.«

Der Präsident nickte.

»Das nennt man einen freudschen Versprecher.«

Kayman zuckte die Achseln.

»Und wenn Sie schon so denken«, drängte der Präsident, »was, zum Teufel, glauben Sie, dass Torraway denkt?«

»Ich weiß, dass es nicht leicht für ihn ist, Mr. President.«

»Soviel ich weiß, sind Sie nicht einfach Areologe,

Don, sondern auch Eheberater«, sagte der Präsident. »Mit nicht sehr großem Erfolg, wie? Sein liederliches kleines Frauchen macht unserem Jungen das Leben schwer.«

»Dorrie hat viele Probleme.«

»Nein, Dorrie hat *ein* Problem. Dasselbe, das wir alle haben. Sie ruiniert unser Marsprojekt, und wir können das nicht zulassen. Können Sie sie zurück auf Linie bringen?«

»Nein.«

»Nun, ich meine nicht, eine perfekte Person aus ihr zu machen. Hören Sie auf, Don! Ich meine, können Sie sie dazu bringen, dass sie ihn beruhigt, jedenfalls so weit, dass er nicht mehr in einen Schock verfällt? Ihm einen Kuss und ein Versprechen gibt, ihm einen Liebesgruß schickt, wenn er auf dem Mars ist – weiß Gott, Torraway erwartet nicht mehr als das. Aber ein Recht auf so wenig hat er.«

»Ich kann es versuchen«, sagte Kayman hilflos.

»Und ich werde ein paar Worte mit Brad reden«, sagte der Präsident grimmig. »Ich habe Ihnen, ich habe allen gesagt, *dieses Projekt muss erfolgreich sein.* Mich interessiert nicht, ob jemand erkältet ist oder jemand anderer geil ist, ich möchte Torraway auf dem Mars sehen, und ich möchte, dass er dort glücklich ist.«

Die Maschine legte sich auf die Seite, um New Orleans zu umfliegen, und von der glitschig-ölglatten Oberfläche des Golfs drang ein Schimmer der Morgensonne herauf. Der Präsident starrte mit zusammengekniffenen Augen zornig hinunter.

»Lassen Sie sich von mir sagen, was ich gedacht habe, Pater Kayman. Ich habe gedacht, dass Roger glücklicher wäre, den Tod seiner Frau bei einem Autounfall zu betrauern, als sich den Kopf darüber zu zerbrechen, mit wem sie gerade schläft, wenn er nicht da ist. Ich denke nicht gern so. Ich habe aber nur soundsoviele Optionen, Kayman, und ich muss die nehmen, die das kleinste Übel ist. Und jetzt«, sagte er und lächelte plötzlich, »habe ich etwas für Sie, von Seiner Heiligkeit. Es ist ein Geschenk; sehen Sie es sich an.«

Verwundert griff Kayman nach dem roten Kästchen und öffnete es. Es enthielt einen Rosenkranz auf rotem Samt. Die Ave-Marias waren aus Elfenbein, zu Rosenblüten geschnitzt; die großen Paternoster-Kugeln waren aus zisliertem Kristall.

»Er hat eine interessante Geschichte«, fuhr der Präsident fort. »Er wurde Ignatius von Loyola von einer seiner Missionen in Japan geschickt, dann war er zweihundert Jahre in Südamerika, bei den – wie nennen Sie das? – den Reduktionen von Paraguay? Eigentlich ein Museumsstück, aber Seine Heiligkeit wollte, dass Sie es bekommen.«

»Ich ... ich weiß nicht, was ich sagen soll«, stieß Kayman hervor.

»Und er hat den Rosenkranz gesegnet.« Der Präsident lehnte sich zurück und wirkte plötzlich viel älter. »Beten Sie damit, Pater«, sagte er. »Ich bin kein Katholik. Ich weiß nicht, wie Sie zu diesen Dingen stehen. Aber ich möchte, dass Sie dafür beten, Dorrie Torraway möge so weit zur Vernunft gebracht werden, dass sie ihrem Mann eine Weile zur Verfügung steht. Und wenn das nicht wirkt, sollten Sie lieber ganz inbrünstig für uns alle beten.«

In der Hauptkabine schnallte Kayman sich an und zwang sich, die letzte gute Stunde Flug nach Tonka zu schlafen. Die Erschöpfung trug den Sieg über die Sorgen davon, und er döste ein. Er war nicht der Einzige, der sich Sorgen machte. Wir hatten das Trauma, das Roger Torraway durch den Verlust seiner Genitalien erleiden würde, nicht richtig eingeschätzt und ihn beinahe verloren.

Der Defekt war kritischer Natur. Er durfte nicht noch einmal riskiert werden. Wir hatten schon für verstärkte psychiatrische Betreuung Rogers gesorgt, und in Rochester wurde der tragbare Computer umkonstruiert, um große psychische Belastung zu überwachen und zu reagieren, bevor Rogers langsamere menschliche Synapsen in Krämpfen oszillieren konnten.

Die Weltlage entwickelte sich nach Voraussage. New York war natürlich in Aufruhr, im Nahen Osten entwickelte sich Druck, dem die Sicherheitsventile nicht mehr standhalten konnten, und das Neue Volksasien überschwemmte alles mit wütenden Manifesten gegen das Tintenfischsterben im Pazifik. Der Planet näherte sich rasch der kritischen Masse. Unsere Projektionen sahen voraus, dass die Zukunft der Spezies auf der Erde über zwei Jahre hinaus fraglich war. Das konnten wir nicht zulassen. Die Marslandung musste erfolgreich sein.

Als Roger nach seinem Anfall aus der Betäubung auftauchte, war ihm nicht klar, wie nah er dem Tod gewesen war, begriff nur, dass er nun auch an seiner emp-
findlichsten Stelle verwundet worden war. Das Gefühl
war Trostlosigkeit: ausgelöschte, hoffnungslose Traurigkeit. Er hatte nicht nur Dorrie verloren, sondern auch
seine Männlichkeit. Der Schmerz war zu extrem, um
durch Tränen gelindert werden zu können, selbst wenn
er fähig wäre zu weinen. Es war die Qual des Zahnarzt-
stuhls ohne Narkose, so akut, dass sie nicht mehr wie
eine Warnung wirkte, sondern einfach zu einer Tatsache der Umwelt wurde, zu etwas, das man erlebte
und ertrug.

Die Tür ging auf, und eine neue Schwester kam herein.

»Hallo. Ich sehe, Sie sind wach.« Sie kam heran und
legte warme Finger auf seine Stirn. »Ich bin Sulie Carpenter«, sagte sie. »Eigentlich heiße ich Susan Lee, aber
alle nennen mich Sulie.« Sie zog die Hand zurück und
lächelte. »Man möchte meinen, ich wüsste besser Bescheid, als auf Fieber zu prüfen, nicht? Ich weiß schon
von den Monitoren, was es ist, aber ich bin altmodisch.«

Torraway hörte sie kaum; er war damit beschäftigt, sie
zu sehen. War das eine Täuschung seiner Verarbeitungsschaltungen? Hochgewachsen, grünäugig, schwarzhaa-
rig; sie sah Dorrie so ähnlich, dass er versuchte, das Seh-
feld seiner großen Insektenaugen zu verändern, auf die
Poren in ihrer ein wenig sommersprossigen Haut vor-
zustoßen, die Farbwerte zu ändern, die Empfindlichkeit
zu verringern, sodass sie in einem Zwielicht aufzugehen

schien. Es spielte keine Rolle. Sie sah immer noch aus wie Dorrie.

Sie trat zu den Tochtermonitoren an der Zimmerwand.

»Sie halten sich wirklich gut, Colonel Torraway«, rief sie über die Schulter. »Ich bringe Ihnen bald Ihr Essen. Gibt es irgendetwas, das Sie jetzt wollen?«

Er raffte sich auf und setzte sich hin.

»Nichts, was ich haben kann«, sagte er bitter.

»O nein, Colonel!« Ihre Augen wirkten schockiert. »Ich meine – entschuldigen Sie. Ich habe kein Recht, so mit Ihnen zu reden. Aber, guter Gott, Colonel, wenn es auf dieser Welt einen Menschen...«

»Wenn mir nur so zumute wäre«, murrte er, aber er beobachtete sie scharf und neugierig, er fühlte etwas – etwas, das er nicht bestimmen konnte, aber etwas, das nicht der Schmerz war, der ihn noch vor Augenblicken überwältigt hatte.

Sulie Carpenter schaute auf ihre Uhr und zog dann einen Stuhl heran.

»Sie klingen bedrückt, Colonel«, sagte sie mitfühlend. »Ich kann mir denken, dass das alles sehr schwer zu ertragen ist.«

Er löste den Blick von ihr, schaute hinauf, dorthin, wo die großen, schwarzen Flügel über seinem Kopf langsam wogten.

»Es hat seine schlimmen Seiten, glauben Sie mir. Aber ich wusste, worauf ich mich einließ.«

Sulie nickte.

»Ich hatte eine schlimme Zeit, als mein... mein

Freund starb. Das ist natürlich kein Vergleich zu dem, was Sie tun. Aber in einer gewissen Beziehung war es vielleicht noch schlimmer – es war so sinnlos, wissen Sie. Den einen Tag war alles wunderbar, und wir sprachen von Heirat. Am nächsten Tag kam er vom Arzt zurück, und seine Kopfschmerzen, die er dauernd hatte, erwiesen sich als...« – sie atmete tief ein – »Gehirntumor. Bösartig. Drei Monate später war er tot, und ich wurde einfach nicht damit fertig. Ich musste weg von Oakland. Ich beantragte, hierherversetzt zu werden. Habe nie gedacht, dass das genehmigt werden würde, aber man ist offenbar nach der Grippewelle immer noch unterbesetzt...«

»Es tut mir leid«, sagte Roger schnell.

Sie lächelte.

»Schon gut«, sagte sie. »Es war nur so eine große Lücke in meinem Leben, und ich bin wirklich dankbar, dass ich hier etwas habe, um sie auszufüllen.« Sie schaute wieder auf die Uhr und sprang auf. »Die Oberschwester wird mir etwas erzählen«, sagte sie. »Aber hören Sie, kann ich Ihnen wirklich nichts besorgen? Bücher? Musik? Die Welt steht Ihnen zur Verfügung, wissen Sie – mich eingeschlossen.«

»Gar nichts«, sagte Roger offen. »Trotzdem vielen Dank. Wieso wollten Sie gerade hierher?«

Sie sah ihn nachdenklich an, und ihre Mundwinkel wölbten sich kaum merklich.

»Tja«, sagte sie, »ich wusste etwas über das Programm hier. Ich bin zehn Jahre in der Raummedizin in Kalifornien tätig gewesen. Und ich wusste, wer Sie sind,

Colonel Torraway. Ich wusste Bescheid! Als Sie diese Russen retteten, hing Ihr Bild an meiner Wand. Sie würden es nicht glauben, was für eine aktive Rolle Sie in manchen meiner Tagträume gespielt haben, Colonel Torraway, Sir.« Sie grinste und ging, blieb aber an der Tür stehen. »Tun Sie mir einen Gefallen, ja?«

Roger war überrascht.

»Gern. Was denn?«

»Nun, ich möchte ein neueres Bild. Sie wissen, wie die Sicherheitsvorschriften hier beachtet werden. Kann ich schnell eine Aufnahme von Ihnen machen, wenn ich eine Kamera hereinschmuggle? Damit ich meinen Enkelkindern etwas zeigen kann, falls ich jemals welche haben sollte.«

»Man bringt Sie um, wenn man Ihnen auf die Schliche kommt, Sulie«, wandte Roger ein.

Sie zwinkerte ihm zu.

»Das riskiere ich; es lohnt sich. Danke.«

Als sie fort war, versuchte Roger angestrengt, wieder über seine Kastration und seine Hörnung nachzudenken, aber aus irgendeinem Grund schien alles nicht mehr so überwältigend zu sein. Er hatte auch nicht viel Zeit. Sulie brachte ein kärgliches Mittagessen, ein Lächeln und das Versprechen, am nächsten Morgen wiederzukommen. Clara Bly machte ihm einen Einlauf, und dann lag er verwundert da, während drei gleich aussehende schnurrbärtige Männer hereinkamen und jeden Quadratzentimeter Boden, Wand und Einrichtung mit Metalldetektoren und elektronischen Spürgeräten absuchten. Sie waren ihm völlig fremd, und sie blieben auf mitgebrachten Stühlen im Zimmer sitzen, stumm und wachsam, als Brad hereinkam.

Brad wirkte nicht nur krank, sondern ernsthaft besorgt.

»Hallo, Roger«, sagte er. »Mensch, haben Sie uns erschreckt. Das ist meine Schuld. Ich hätte zur Stelle sein sollen, aber diese verdammte Grippe...«

»Ich habe es überlebt«, sagte Roger, betrachtete Brads recht gewöhnliches Gesicht und fragte sich, weshalb er nicht wütende Empörung und Hass empfand.

»Wir müssen Sie jetzt ziemlich beschäftigen«, sagte Brad und zog einen Stuhl heran. »Wir haben vorübergehend einige Ihrer Verarbeitungsschaltungen lahmgelegt. Wenn sie wieder voll greifen, müssen wir Ihre Sinnesaufnahme begrenzen – stufenweise dafür sorgen, dass Sie sich den Umgang mit einer totalen Umwelt erarbeiten. Und Kathleen ist kaum zu bändigen; sie will mit dem Umtrainieren beginnen – Sie wissen, den Umgang mit Ihren neuen Muskeln lernen und was alles dazugehört.« Er schaute hinüber zu den drei stummen Zuschauern. Sein Ausdruck verriet plötzlich Angst, dachte Roger.

»Ich bin ja wohl so weit«, sagte Roger.

»Oh, sicher. Das weiß ich«, sagte Brad erstaunt. »Hat man Sie nicht über die Resultate unterrichtet? Sie laufen wie eine Uhr mit siebzehn Steinen, Roger. Alle chirurgischen Eingriffe sind vorbei. Sie haben alles, was Sie brauchen.« Er lehnte sich zurück und sah Roger an. »Auch wenn ich das sage« – er grinste – »Sie sind ein Kunstwerk, Roger, und ich bin der Künstler. Wenn ich

Sie nur auf dem Mars sehen könnte. Da gehören Sie hin, mein Junge.«

Einer der Beobachter räusperte sich.

»Es wird langsam Zeit, Doktor Bradley«, sagte er.

Brads Gesicht wirkte wieder sorgenvoll.

»Komme sofort. Passen Sie gut auf sich auf, Rog. Ich bin später wieder bei Ihnen.« Er ging, und die drei Männer folgten ihm, als Clara Bly hereinkam und sich im Zimmer zu schaffen machte.

Ein Rätsel war plötzlich gelöst.

»Dash besucht mich«, riet Roger.

»Sehr klug!«, sagte Clara naserümpfend. »Na ja, Sie dürfen es ja wohl wissen. *Ich* natürlich nicht. Die halten das für ein Geheimnis. Aber wie geheim ist etwas, wenn sie die ganze Klinik auf den Kopf stellen? Schon bevor ich zum Dienst gekommen bin, waren die Kerle überall.«

»Wann kommt er?«, fragte Roger.

»Das ist eben das Geheime. Für mich, jedenfalls.«

Aber es blieb nicht lange geheim; noch in derselben Stunde kam der Präsident mit einem unhörbaren, aber deutlich empfundenen Tusch ins Zimmer. Begleitet war er von demselben Diener, den er im Flugzeug bei sich gehabt hatte, aber diesmal war er offenkundig kein Diener, sondern nur ein Leibwächter.

»Wunderbar, Sie wiederzusehen«, sagte der Präsident und streckte die Hand aus. Er hatte die revidierte und redigierte Ausgabe des Astronauten vorher nie gesehen, und das stumpfglänzende Fleisch, die riesengroßen Facettenaugen, die erhobenen Flügel mussten gewiss sonderbar wirken, aber im disziplinierten Gesicht des Präsidenten waren nur Freundschaftlichkeit und Freude zu lesen. »Ich habe vorhin schnell haltgemacht, um Ihre liebe Frau Dorrie zu begrüßen. Hoffentlich hat sie mir verziehen, dass ich vorigen Monat ihren Nagellack ruiniert habe; ich habe vergessen zu fragen. Aber wie fühlen Sie sich?«

Roger war vor allem einmal verblüfft über die Exaktheit, mit der man den Präsidenten präparierte, aber er sagte nur: »Gut, Mr. President.«

Der Präsident neigte den Kopf zu seinem Leibwächter, ohne ihn anzusehen.

»John, haben Sie das kleine Päckchen für Colonel Torraway? Dorrie hat mich gebeten, es Ihnen mitzubringen; Sie können es aufmachen, wenn wir gegangen sind.« Der Leibwächter legte ein in weißes Papier gewickeltes Päckchen auf Rogers Nachttisch und schob gleichzeitig dem Präsidenten einen Stuhl hin, gerade als dieser sich niederließ. »Roger«, sagte der Präsident und straffte die Bügelfalten seiner Bermudashorts, »ich weiß, dass ich offen mit Ihnen reden kann. Sie sind jetzt alles, was wir haben, und wir brauchen Sie. Mit jedem Tag sehen die Indizes schlimmer aus. Die Asiaten legen es auf eine Auseinandersetzung an, und ich weiß nicht, wie lange ich noch eine Eskalation verhindern kann. Wir müssen Sie auf den Mars bringen, und Sie müssen funktionsfähig sein, wenn Sie ankommen. Ich kann gar nicht genug betonen, wie wichtig das ist.«

»Ich glaube, ich verstehe, Sir«, sagte Roger.

»Nun, in gewisser Weise ist das sicher der Fall. Aber

verstehen Sie es auch im Innersten? Fühlen Sie wirklich, dass Sie der eine, vielleicht der zweite Mensch in einer Generation sind, der auf irgendeine Weise in eine Lage gerät, von solcher Bedeutung für die ganze Menschheit zu sein, dass selbst in seinem Innersten nicht mehr an Bedeutung mithalten kann, was mit ihm geschieht? An diesem Punkt sind Sie angelangt, Roger. Ich weiß«, fuhr der Präsident düster fort, »dass man sich mit Ihnen und Ihrer Person ungeheure Freiheiten erlaubt hat. Man hat Ihnen keine Möglichkeit gegeben, Ja oder Nein oder Vielleicht zu sagen. Man hat Ihnen nicht einmal etwas gesagt. Das ist eine scheußliche Weise, mit einem Men-schen umzuspringen, geschweige denn mit jemandem, der so viel bedeutet wie Sie – und mit jemandem, der sich so viele Verdienste erworben hat wie Sie. Ich habe hier auch einige Leute in den Hintern getreten. Ich nehme mir gern noch mehr vor. Sie brauchen es nur zu sagen. Jederzeit. Es ist besser, wenn ich das mache, als Sie – mit den Stahlmuskeln, die man Ihnen gegeben hat, könnten Sie ein paar von den hübschen Popochen bei den Schwestern so beschädigen, dass sie nicht mehr reparabel wären. Stört es Sie, wenn ich rauche?«

»Wie? Ach, keine Spur, Mr. President.«

»Danke.« Der Diener hatte in der einen Hand ein offenes Zigarettenetui, in der anderen ein brennendes Feuerzeug, als der Präsident die Hand ausstreckte. Er sog den Rauch tief ein und lehnte sich zurück. »Roger«, sagte er, »ich möchte Ihnen erzählen, was nach meiner Einbildung in Ihnen vorgeht. Sie denken: Da ist der alte Dash, durch und durch Politiker, voller Quatsch und

Versprechungen, der mich dazu überreden will, ihm die Kastanien aus dem Feuer zu holen. Der sagt alles, der verspricht alles. Alles, was er will, ist, was er aus mir herauspressen kann. Komme ich der Wahrheit nahe?«

»Aber – nein, Mr. President. Na ja... ein bisschen.«

Der Präsident nickte.

»Sie wären verrückt, wenn Sie so etwas nicht denken würden«, sagte er sachlich. »Das stimmt auch, wissen Sie. Nur bis zu einem gewissen Punkt. Es stimmt, dass ich Ihnen alles verspreche, dass ich jede Lüge ausspreche würde, die mir einfällt, um Sie auf den Mars zu bringen. Aber was auch stimmt, ist, dass Sie uns wirklich alle an der Gurgel haben, Roger. Wir *brauchen* Sie. Es wird einen Krieg geben, wenn wir nichts tun, um ihn zu verhindern, und es mag verrückt sein, aber die Trendprojektionen behaupten, das Einzige, was ihn aufhalten kann, sei, Sie auf dem Mars abzusetzen. Fragen Sie mich nicht, warum. Ich halte mich nur an das, was mir die technischen Berater sagen, und sie behaupten, das spucke der Computer aus.«

Rogers Flügel raschelten unruhig, aber die Augen waren auf den Präsidenten geheftet.

»Sie sehen also«, sagte der Präsident schwerfällig, »dass ich mich zu Ihrem Gehilfen ernenne, Roger. Sie sagen mir, was Sie wollen, und ich sorge dafür, dass Sie es bekommen. Sie brauchen nur das Telefon hier abzunehmen, Tag und Nacht. Man wird Sie zu mir durchstellen. Wenn ich schlafe, können Sie mich wecken, wenn Sie wollen. Wenn es Zeit hat, können Sie eine Nachricht hinterlassen. Es wird hier nicht mehr an Ihnen herumgepfuscht werden, und wenn Sie auch nur das leise Gefühl haben, dass man es versucht, sagen Sie mir Bescheid, und ich stelle das ab. Mein Gott«, sagte er grinsend, als er aufstand, »wissen Sie, was die Geschichtsbücher über mich sagen werden? Fitz-James Deshatine, 1943–2026, zweiundvierzigster Präsident der Vereinigten Staaten. Unter seiner Präsidentschaft etablierte die Menschheit ihre erste autarke Kolonie auf einem anderen Planeten. Das werde ich bekommen, wenn ich überhaupt so viel bekomme – und Sie sind der Einzige, der es mir geben kann.

Tja«, sagte er auf dem Weg zur Tür, »in Palm Springs wartet eine Gouverneurskonferenz auf mich. Man erwartet mich schon seit sechs Stunden, aber ich bin der Meinung, dass Sie viel mehr zählen als die. Geben Sie Dorrie einen Kuss von mir. Und rufen Sie mich an. Wenn Sie keinen Grund zur Klage haben, rufen Sie mich einfach so an. Jederzeit.« Und er ging, während ein geblendeter Astronaut ihm nachstarrte.

Wie man es auch nahm, dachte Roger, es war wirklich eine spektakuläre Darbietung, und er war gleichzeitig fassungslos und erfreut. Auch wenn man 99 Prozent als Quatsch abtat, war, was übrig blieb, noch überaus befriedigend.

Die Tür ging auf, und Sulie Carpenter kam ein wenig verschreckt herein. Sie trug ein gerahmtes Foto.

»Ich wusste nicht, in was für Gesellschaft Sie sich bewegen«, sagte sie. »Wollen Sie das?«

Es war ein Bild des Präsidenten, signiert mit: »Für Roger, von seinem Bewunderer Dash«.

»Ich denke schon«, sagte Roger. »Können Sie es auf-hängen?«

»Wenn es ein Bild von Dash ist, kann man es«, sagte sie. »Es haftet von selbst. Hier?« Sie drückte es an die Wand neben der Tür und trat zurück, um es zu bewun-dern. Dann schaute sie sich um, zwinkerte und zog eine flache, schwarze Kamera von der Größe einer Zigaret-tenschachtel aus der Schürze. »Lächeln, gleich kommt das Vögelchen«, sagte sie und knipste. »Sie verraten mich nicht? Okay. Ich muss gehen – ich bin jetzt nicht im Dienst, wollte aber zu Ihnen reingucken.«

Roger legte sich zurück und faltete die Hände auf der Brust. Es fing an, recht interessant zu werden. Er hatte den inneren Schmerz der Entdeckung seiner Kastration nicht vergessen und Dorrie nicht aus seinen Gedanken verbannt, aber beides wurde nicht mehr als Schmerz wahrgenommen. Sie wurden von zu vielen neueren, angenehmeren Gedanken überlagert.

Als er an Dorrie dachte, fiel ihm ihr Geschenk ein. Er öffnete es. Es war eine Keramiktasse in Erntefarben, verziert mit einem Füllhorn voll Obst. Auf der Karte stand: *Das soll dich erinnern, dass ich dich liebe.* Darunter: *Dorrie.*

Alle Messdaten Roger Torraways waren jetzt stabil, und wir bereiteten uns darauf vor, die Verarbeitungsschal-tungen einzuspeisen.

Diesmal wurde Roger genau eingeweiht. Brad war jede Stunde bei ihm – nach den Tritten in den Hintern durch den Präsidenten, von denen er einen großen Anteil bekommen hatte, war er geläutert und eifrig. Wir teilten eine Gruppe dafür ein, das Einspeisen der Verarbeitungsschaltungen zu beaufsichtigen, eine zweite, um Ein- und Ausgang von Daten der 3070 in Tonka zum neuen tragbaren Computer in Rochester bei New York zu überwachen. Texas und Oklahoma litten wieder einmal unter Überlastung der Stromnetze, was den Umgang mit allen Maschinendaten erschwerte, und die Nachwirkungen der Grippe wirkten sich auf das Personal noch immer aus. Wir waren ganz entschieden unterbesetzt.

Überdies brauchten wir noch mehr. Der tragbare Computer wurde mit 99,999999999 Prozent Zuverlässigkeit in allen Bauteilen eingeschätzt, aber es gab um die 10^8 Teile. Hilfssysteme waren genug vorhanden, neben einem enormen Maß an Verzweigungen der Arbeitswege, sodass das Versagen selbst von drei oder vier großen Subsystemen genug Kapazität übrig ließ, um Roger funktionsfähig zu erhalten. Aber das reichte nicht. Die Analyse zeigte, dass innerhalb eines halben Marsjahres eine Aussicht von eins zu zehn für ein kritisches Versagen bestand.

Man traf deshalb die Entscheidung, eine vollständige 3070-Anlage zu bauen, zu starten und in eine Umlaufbahn um den Mars zu bringen, mit einer dreifachen Entsprechung aller Funktionen des tragbaren Computers. Wenn der Computer auf dem Rücken völlig versagen sollte, würde Roger die umlaufende Anlage nur in der Hälfte der Zeit benützen können – wenn sie in ihrer Bahn über dem Horizont war und so über Funk von ihm erreicht werden konnte. Im schlimmsten Fall würde es eine Verzögerung von einer hundertstel Sekunde geben, was erträglich war. Außerdem würde er im Freien bleiben oder sonst durch eine Außenantenne angeschlossen sein müssen.

Es gab für den Hilfscomputer in der Umlaufbahn noch einen anderen Grund, nämlich das hohe Risiko von Defekten. Sowohl die umlaufende 3070 als auch der tragbare Computer waren stark abgeschirmt. Trotzdem würden sie beim Start durch den Van-Allen-Gürtel und während des ganzen Fluges durch den Sonnenwind fliegen. Bis sie in Marsnähe kamen, würde dieser durch die Entfernung von der Sonne so weit nachgelassen haben, dass er erträglich war – außer im Fall von starken Eruptionen. Die geladenen Teilchen einer solchen Eruption konnten durchaus so viel Speicherdaten in einem der beiden Computer beschädigen, dass die Funktion der Anlage ernsthaft behindert wurde. Der tragbare Computer würde sich nicht schützen können. Die 3070 dagegen besaß genug Reservekapazität für fortwährende innere Überwachung und Selbstreparatur. In freien Augenblicken – und davon würde es viele geben, bis zu 90 Prozent der Funktionszeit, selbst wenn Roger sie beanspruchte – würde sie in jedem ihrer dreifach vorhandenen Systeme Daten vergleichen. Wenn irgendein Datensatz von seinem Pendant in den anderen Systemen abwich, würde sie die Vereinbarkeit mit den Daten in der Umgebung prüfen; wenn alle Daten vereinbar waren, würde sie alle drei Systeme untersuchen und den einen abweichenden Datensatz den beiden anderen anpassen. Wenn zwei nicht vereinbar waren, würde die 3070 sie, falls möglich, mit dem tragbaren Computer vergleichen.

Das war die ganze Redundanz, die wir uns leisten konnten, aber es war eine ganze Menge. Im Großen und Ganzen waren wir sehr zufrieden.

Gewiss, die 3070 in der Umlaufbahn würde sehr viel Energie brauchen. Wir berechneten den wahrscheinlichen Höchstbedarf, verglichen ihn mit der wahrscheinlichen Zufuhr im schlechtesten Fall durch die Solarpaneele und kamen zu dem Schluss, dass der Spielraum zu gering war. Raytheon bekam deshalb einen Sofortauftrag, einen MHD-Generator zu liefern, und man machte sich daran, ihn für den Weltraumstart und den automatischen Betrieb in der Umlaufbahn um den Mars zu präparieren. Wenn die 3070 und der MHD-Generator in die Umlaufbahn eintraten, würden sie andocken. Der Generator würde alle Energie liefern, die der Computer brauchte, und noch genug übrig haben, um einen nützlichen Überschuss zu Roger auf der Marsoberfläche in Form von Mikrowellen hinunterzusenden; er konnte sowohl seine eigenen Maschinenteile damit versorgen wie auch alle Geräte, die er installieren mochte.

Als wir alle Pläne fertiggestellt hatten, konnten wir kaum begreifen, wie wir hatten glauben können, jemals ohne sie auszukommen. Das waren glückliche Tage! Wir forderten und erhielten auf der Stelle alles, was wir brauchten. Tulsa musste zwei Nächte in der Woche ohne Licht auskommen, damit wir über die erforderlichen Energiereserven verfügten, und die Jet Propulsion

Laboratories verloren ihr gesamtes raummedizinisches Personal an unser Projekt.

Der Dateneingang ging weiter. Defekte jagten einander fröhlich in beiden neuen Computern, im tragbaren in Rochester und in der zweiten 3070, die man eiligst nach Merritt Island gebracht hatte. Aber wir spürten sie auf, isolierten sie, behoben sie und hielten den Terminplan ein.

In der Außenwelt ging es natürlich nicht so erfreulich zu.

Waliser Nationalisten hatten mit einer selbst gebastelten Plutoniumbombe aus Material, das aus dem Brutreaktor in Carmarthen gestohlen worden war, die Hyde-Park-Kaserne und fast ganz Knightsbridge in die Luft gesprengt. In Kalifornien brannten die Cascade-Berge ohne jede Kontrolle, weil die Brandbekämpfungshubschrauber des Treibstoffmangels wegen nicht aufsteigen konnten. Eine blitzschnell um sich greifende Pockenepidemie hatte Poona entvölkert und sich in Bombay unkontrollierbar ausgebreitet; Fälle wurden von Madras bis Delhi gemeldet, als jene, die das noch konnten, vor der Seuche flohen. Die Australier hatten unter Alarmstufe Rot mobilisiert, das NVA verlangte eine Sondersitzung des UN-Sicherheitsrates, und Kapstadt wurde belagert.

All dies entsprach den Voraussagen. Wir nahmen alles wahr. Wir setzten unsere Arbeit fort. Wenn eine der Schwestern oder einer der Techniker sich die Zeit nahmen zu grübeln, konnten sie sich an den Anweisungen des Präsidenten aufrichten. An jedem Schwarzen

Brett und in den meisten Arbeitsräumen angeschlagen, war ein Zitat von Dash zu lesen:

> Sorgt ihr für Roger Torraway, und ich sorge
> für den Rest der Welt.
>
> *Fitz-James Deshatine*

Wir brauchten die Versicherung nicht, wir wussten, wie wichtig die Arbeit war. Das Überleben unserer Spezies hing davon ab. Verglichen damit spielte nichts eine Rolle.

Roger erwachte in völliger Schwärze.

Er hatte geträumt, und für einen Augenblick verschmolzen Traum und Wirklichkeit auf sonderbare Weise. Der Traum war von einer lange vergangenen Zeit gewesen, als er und Dorrie und Brad mit ein paar Freunden, die ein Segelboot besaßen, zum Texoma-See gefahren waren, und am Abend hatten sie zu Brads Gitarre gesungen, während der riesige Mond über dem Wasser aufgestiegen war. Er glaubte, Brads Stimme wieder zu hören … aber er lauschte angestrengter, während sein Gehirn die Schlafreste abschüttelte, und da war nichts.

Da war nichts. *Das* war merkwürdig. Kein Geräusch, nicht einmal das Surren und Ticken der Telemetriemonitore an der Wand, nicht einmal ein Wispern im Flur. Sosehr er sich auch mit der gesteigerten Empfindlichkeit seiner neuen Ohren bemühte, es war nicht das Geringste zu hören. Ebenso wenig sah er Licht. In keiner Farbe, nirgends, bis auf das kaum wahrnehmbare rötliche Leuchten seines eigenen Körpers und ein ebenso schwaches Glühen an den Bodenleisten im Zimmer.

Er bewegte sich unruhig und entdeckte, dass er ans Bett geschnallt war.

Einen Augenblick lang flutete Entsetzen durch sein Gehirn: in der Falle, hilflos, allein. Hatte man ihn abgeschaltet? Wurden seine Sinne absichtlich gelöscht? Was ging vor?

Eine leise Stimme an seinem Ohr meldete sich erneut: »Roger? Brad hier. Die Messungen zeigen, dass Sie wach sind.«

Die Erleichterung war überwältigend.

»Ja«, stieß er hervor. »Was ist los?«

»Wir haben Sie in einer reizabschirmenden Umgebung. Können Sie irgendetwas hören, abgesehen von meiner Stimme?«

»Keinen Laut«, sagte Roger. »Überhaupt nichts.«

»Und Licht?«

Roger schilderte das schwache Wärmeleuchten.

»Das ist alles.«

»Gut«, sagte Brad. »Es geht um Folgendes, Roger. Wir lassen Sie Ihr neues Sensorium stückweise einarbeiten. Einfache Geräusche. Einfache Muster. Wir haben über dem Kopfteil Ihres Betts einen Dia-Projektor in der Wand und an der Tür eine Bildwand – Sie können sie natürlich nicht sehen, aber sie ist da. Was wir tun wollen – Augenblick. Kathleen ist entschlossen, mit Ihnen zu reden.«

Schwache Knirsch- und Scharrlaute, dann Kathleen Doughtys Stimme: »Roger, dieser Idiot hat etwas Wichtiges vergessen. Entzug von Sinnesempfindungen ist gefährlich, das wissen Sie.«

»Das habe ich gehört«, räumte Roger ein.

»Den Experten zufolge ist das Schlimmste dabei das Gefühl der Ohnmacht, das zu beenden. Wenn Ihnen also nicht wohl ist, fangen Sie einfach an zu sprechen; einer von uns wird immer hier sein, und wir melden uns. Entweder Brad oder ich oder Sulie Carpenter oder Clara.«

»Seid ihr jetzt alle dort?«

»Natürlich, ja – einschließlich Don Kayman und General Scanyon und, du meine Güte, das halbe Personal. An Gesellschaft wird es Ihnen nicht fehlen, Roger, das verspreche ich Ihnen. Also. Was ist mit meiner Stimme, macht sie Ihnen Schwierigkeiten?«

Er überlegte.

»Nicht direkt. Sie hören sich ein bisschen wie eine knarrende Tür an«, ergänzte er.

»Das ist schlecht.«

»Das finde ich nicht. Sie klingen immer so, Kathleen.«

Sie kicherte.

»Na, ich höre sowieso gleich auf. Und Brads Stimme?«

»Mir ist nichts aufgefallen. Jedenfalls bin ich mir nicht sicher. Ich habe ein bisschen geträumt, und für Augenblicke dachte ich, er singe *Aura Lee* zu seiner Gitarre.«

»Das ist *interessant*, Roger!«, warf Brad ein. »Und jetzt?«

»Nein. Sie klingen wie sonst auch.«

»Nun, Ihre Messergebnisse sind gut. In Ordnung. Damit befassen wir uns später. Was wir jetzt tun wollen, ist, Ihnen reine, einfache optische Zugänge zu liefern. Wie Kathleen schon gesagt hat, können Sie jederzeit mit uns sprechen, und wir antworten, wenn Sie das wollen. Aber eine Zeit lang werden wir nicht viel reden. Lassen Sie die Sehschaltungen sich einarbeiten, bevor wir die Dinge mit gleichzeitigem Sehen und Hören komplizieren, verstanden?«

»Dann los!«, sagte Roger.

Es kam keine Antwort, aber einen Augenblick später erschien an der gegenüberliegenden Wand ein blasser Lichtpunkt.

Er war nicht hell. Mit den Augen, die ihm die Natur gegeben hatte, wäre er wohl überhaupt nicht wahrnehmbar gewesen, dachte Roger; so konnte er ihn jedoch deutlich ausmachen, und selbst in der gefilterten Luft seines Krankenzimmers konnte er die schwache Lichtspur vom Projektor zur Wand über seinem Kopf erkennen.

Sonst geschah lange Zeit nichts.

Roger wartete so geduldig, wie er konnte.

Die Zeit verging.

Schließlich sagte er: »Gut, ich sehe es. Es ist ein Punkt. Ich beobachte ihn die ganze Zeit, und es ist immer noch ein Punkt. Mir fällt auf«, sagte er und drehte den Kopf hin und her, »er wirft so viel Licht zurück, dass ich vom Zimmer ein bisschen was sehen kann, aber das ist alles.«

Als Brads Stimme sich meldete, klang sie wie Donner: »Okay, Roger, Augenblick, dann geben wir Ihnen etwas anderes.«

»Hoi!«, sagte Roger. »Nicht so laut, ja?«

»Ich war nicht lauter als vorher«, wandte Brad ein. Und seine Stimme klang tatsächlich wieder normal.

»Okay, okay«, murmelte Roger. Er begann sich zu langweilen. Nach wenigen Augenblicken erschien ein anderer Lichtpunkt, einige Zentimeter von dem ersten entfernt. Beide verharrten lange Zeit, dann erschien zwischen ihnen eine Lichtlinie.

»Das ist ziemlich langweilig«, beklagte er sich.

»Soll es auch sein.« Diesmal war es Clara Blys Stimme.

»Hallo«, sagte Roger zur Begrüßung. »Hören Sie. Ich kann jetzt ganz gut sehen mit dem Licht, das ihr liefert. Was bedeuten die ganzen Drähte an mir?«

»Das ist Ihre Telemetrie, Roger«, sagte Brad. »Deshalb mussten wir Sie anschnallen, damit Sie sich nicht umdrehen und die Anschlüsse durcheinanderbringen. Inzwischen ist alles ferngesteuert, wissen Sie. Wir mussten fast alles aus Ihrem Zimmer entfernen.«

»Ist mir aufgefallen. Na gut, weiter!«

Aber es war mühselig und blieb mühselig. Das waren nicht die Dinge, die einen beschäftigen konnten. Sie mochten wichtig sein, waren aber sehr langweilig. Nach einer unendlichen Reihenfolge einfacher geometrischer Lichtfiguren nahm die Lichtstärke ab, sodass vom Rest des Zimmers immer weniger erhellt wurde. Man begann ihm Geräusche zu liefern: Klicken, Oszillatorentöne, einen Gong – ein Fauchen.

Im Raum nebenan wechselten sich die Schichten ab. Pausen gab es nur, wenn die Telemetrie anzeigte, dass Roger Schlaf oder Nahrung oder eine Bettschüssel brauchte. Das kam nicht oft vor. Roger vermochte an den winzigsten Anzeichen zu erkennen, wer gerade Dienst hatte: der ein wenig spöttische Ton in Brads Stimme, nur vorhanden, wenn Kathleen Doughty im Zimmer war, das langsamere, auf irgendeine Weise freundlichere Zirpen der Geräuschtonbänder, wenn Sulie Carpenter die Reaktionen aufzeichnete. Er entdeckte, dass sein Zeitgefühl nicht dasselbe war wie das der anderen oder der Wirklichkeit, was immer das sein mochte. »Das war zu erwarten, Rog«, sagte Brads müde Stimme, als er das mitteilte. »Wenn Sie sich Mühe damit geben, werden Sie feststellen, dass Sie willentlich Einfluss darauf ausüben können. Sie können wie ein Metronom Sekunden abzählen, wenn Sie wollen. Oder schneller oder langsamer in Bewegung sein, je nach Bedarf.«

»Wie mache ich das?«, fragte Roger.

»Mensch, Mann!«, brauste Brad auf. »Es ist Ihr Körper, lernen Sie, ihn zu gebrauchen.« Dann, wie zur Entschuldigung: »Auf dieselbe Art, wie Sie gelernt haben, das Sehen einzustellen. Experimentieren Sie, bis Sie dahinterkommen. Und jetzt passen Sie auf: Ich spiele Ihnen eine Bach-Partita vor.«

Irgendwie verging die Zeit.

Aber nicht leicht und nicht schnell. Es gab lange Perioden, in denen Rogers verändertes Zeitgefühl alles noch verlängerte und hinauszögerte, Zeiten, in denen er sich gegen seinen Willen dabei ertappte, dass er wieder über Dorrie nachdachte. Der Aufschwung, den ihm Dashs Besuch gegeben hatte, die angenehme Sorge und Zuneigung von Sulie Carpenter – das waren gute Dinge, aber sie hielten nicht ewig vor. Dorrie war eine Realität seiner Versonnenheit, und wenn sein Gehirn leer genug war, um die Gedanken abschweifen zu lassen, schweiften sie zu Dorrie ab. Zu Dorrie und ihren schönen ersten Jahren. Dorrie und dem entsetzlichen Wissen, dass er nicht mehr Manns genug war, ihre sexuellen Bedürfnisse zu befriedigen. Dorrie und Brad...

»Ich weiß nicht, was, zum Teufel, Sie machen, Roger«, fauchte Kathleen Doughtys Stimme, »aber es bringt alles durcheinander! Hören Sie auf!«

»In Ordnung«, murmelte er. Er verbannte Dorrie aus seinem Denken. Er dachte an Kathleens grimmige, zuneigungsvolle Stimme, daran, was der Präsident gesagt hatte, an Sulie Carpenter. Er zwang sich zur inneren Ruhe.

Als Belohnung zeigten sie ihm ein Dia von einem Veilchenstrauß, farbig.

10

Batmans Entrechats

Plötzlich blieben nur noch neun Tage.

Pater Kayman fröstelte vor dem Klerikerbau in der Kälte und wartete auf seine Fahrt zum Projekt. Der Treibstoffmangel hatte sich in den letzten zwei Wochen infolge der Kämpfe im Mittleren Osten und der Sprengung der Nordsee-Pipelines durch die schottischen Freiheitskämpfer stark verschlimmert. Das Projekt selbst besaß Vorrang in allem, was es brauchte, wiewohl einige der Raketensilos nicht genug Treibstoff besaßen, um ihre Raketen voll aufzutanken, aber das gesamte Personal war aufgefordert worden, Licht abzuschalten, zu mehreren mit dem Auto zu fahren, die Heizung runterzudrehen, weniger fernzusehen. Ein früher Schneesturm hatte die Prärien Oklahomas bestäubt, und vor dem Gebäude schaufelte ein Seminarstudent schläfrig den Schnee von den Gehsteigen. Es war nicht viel, und er sah auch nicht sehr schön aus, dachte Kayman. War es Einbildung, oder war er grau? Konnte die Asche von den lodernden Wäldern in Kalifornien und Oregon den Schnee in fünfzehnhundert Meilen Entfernung beschmutzt haben?

Brad hupte, und Kayman schreckte zusammen.

»Verzeihung«, sagte Kayman, als er einstieg und die Tür schloss. »Sagen Sie, sollten wir nicht nächstes Mal meinen Wagen nehmen? Er braucht viel weniger Sprit als Ihrer.«

Brad zuckte mürrisch die Achseln und starrte in den Rückspiegel. Ein zweiter Luftkissenwagen, ein leichtes, schnelles Sportfahrzeug, bog hinter ihnen um die Ecke.

»Ich fahre ohnehin für zwei«, sagte er. »Das ist derselbe, der mich am Dienstag verfolgt hat. Sie werden nachlässig. Oder sie wollen sicherstellen, dass ich auch weiß, wie ich beschattet werde.«

Kayman blickte über die Schulter. Das nachfolgende Fahrzeug unternahm keinen Versuch, unauffällig zu bleiben.

»Wissen Sie, wer es ist, Brad?«

»Gibt es da Zweifel?«

Kayman antwortete nicht. Es gab eigentlich keine. Der Präsident hatte Brad klargemacht, dass er sich unter keinen Umständen mit der Frau des Monsters einlassen dürfe, in einem halbstündigen Gespräch, von dem Brad jede schmerzhafte Sekunde noch lebhaft in Erinnerung war. Die Beschattung hatte unmittelbar danach begonnen, um sicherzustellen, dass Brad es nicht vergaß.

Aber es war kein Thema, das Kayman mit Brad zu besprechen wünschte. Er schaltete das Radio ein und wählte eine Nachrichtensendung. Sie lauschten ein paar Minuten lang zensierten, aber noch immer überwältigenden Katastrophenberichten, bis Brad wortlos abschaltete. Dann fuhren sie stumm unter dem bleiernen

Himmel dahin, bis sie den großen, weißen Würfel des Projektgebäudes erreichten, der einsam auf der trostlosen Prärie stand.

Im Innern war nichts grau: Die Beleuchtung war stark und grell, die Gesichter waren müde, manchmal sorgenvoll, aber lebendig. Wenigstens hier herrschte eine Atmosphäre der Effektivität und des Zielbewusstseins, dachte Kayman. Das Projekt lief genau nach Plan.

Und in neun Tagen würde die Marsfähre gestartet werden, und er würde an Bord sein.

Kayman hatte keine Angst davor. Er hatte sein Leben darauf ausgerichtet, von den ersten Tagen im Seminar an, als ihm klar geworden war, dass er seinem Gott nicht nur auf einer Kanzel dienen konnte, und er von seinem Vater Superior ermutigt worden war, sein Interesse an allen Himmeln zu pflegen, ob astrophysikalisch oder theologisch.

Er fühlte sich nicht bereit. Er fühlte, dass die Welt für dieses Wagnis nicht bereit war. Es erschien alles so sonderbar provisorisch, trotz der endlosen Arbeit, die sie dafür aufgewendet hatten, er selbst eingeschlossen. Selbst über die Besatzung war noch nicht endgültig entschieden. Roger würde dabei sein; er war ja der ganze Daseinsgrund des Projekts. Kayman würde mitfliegen, das war bereits endgültig entschieden. Aber die beiden Piloten waren noch fraglich. Kayman hatte sie beide kennen- und schätzen gelernt. Sie gehörten zu den Besten der NASA, und einer von ihnen war vor acht Jahren mit Roger zusammen mit der Raumfähre geflogen. Aber auf der kurzen Liste der Geeigneten standen noch fünfzehn weitere Namen – Kayman kannte sie nicht einmal alle. Vern Scanyon und der Chef der NASA waren zum Präsidenten geflogen, um persönlich mit ihm zu diskutieren und ihn zu drängen, er möge ihre Entscheidungen bestätigen, aber Dash hatte aus seinen eigenen Gründen sich das Recht der endgültigen Entscheidung vorbehalten und wartete noch ab.

Das eine, das für das Unternehmen voll bereit zu sein schien, war das Glied in der Kette, das früher am zweifelhaftesten erschienen war, Roger selbst.

Die Ausbildung war wunderbar verlaufen. Roger war jetzt völlig mobil, im ganzen Projektgebäude, unterwegs von dem Zimmer, das er als zu Hause behielt, zum Marsnormtank, zu den Prüfanlagen, überallhin, wo er hinwollte. Das ganze Projekt hatte sich daran gewöhnt, das große Wesen mit seinen schwarzen Flügeln durch die Flure laufen zu sehen, wo die riesigen Facettenaugen Gesichter erkannten und die tonlose Stimme einen fröhlichen Gruß rief. Die letzte Woche und mehr hatten Kathleen Doughty gehört. Sein Sensorium schien völlig unter Kontrolle zu sein; jetzt war es Zeit, alle Fähigkeiten seiner Muskulatur auszunützen. Sie hatte also einen Blinden, einen Balletttänzer und einen ehemals Querschnittgelähmten mitgebracht, und als Roger seine Horizonte erweiterte, übernahmen sie ihre Lehraufgaben. Der Balletttänzer war kein Star mehr, früher aber einer gewesen, und hatte als Kind bei Nurejew und Dolin studiert. Der Blinde war nicht mehr blind. Er hatte keine Augen, aber sein Sehsystem war durch Sensoren ersetzt worden, die denen von Roger ähnelten, und die beiden tauschten ihre Gedanken über feine Schattierungen und die Möglichkeiten aus, die Parameter ihrer Sehfähigkeit zu verändern. Der Querschnittgelähmte, jetzt beweglich durch motorisierte Gliedmaßen, Vorläufer von Rogers Ausrüstung, hatte ein Jahr Zeit gehabt, den Umgang damit zu lernen, und er und Roger nahmen gemeinsam Ballettunterricht.

Nicht immer körperlich gemeinsam, nicht ganz. Der Ex-Gelähmte, der Alfred hieß, war noch immer weit menschenähnlicher als Roger, und zu den menschlichen Zügen, die er aufwies, gehörte, dass er Luft brauchte. Als Kayman und Brad in die Kontrollkammer für den Mars-normtank traten, übte Alfred auf der einen Seite der großen Doppelglasscheibe Kreuzsprünge, und Roger, in dem fast luftleeren Tank, ahmte auf der anderen seine Sprünge nach. Kathleen Doughty zählte, gab den Takt an, und das Lautsprechersystem spielte den A-Dur-Walzer aus *Les Sylphides*. Vern Scanyon saß an der Wand verkehrt herum auf einem Stuhl, die Hände über der Lehne verschränkt, das Kinn auf sie gestützt. Brad ging sofort zu ihm, und sie begannen sich unhörbar zu unterhalten.

Don Kayman fand in der Nähe der Tür einen Sitzplatz. Gelähmter und Monster vollführten unfassbar schnelle Sprünge und wirbelten die Beine herum. Es war nicht die richtige Musik für Entrechats, dachte Kayman, aber das schien die beiden nicht zu kümmern. Der Balletttänzer starrte sie mit unergründlichem Ausdruck an. Wahrscheinlich wünscht er sich, ein Cyborg zu sein, dachte Kayman. Mit solchen Muskeln könnte er jede Bühne im Land beherrschen.

Es war ein belustigender Gedanke, aber aus irgendeinem Grund fühlte Kayman sich unsicher. Dann fiel es
ihm ein: Das war genau der Platz, wo er gesessen hatte,
als Will Hartnett vor seinen Augen gestorben war.

Es schien so lange her zu sein. Es war erst eine
Woche her, seit Brenda Hartnett die Kinder mitgebracht
hatte, um sich von ihm und Schwester Clotilda zu verabschieden, aber man dachte schon kaum mehr an sie.
Das Monstrum namens Roger war jetzt der Star des
Programms. Der Tod eines anderen Monstrums vor so
kurzer Zeit war nur noch Geschichte.

Kayman griff nach seinem Rosenkranz und begann
die fünfzehn Dekaden der Heiligen Jungfrau abzu-
zählen. Während ein Teil von ihm die Ave-Marias wiederholte, war ein anderer sich des warmen, schweren
Gefühls der Elfenbeinkugeln und dem frischen Gegen-
satz des Kristalls bewusst. Er hatte sich entschlossen,
das Geschenk des Heiligen Vaters mit auf den Mars zu
nehmen. Es wäre bedauerlich, wenn es verloren gehen
sollte – nun, es wäre auch bedauerlich, wenn *er* verloren
ging, dachte er. Er konnte Risiken nicht auf diese Art
abwägen, also beschloss er zu tun, was Seine Heiligkeit
offenbar wünschte, und sein Geschenk auf die längste
Reise mitzunehmen, die es je erlebt hatte.

Er bemerkte, dass jemand hinter ihm stand.

»Guten Morgen, Pater Kayman.«

»Hallo, Sulie.« Er sah sie prüfend an. Was war seltsam an ihr? Ihr schwarzes Haar schien goldene Wurzeln zu haben, aber das war nichts Überraschendes;
selbst ein Priester wusste, dass Frauen ihre Haarfarbe

nach Belieben wählten. Übrigens taten das auch manche Priester selbst.

»Wie geht es?«, fragte sie.

»Sehr gut, würde ich sagen. Sehen Sie, wie sie springen! Roger scheint bestens vorbereitet zu sein, und *Deo volente,* glaube ich, dass wir den Starttermin schaffen.«

»Ich beneide Sie«, sagte die Schwester und blickte an ihm vorbei in den Marsnormtank. Er sah sie erstaunt an. In ihrer Stimme hatte mehr Gefühl mitgeklungen, als eine beiläufige Bemerkung zu rechtfertigen schien. »Im Ernst, Don«, sagte sie. »Der Grund, weshalb ich überhaupt zum Weltraumprogramm gegangen bin, war der, dass ich selbst fliegen wollte. Ich hätte es vielleicht geschafft, wenn...« Sie verstummte. »Nun, ich helfe Ihnen und Roger«, sagte sie. »Hat man das früher nicht so ausgedrückt, um zu erklären, wofür Frauen da sind? Gehilfinnen. Es ist jedenfalls nichts Schlechtes, wenn man bei etwas so Wichtigem helfen kann.«

»Ganz überzeugt klingt das nicht«, meinte Kayman.

Sie grinste und wandte sich wieder dem Tank zu.

Die Musik hatte aufgehört. Kathleen Doughty nahm die Zigarette aus dem Mund, zündete sich die nächste an und sagte: »Okay, Roger, Alfred. Zehn Minuten Pause. Ihr seid sehr gut.«

Roger ließ sich in seinem Tank im Schneidersitz nieder. Er sah genauso aus wie der Teufel auf einem Berg im klassischen alten Disney-Film *Eine Nacht auf dem Kahlen Berge,* dachte Kayman.

»Was ist los, Roger?«, rief Kathleen Doughty. »Sie sind doch sicher nicht müde.«

»Aber ich habe genug davon«, murrte er. »Ich weiß nicht, wozu ich diese ganze Tanzerei brauche. Will hat das auch nicht gemacht.«

»Will ist auch gestorben«, fauchte sie.

Es wurde still. Roger drehte ihr den Kopf zu und starrte mit seinen großen Augen durch das Glas.

»Aber nicht an zu wenig Entrechats«, fuhr er sie an.

»Woher wissen Sie das? Na ja, ich nehme an, Sie könnten auch überleben, wenn manches hier wegbliebe«, gab sie zu. »Aber es ist besser für Sie. Es geht nicht bloß darum zu lernen, wie man sich bewegt. Was Sie außerdem lernen müssen, ist, Ihre Umwelt nicht zu zerstören. Haben Sie eine Ahnung davon, wie stark Sie jetzt sind?«

Roger zögerte hinter der Scheibe und schüttelte dann den Kopf.

»Ich fühle mich nicht besonders stark«, sagte seine monotone Stimme.

»Sie können eine Wand durchboxen, Roger. Fragen Sie Alfred. In welcher Zeit laufen Sie die Meile, Alfred?«

Der ehemals Gelähmte faltete die Hände über dem dicken Bauch und grinste. Er war achtundfünfzig Jahre alt und kein großer Sportler gewesen, bevor die Myasthenia gravis seine natürlichen Gliedmaßen zerstört hatte.

»1,47«, sagte er stolz.

»Ich erwarte, dass Sie besser sind, Roger«, rief Kathleen. »Sie müssen also lernen, damit umzugehen.«

Roger gab einen Laut von sich, der nicht so ganz ein Wort war, dann stand er auf.

»Stellt Druckausgleich her«, sagte er. »Ich komme hinaus.«

Der Techniker berührte eine Taste, und die großen Pumpen beförderten ihn mit einem Geräusch, als reiße man Linoleum auseinander, in die Schleuse.

»Oh«, stöhnte Sulie Carpenter neben Don Kayman. »Ich habe meine Kontaktlinsen nicht eingesetzt!« Und sie flüchtete, bevor Roger hereinkommen konnte.

Kayman starrte ihr nach. Ein Rätsel war gelöst: Er wusste, was seltsam an ihr gewirkt hatte. Aber weshalb sollte Sulie Kontaktlinsen tragen, die aus ihren braunen Augen grüne machten?

Er zuckte die Achseln und gab es auf.

Wir kannten die Antwort. Wir hatten uns große Mühe gegeben, Sulie Carpenter zu finden. Die kritischen Faktoren machten eine lange Liste aus, und das Nebensächlichste darauf waren Haar- und Augenfarbe, da man beide so leicht verändern konnte.

Als der Termin heranrückte, veränderte sich Rogers Position. Zwei Wochen lang war er Fleisch auf einer Metzgerbank gewesen, zerschlitzt und gerollt und zerhackt ohne persönliche Teilnahme und ohne Einfluss auf das, was mit ihm geschah. Dann war er Student gewesen, hatte sich den Anweisungen seiner Lehrer gefügt, die Beherrschung seiner Sinne und den Gebrauch seiner Gliedmaßen lernend. Es war ein Übergang vom Laborpräparat zum Halbgott, und er hatte mehr als den halben Weg hinter sich.

Er fühlte, wie es geschah. Seit Tagen hatte er alles infrage gestellt, was man ihm auftrug, und sich manchmal geweigert. Kathleen Doughty war nicht mehr sein Boss, fähig, ihm hundert Liegestütze und eine Stunde Pirou-etten zu befehlen. Sie war seine Angestellte, von ihm beschäftigt, dabei zu helfen, was er tun wollte. Brad, der viel weniger humorvoll und weit mehr verbissen gewor-den war, bat Roger jetzt um Gefälligkeiten: »Versuchen Sie es für mich mit diesen Farbunterscheidungstests, ja? Das wird in meiner Arbeit über Sie gut wirken.« Oft gab Roger ihnen nach, manchmal aber auch nicht.

Die Person, der er am häufigsten nachgab, war Sulie Carpenter, weil sie immer da war und sich immer um ihn sorgte. Er hatte beinahe vergessen, wie ähnlich sie Dorrie sah. Er nahm nur wahr, dass sie sehr gut aussah.

Sie passte sich seinen Stimmungen an. War er ge-reizt, gab sie sich still und heiter. Wollte er reden, dann unterhielt sie sich mit ihm. Sie spielten manch-mal Brettspiele; sie war eine sehr gute Scrabble-Spie-lerin. Einmal spätabends, als Roger damit experimen-tierte, wie lange er wach bleiben konnte, brachte sie eine Gitarre mit, und sie sangen; ihr schöner, tiefer Alt um-malte unauffällig sein monotones, fast tonloses Flüs-tern. Ihr Gesicht veränderte sich beim Betrachten, aber damit wurde er fertig. Die Auslegungsschaltungen in seinem Sensorium spiegelten seine Empfindungen wi-der, wenn er das zuließ, und es gab Zeiten, zu denen Sulie Carpenter mehr Ähnlichkeit mit Dorrie hatte als Dorrie selbst.

Nachdem er seinen Tagesablauf im Marsnormtank hinter sich gebracht hatte, lieferte ihm Sulie ein Rennen zurück zu seinem Zimmer, lachendes Mädchen gegen stampfendes Monstrum durch die breiten Laborflure; er gewann natürlich spielend. Sie plauderten eine Weile miteinander, dann schickte er sie fort.

Neun Tage bis zum Start.

Eigentlich weniger. Er würde drei Tage vor dem Start nach Merritt Island geflogen werden, und sein letzter Tag in Tonka galt dem Anpassen des Tornistercomputers und der Justierung eines Teils seines Sensoriums für die besonderen Bedingungen auf dem Mars. Er hatte also noch sechs, nein, fünf Tage.

Und er hatte Dorrie seit Wochen nicht gesehen.

Er betrachtete sich in dem Spiegel, den anzubringen er verlangt hatte: Insektenaugen, Fledermausflügel, stumpf schimmerndes Fleisch. Er belustigte sich damit, seine Bildinterpretationen fließen zu lassen, von der Fledermaus zur Riesenfliege zum Dämon... zu sich selbst, wie er sich in Erinnerung hatte, von angenehmem Äußeren und jugendlich.

Wenn nur Dorrie einen Computer hätte, der ihre Bilder verarbeitete! Wenn sie ihn nur so sehen könnte, wie er gewesen war! Er schwor sich, sie nicht anzurufen; er konnte sie nicht zwingen, die Comicheft-Konstruktion anzusehen, die ihr Mann war.

Nachdem er sich das geschworen hatte, griff er nach dem Telefon und wählte ihre Nummer.

Es war ein Impuls, der sich nicht unterdrücken ließ. Er wartete. Sein akkordeonbalgartiges Zeitgefühl verlängerte die Pause, sodass es eine Ewigkeit dauerte, bis der

Raster auf dem Bildschirm leuchtete und das Summen im Lautsprecher erstmals ertönte.

Dann verriet ihn die Zeit wieder. Es schien ewig zu dauern, bis es das zweite Mal läutete. Das Signal kam, dauerte eine Ewigkeit und war vorbei.

Sie meldete sich nicht.

Roger, der zu den Menschen gehörte, die zählten, wusste, dass die meisten Leute nicht vor dem dritten Schrillen abnahmen. Dorrie war jedoch immer begierig zu erfahren, wen das Telefon in ihr Leben bringen würde. Selbst in tiefem Schlaf oder in der Badewanne ließ sie es selten öfter als zweimal klingeln.

Endlich kam das dritte Läuten, und noch immer keine Antwort.

Roger begann sich zu quälen.

Er kontrollierte es, so gut es ging, weil er über die Telemetrie keine Alarmsignale geben wollte. Ganz konnte er es nicht unterdrücken. Sie war nicht zu Hause, dachte er. Ihr Mann hatte sich in ein Ungeheuer verwandelt, und sie war nicht zu Hause, um mit ihm zu fühlen oder sich Sorgen zu machen; sie war einkaufen oder eine Freundin besuchen oder im Kino.

Oder bei einem Mann...

Bei welchem Mann? Bei Brad, dachte er. Unmöglich war das nicht; er hatte vor fünfundzwanzig Minuten Brad unten am Tank zurückgelassen. Zeit genug für die beiden, sich irgendwo zu treffen. Zeit genug sogar für Brad, Dorries Haus zu erreichen. Vielleicht war sie gar nicht fort. Vielleicht waren sie eben dabei...

Das vierte Signal...

Vielleicht waren sie da, alle beide, lagen nackt am Boden vor dem Telefon und kopulierten. Sie würde sagen: »Geh ins andere Zimmer, Liebling. Ich will sehen, wer es ist.« Und er würde lachend erwidern: »Nein, melden wir uns so.« Und sie würde sagen ...

Fünftes Signal – und der Raster erblühte in den Farben von Dorries Gesicht. Ihre Stimme sagte: »Hallo.«

Schnell wie der Schall schoss Rogers Faust vor und bedeckte das Objektiv.

»Dorrie«, sagte er. Seine Stimme klang wieder tonlos und rau in seinen Ohren. »Wie geht es dir?«

»Roger!«, rief sie. Die Freude in ihrer Stimme klang sehr echt. »Oh, Schatz, ich bin so froh, dich zu hören. Wie fühlst du dich?«

Seine Stimme sagte automatisch. »Gut.« Sie fuhr fort, ohne Hilfe seines Bewusstseins zu benötigen, die Antwort einzuschränken, zu erklären, was mit ihm geschah, die Versuche und Übungen aufzuzählen. Gleichzeitig starrte er auf den Bildschirm, alle Sinne mit höchster Leistung.

Sie sah – wie aus? Müde? Müde auszusehen bestätigte seine Befürchtungen. Sie tobte sich jede Nacht mit Brad aus, ohne Rücksicht darauf, dass ihr Mann Schmerzen litt und von clownesker Demütigung niedergedrückt wurde. Ausgeruht und heiter? Auch ausgeruht und heiter auszusehen war eine Bestätigung. Das bedeutete, dass sie sich entspannte und das Leben genoss – ohne Rücksicht auf die Qualen ihres Mannes.

Im Grunde war mit Roger Torraways Gehirn alles in Ordnung; es verfügte über eine lebenslange Gewohnheit des Analysierens und logischen Denkens. Er übersah nicht, dass das Spiel, das er mit sich spielte, den Namen *Du verlierst* trug. *Alles* war Beweis für Dorries Schuld. Aber gleichgültig, wie gründlich er ihr Bild studierte, mit welch vervielfachten Sinnen, sie wirkte nicht feindselig oder übertrieben zärtlich. Sie sah einfach aus wie Dorrie.

Als er das dachte, spürte er ein Aufquellen von Zärtlichkeit, und seine Stimme kippte um.

»Ich habe dich vermisst, Liebling«, sagte er tonlos. Das Einzige, was Gefühl verriet, war, dass eine Silbe für den Bruchteil einer Sekunde hinausgezögert wurde: »Liebling.«

»Und ich habe dich vermisst. Ich habe mich immer sehr beschäftigt«, plauderte sie. »Ich habe dein Arbeitszimmer gestrichen. Es ist eine Überraschung, aber es wird ja so lange dauern, bis du es siehst, dass ... nun, es wird rosarot. Mit hellblauer Decke, vielleicht. Gefällt dir das? Ich wollte alles Ocker und Braun machen, weißt du, Herbstfarben, Marsfarben, zum Feiern. Aber ich dachte, bis du zurückkommst, hängen dir die Marsfarben zum Hals heraus!« Und schnell, ohne Pause: »Wann sehe ich dich?« Die Veränderung in ihrer Stimme überraschte ihn.

»Na ja, ich sehe recht scheußlich aus«, sagte er.

»Ich weiß, wie du aussiehst. Mein Gott, Roger, glaubst du nicht, dass Midge und Brenda und Callie und ich das in den letzten zwei Jahren nicht immer wieder beredet hätten? Seit das Programm anfing. Wir haben die Zeichnungen gesehen. Wir haben Fotos von den Modellen gesehen. Und wir haben die Bilder von Will gesehen.«

»Ich sehe nicht mehr genauso aus wie Will. Man hat einiges geändert...«

»Darüber weiß ich auch Bescheid, Roger. Brad hat mir alles erzählt. Ich möchte dich sehen.« In diesem Augenblick verwandelte sich das Gesicht seiner Frau ohne Warnung in das einer Hexe. Die Häkelnadel in ihrer Hand wurde zu einem Reisigbesen.

»Du hast dich mit Brad getroffen?«

Gab es eine Mikrosekundenpause, bevor sie antwortete.

»Er hätte es mir wahrscheinlich nicht erzählen sollen«, sagte sie, »wegen der Sicherheitsbestimmungen und so. Aber ich wollte es wissen. Es ist nicht so schlimm, Schatz. Ich bin eine erwachsene Frau. Ich werde fertig damit.«

Einen Augenblick lang hätte Roger am liebsten die Hand vom Objektiv genommen und sich gezeigt, aber er geriet durcheinander und fühlte sich sonderbar. Er konnte seine Gefühle nicht interpretieren. War es Schwindel? Emotion? Irgendein Defekt in seiner Maschinenhälfte? Er wusste, dass es nur Augenblicke dauern konnte, bis Sulie oder Don Kayman oder jemand anderer hereinkam, aufmerksam gemacht durch die Telemetriesignale. Er versuchte sich zu beherrschen.

»Vielleicht später«, sagte er ohne Überzeugung. »Ich ... ich glaube, ich lege jetzt lieber auf, Dorrie.«

Hinter ihr verwandelte sich auch das vertraute Wohnzimmer. Die Schärfentiefe des Telefonobjekts war nicht sehr gut; selbst für seine Maschinensinne war der Rest des Raumes verschwommen. Stand da ein Mann im Schatten? Trug er das Hemd eines Marineoffiziers? Würde Brad das tun?

»Ich muss jetzt aufhören«, sagte er und tat es.

Clara Bly kam herein, voller Fragen und Sorgen. Er schüttelte wortlos den Kopf.

In seinen neuen Augen gab es keine Tränenkanäle, also konnte er natürlich nicht weinen. Selbst diese Erleichterung blieb ihm versagt.

11

Dorothy Louise Mintz Torraway als Penelope

Unsere Trendprojektionen hatten gezeigt, dass es an der Zeit war, die Welt über Roger Torraway in allen Einzelheiten zu informieren. So war alles verbreitet worden, und sämtliche Fernsehschirme der Welt hatten Roger in Hochform, ein Dutzend perfekter Fouettés vollführend, gezeigt, zwischen Nahaufnahmen von Hungertoten in Pakistan und Bränden in Chicago.

Das hatte die Wirkung, Dorrie zu einer Berühmtheit zu machen. Rogers Anruf hatte sie verstört. Nicht so sehr wie der kurze Brief von Brad mit der Mitteilung, dass er sie würde bald wiedersehen können, bei Weitem nicht so wie die fünfundvierzig Minuten, die der Präsident mit ihr verbracht hatte, um ihr klarzumachen, was passieren würde, wenn sie seinen Lieblingsastronauten aus dem Gleichgewicht brachte. Ganz gewiss nicht so sehr wie das Wissen, dass sie beschattet wurde, dass man ihr Telefon abhörte und sicherlich auch alle Gespräche in ihrer Wohnung. Aber sie hatte nicht gewusst, wie sie mit Roger umgehen sollte. Es machte ihr gar nichts aus, dass er in wenigen Tagen in den Weltraum geschossen werden würde, wonach es kaum noch nötig war, sich anderthalb Jahre lang Gedanken über ihr Verhältnis zu machen.

Auch die Tatsache, dass sie plötzlich im Rampenlicht stand, machte ihr nichts aus.

Seit die Zeitungen über alles unterrichtet waren, hatten die Fernsehreporter sich bei ihr eingefunden, und sie hatte ihr tapferes Gesicht in der Nachrichtensendung um sechs Uhr betrachten können. Fem wollte jemanden vorbeischicken. Der Jemand rief vorher an. Es war eine Frau um die sechzig, Veteranin der Feministinnenbewegung, die naserümpfend sagte: »Wir machen das nie, mit jemandem ein Interview zu führen, nur weil sie die Frau von irgendjemand ist. Aber sie wollten das. Ich konnte den Auftrag nicht ablehnen, möchte aber offen zu Ihnen sein und Ihnen klarmachen, dass er mir zuwider ist.«

»Das tut mir leid«, sagte Dorrie. »Möchten Sie, dass ich ablehne?«

»O nein«, sagte die Frau in einem Tonfall, als sei alles Dorries Schuld, »Sie können nichts dafür, aber ich finde, damit wird alles verraten, wofür Fem eintritt. Lassen wir das. Ich möchte Sie zu Hause besuchen. Wir machen eine Fünfzehn-Minuten-Sache für die Kassettenausgabe, und ich schreibe danach den Artikel für den Druck. Wenn Sie können ...«

»Ich ...«, begann Dorrie.

»... versuchen Sie, über sich zu reden statt über ihn. Über Ihren Hintergrund, Ihre Interessen, Ihre ...«

»Es tut mir leid, aber ich möchte lieber ...«

»...Gefühle über das Weltraumprogramm und so weiter. Dash sagt, das sei ein lebenswichtiges amerikanisches Ziel und die Zukunft der Welt hänge davon ab. Was denken Sie? Ich meine nicht, dass Sie die Frage jetzt beantworten sollen, sondern...«

»Ich will das nicht bei mir zu Hause machen«, warf Dorrie in die Debatte, ohne eine Lücke dafür abzuwarten.

»...Sie sollen darüber nachdenken und vor der Kamera antworten. Nicht bei Ihnen zu Hause? Nein, das geht nicht. Wir sind in einer Stunde da.«

Dorrie hatte nur noch einen schrumpfenden Lichtpunkt als Gesprächspartner, und dann war auch er verschwunden. »Miststück«, sagte sie beinahe zerstreut. Es machte ihr eigentlich nichts aus, das Interview in ihrem Haus zu geben. Es störte sie, dass sie keine Wahl hatte. Das störte sie sehr. Aber sie hatte keine, außer wegzugehen, bevor die Frau erschien.

Dorrie Torraway, geborene Dee Mintz, legte Wert auf Wahlmöglichkeiten. Eines der Dinge, die sie zu Roger überhaupt hingezogen hatten, abgesehen vom Blendwerk des Weltraumprogramms und der Sicherheit und dem Geld, die damit verbunden waren – und abgesehen von Rogers gut aussehender Person und seinem leidenschaftlichen Sex –, war, dass er bereitwillig hören wollte, was sie sich wünschte. Andere Männer hatten sich vorwiegend dafür interessiert, was sie selbst wollten, was nicht bei jedem Mann gleich war, aber im Bereich der Beziehungen eines Mannes meist dasselbe. Harold wollte immer tanzen und feiern, Jim wollte immer nur

Sex, Everett wollte Sex *und* feiern, Tommy wollte politisches Engagement, Joe wollte bemuttert werden. Was Roger wollte, war, mit ihr zusammen die Welt zu erforschen, und er schien rückhaltlos bereit zu sein, das, was sie interessierte, ebenso zu erforschen wie das, was ihm wichtig erschien.

Sie hatte es nie bedauert, ihn geheiratet zu haben.

Einsamkeit hatte es oft gegeben. Vierundfünfzig Tage, als er in Raumstation drei gewesen war. Eine ganze Reihe kürzerer Unternehmen. Zwei Jahre Dienst rund um die Welt, in dem ganzen System von Bodenkontrollstationen, von Aachen bis Zaire, ohne irgendwo ein richtiges Heim zu haben. Dorrie hatte nach einer Weile aufgegeben und war in die Wohnung in Tonka zurückgekehrt. Aber es hatte ihr nichts ausgemacht. Vielleicht Roger doch; die Frage war ihr nie gekommen. Jedenfalls hatten sie einander oft genug gesehen. Er war alle vier bis acht Wochen heimgekommen, und sie hatte sich in der Zwischenzeit beschäftigt. Da war ihr Geschäft – sie hatte es eröffnet, als Roger in Island gewesen war, mit einem Fünftausenddollar-Scheck, den er ihr zum Geburtstag geschickt hatte. Da waren ihre Freunde. Da waren – gelegentlich – Männer.

Keiner von ihnen füllte ihr Leben aus, aber sie erwartete das auch nicht. Sie erwartete eher, einsam zu sein. Sie war ein Einzelkind gewesen, mit einer Mutter, die ihre Nachbarn nicht ausstehen konnte, und so hatte sie nie viele Freunde gehabt. Die Nachbarn konnten ihre Mutter auch nicht besonders gut leiden, weil ihre Mutter – in Maßen – süchtig nach Speed gewesen und an den meisten Nachmittagen high gewesen war, was für Dorrie das Leben komplizierte. Aber das machte ihr nichts aus; sie wusste nicht, dass es eine andere Art zu leben gab.

Mit einunddreißig Jahren war Dorrie so gesund, so hübsch und kompetent, mit der Welt fertigzuwerden, wie sie es je gewesen war oder jemals sein würde. Sie beschrieb sich selbst als glücklich. Diese Diagnose entstammte keinem Aufquellen der Freude in ihr. Sie beruhte auf der festgestellten Tatsache, objektiv betrachtet, dass sie immer, wenn sie beschloss, etwas haben zu wollen, es auch bekam, und welche andere Definition von Glück konnte es geben?

Sie verwendete die Zeit, bis Ms. Hagar Hengstrom und ihr Trupp von Fem eintrafen, eine Auswahl von Keramiksachen aus ihrem Laden auf dem Tisch vor dem Sofa, wo sie sitzen wollte, aufzubauen. Den Rest der Zeit widmete sie der weniger wichtigen Aufgabe, sich das Haar zu bürsten, ihr Make-up zu überprüfen und ihren neuesten Schnürhosenanzug anzuziehen.

Als es läutete, war sie vorbereitet.

Ms. Hagar Hengstrom schüttelte ihr die Hand und kam herein, grellblaues Haar und eine knorrige, schwarze Zigarre. Hinter ihr kamen ihre Beleuchterin, ihre Tonspezialistin, ihre Kamerafrau und ihre Requisiteure.

»Zimmer ist klein«, murmelte sie und betrachtete die Einrichtung mit verächtlicher Miene. »Torraway wird dort drüben sitzen. Los!«

Die Requisiteure eilten herbei, um einen Sessel von

seinem Platz am Fenster in die Ecke zu schieben, wo ein Eckschrank stand, den sie in die Mitte bugsierten.

»Augenblick«, sagte Dorrie. »Ich dachte, ich setze mich einfach hier auf das Sofa...«

»Ist das Licht noch nicht so weit?«, fragte Hengstrom scharf. »Sally, Kamera ab! Man weiß nie, was wir als Hintergrund gebrauchen können.«

»Im Ernst«, sagte Dorrie.

Hengstrom sah sie an. Die Stimme war nicht laut gewesen, aber der Ton gefährlich. Sie zuckte die Achseln.

»Richten wir das so ein«, schlug sie vor, »und wenn es Ihnen nicht gefällt, reden wir darüber. Gehen Sie's für mich durch, ja?«

»Was durchgehen?« Das blasse junge Mädchen mit der Handkamera hatte das Gerät auf sie gerichtet, bemerkte Dorrie; das lenkte sie ab. Die Beleuchterin hatte eine Wandsteckdose gefunden und hielt in jeder Hand ein Flutlampenkreuz, um sie leicht hin und her zu bewegen, damit die Schatten um Dorrie verschwanden, sobald sie sich bildeten.

»Nun, fangen wir an, wie sehen Ihre Pläne für die nächsten zwei Jahre aus? Sie werden doch wohl nicht herumsitzen und darauf warten, dass Roger Torraway heimkommt.«

Dorrie versuchte zum Sofa zu gelangen, aber die Beleuchterin runzelte die Stirn und winkte sie in die andere Richtung, und zwei von den Requisiteuren schoben den Kaffeetisch weg.

»Ich habe mein Geschäft«, sagte sie. »Ich dachte, Sie

möchten vielleicht ein paar Stücke von dort aufnehmen, während wir uns unterhalten ...«

»Das ist fein, gewiss. Persönlich, meine ich. Sie sind eine gesunde Frau. Sie haben sexuelle Bedürfnisse. Ein bisschen zurück, bitte – Sandra hat irgendein Rückkopplungsgeräusch drauf.«

Dorrie fand sich vor dem Sessel wieder, und es schien nichts anderes übrig zu bleiben, als sich zu setzen.

»Natürlich ...«, begann sie.

»Sie haben eine Verantwortung«, sagte Hengstrom. »Was für ein Beispiel wollen Sie den jungen Frauen geben? Eine ausgetrocknete alte Jungfer werden? Oder ein natürliches, erfülltes Leben leben?«

»Ich weiß nicht, ob ich darüber ...«

»Ich habe mich gründlich mit Ihnen befasst, Torraway. Mir gefällt, was ich herausgefunden habe. Sie sind ein selbstständiger Mensch und wissen, was Sie wollen – soweit man das sein kann, wenn man die lächerliche Farce einer Ehe akzeptiert. Warum haben Sie sich darauf eingelassen?«

Dorrie zögerte.

»Roger ist ein sehr lieber Mensch«, meinte sie.

»Na und?«

»Na ja, ich meine, er hat mir sehr viel Trost und Bequemlichkeit geboten ...«

Hagar Hengstrom seufzte.

»Die alte Sklavenmentalität. Na gut. Was mich noch stört, ist die Tatsache, dass Sie sich auf das Weltraumprogramm eingelassen haben. Sind Sie nicht der Meinung, dass das ein Sexistenschwindel ist?«

»Aber nein. Der Präsident hat mir selbst gesagt, dass es für die Zukunft der Menschheit absolut unerlässlich ist, einen Mann auf den Mars zu bringen. Ich glaube ihm. Wir schulden …«

»Lassen Sie das noch einmal ablaufen«, befahl Hengstrom.

»Was?«

»Lassen Sie noch einmal ablaufen, was Sie gesagt haben. Was sollen wir auf den Mars bringen?«

»Einen Mann. Ach. Ich verstehe.«

Hengstrom nickte traurig.

»Sie verstehen, aber Sie ändern nichts an Ihrer Denkweise. Warum einen Mann? Warum nicht eine Frau?« Sie blickte düster auf die Tonspezialistin, die mitfühlend den Kopf schüttelte. »Also, kommen wir zu etwas Wichtigerem: Wissen Sie, dass die ganze Besatzung für den Marsausflug männlich sein soll? Was halten Sie davon?«

Es war ein aufregender Vormittag für Dorrie. Ihre Keramiksachen rückten nicht ins Blickfeld der Kamera.

Als Sulie Carpenter an diesem Nachmittag ihren Dienst antrat, brachte sie Roger zwei Überraschungen: eine Kassette von dem Interview, ausgeliehen vom Büro für Öffentlichkeitsarbeit (lies: Zensurbüro) des Projekts, und eine Gitarre. Sie gab ihm zuerst die Kassette und ließ ihn sich das Interview ansehen, während sie sein Bett machte und frisches Wasser für seine Blumen holte.

Als es vorbei war, sagte sie lebhaft: »Ihre Frau hat sich

sehr gut gehalten, finde ich. Ich bin Hagar Hengstrom einmal begegnet. Sie ist eine sehr schwierige Frau.«

»Dorrie sah gut aus«, sagte Roger. Man konnte keinen Ausdruck in dem umgestalteten Gesicht erkennen oder in der tonlosen Stimme hören, aber die Fledermausflügel flatterten unruhig. »Dieser Hosenanzug hat mir immer gefallen.«

Sulie nickte und merkte sich etwas: Die offene Verschnürung an beiden Seiten beider Beine zeigte sehr viel Haut. Offenbar wirkten die Steroide, die man in Roger eingepflanzt hatte.

»Jetzt habe ich noch etwas anderes«, sagte sie und öffnete den Gitarrenkasten.

»Spielen Sie für mich?«

»Nein, Roger. *Sie* werden spielen.«

»Ich kann nicht Gitarre spielen, Sulie«, protestierte er.

Sie lachte.

»Ich habe mit Brad gesprochen«, sagte sie, »und ich glaube, Sie werden sich wundern. Sie sind nicht nur anders geworden, Roger, wissen Sie. Sie sind besser. Ihre Finger, zum Beispiel.«

»Was ist damit?«

»Nun, ich spiele die Gitarre seit meinem neunten Lebensjahr, und wenn ich ein paar Wochen aufhöre, verschwinden die Schwielen, und ich muss wieder neu anfangen. Ihre Finger brauchen keine Schwielen; sie sind hart genug und fest genug, um schon beim ersten Mal die Saiten richtig zu greifen.«

»Schön«, sagte Roger, »nur weiß ich nicht einmal, wovon Sie reden. Was heißt greifen?«

»Sie hinunterzudrücken. So.« Sie schlug einen G-Akkord, dann ein D und ein C.

»Jetzt Sie«, sagte sie. »Sie dürfen nur nicht zu viel Kraft aufwenden. Das Ding ist zerbrechlich.« Sie gab ihm die Gitarre.

Er fuhr mit dem Daumen über die Saiten, wie er es bei ihr gesehen hatte.

»Sehr gut.« Sie applaudierte. »Jetzt ein G. Ringfinger auf den dritten Bund der hohen E-Saite – da. Erster Finger auf den zweiten Bund des A. Mittelfinger auf den dritten Bund des niedrigen E.« Sie führte seine Hände. »Jetzt los!«

Er schlug und sah zu ihr auf.

»He«, sagte er. »Hübsch.«

Sie grinste und verbesserte ihn.

»Nicht hübsch. Perfekt. Also, das ist C. Erster Finger auf den zweiten Bund der B-Saite, Mittelfinger da, Ringfinger dort… Richtig. Und das ist ein D-Akkord: erster und Mittelfinger auf G- und E-Saiten, so, Ringfinger ein Bund tiefer auf B… Wieder perfekt. Jetzt ein G.«

Zu seiner Überraschung schlug Roger ein perfektes G.

Sie lächelte.

»Sehen Sie? Brad hatte recht. Wenn Sie einen Akkord kennen, dann kennen Sie ihn; die 3070 merkt sich ihn für Sie. Sie brauchen nur G-Akkord zu denken, und Ihre Finger erledigen das. Sie sind jetzt ungefähr drei Monate weiter, als ich es bei meinem ersten Versuch, Gitarre zu spielen, war«, sagte sie mit gespielter Trauer.

»Das ist sehr hübsch«, sagte Roger und probierte alle drei Akkorde aus, einen nach dem anderen.

»Das ist erst der Anfang. Jetzt schlagen Sie vier Takte, Sie wissen schon – dum, dum, dum, dum. Mit einem G-Akkord...« Sie lauschte und nickte. »Gut. Jetzt so: G, G, G, G, G, G, G, C, C, G, G, G, G, G, G... Sehr schön. Jetzt noch einmal, nur diesmal nach dem C, C weiter mit D, D, D, D, D, D... Ausgezeichnet! Und jetzt beides nacheinander...«

Er spielte, und sie sang mit: »Kumbaya, my lord. Kumbaya! Kumbaya, my lord. Kumbaya...«

»He!«, rief Roger erfreut.

Sie schüttelte mit gespielter Entrüstung den Kopf.

»Vor drei Minuten haben Sie die Gitarre in die Hand genommen, und schon können Sie begleiten. Da, ich habe Ihnen ein Lehrbuch und ein paar einfache Stücke mitgebracht. Bis ich wiederkomme, müssten Sie sie schon alle spielen können, und wir machen weiter mit Zupfen, Gleiten und Klopfen.«

Sie zeigte ihm, wie man die Tabulatur für jeden Akkord las, und ließ ihn allein, während er beglückt die ersten sechs Modulationen von F ausprobierte.

Vor seinem Zimmer blieb sie stehen, nahm die Kontaktlinsen heraus, rieb sich die Augen und ging zum Büro des Direktors. Scanyons Sekretärin winkte sie zu sich herein.

»Er ist glücklich mit seiner Gitarre, General«, meldete sie. »Weniger glücklich mit seiner Frau.«

Vern Scanyon nickte und drückte einen Knopf am Kommunikationsgerät seines Schreibtischs; die Akkorde von *Kentucky Babe* tönten aus Rogers Zimmer herüber. Er stellte wieder ab.

»Über die Gitarre weiß ich Bescheid, Major Carpenter. Und was ist mit seiner Frau?«

»Ich fürchte, er liebt sie«, sagte sie langsam. »Bis zu einem gewissen Punkt ist er in Ordnung. Darüber hinaus, glaube ich, sind wir in Schwierigkeiten. Ich kann ihn stützen, solange er hier ist, aber er wird lange Zeit fort sein, und ... hm, ich weiß nicht recht.«

»Reden Sie offen, Major!«, knurrte Scanyon.

»Ich glaube, er wird sie mehr vermissen, als er bewältigen kann. Es ist jetzt schon schlimm genug. Ich habe ihn beobachtet, während er sich das Video ansah. Er bewegte keinen Muskel, starre Konzentration, wollte nichts verpassen. Wenn er vierzig Millionen Meilen von hier entfernt ist ... Tja. Ich habe alles auf Band, General. Ich lasse eine Computersimulation laufen, dann kann ich vielleicht präziser sein. Aber ich mache mir Sorgen.«

»*Sie* machen sich Sorgen!«, fauchte Scanyon. »Dash macht mich fertig, wenn wir ihn hinaufbringen und er durchdreht!«

»Was soll ich sagen, General? Lassen Sie mich die Simulation machen. Dann kann ich Ihnen vielleicht sagen, wie man es machen muss.« Sie setzte sich, ohne auf die Aufforderung zu warten, und fuhr sich mit den Händen über die Stirn. »Ein Doppelleben zu führen strengt sehr an, General«, meinte sie. »Acht Stunden als Krankenschwester und acht Stunden als Psychiaterin machen keinen Spaß.«

»Zehn Jahre Dienst in der Antarktis machen noch weniger Spaß«, sagte Vern Scanyon schlicht.

Das Düsenflugzeug des Präsidenten hatte seine Reise-
höhe von 31 000 Metern erreicht und beschleunigte auf
Mach 3 und etwas mehr, einiges schneller, als selbst
eine Präsidenten-CB-5 fliegen sollte. Der Präsident
hatte es eilig.

Die Midway-Gipfelkonferenz war eben mit einem
Durcheinander zu Ende gegangen. Auf seinem Sofa
ausgestreckt, die Augen geschlossen, Schlaf vortäu-
schend, um die Senatoren fernzuhalten, die ihn beglei-
teten, überdachte Dash düster seine Optionen. Es waren
wenige.

Er hatte sich von der Konferenz nicht viel erhofft,
aber angefangen hatte sie recht gut. Die Australier ließen erkennen, dass sie eine begrenzte Mithilfe des NVA
bei der Entwicklung des australischen Buschs akzeptieren würden, unter der Voraussetzung angemessener
Garantien, et cetera et cetera. Die NVA-Delegation murmelte miteinander und erklärte, man gebe bereitwillig
Garantien, da das eigentliche Bestreben darin bestehe,
allen Menschen auf der Erde ein Maximum des zum
Leben Erforderlichen zu bieten, die man ohne Rücksicht auf überholte nationale Grenzen als einheitliches
Ganzes betrachte, et cetera. Dash schüttelte seine flüs-
ternden Berater ab und erklärte, Amerikas Interesse an
dieser Konferenz bestehe nur darin, den beiden hoch-
geschätzten Nachbarn gute Dienste zu leisten, für sich
selbst wünsche man nichts et cetera, und für eine Weile,
ganze zwei Stunden, hatte es den Anschein gehabt, als
könne es ein greifbares, nützliches Ergebnis der Konferenz geben.

Dann kam man zu den Einzelheiten. Die Asiaten boten eine Erdarbeiter-Armee von einer Million Mann, dazu einen Strom von Tankern, der in der Woche aus den Abwasserkanälen Schanghais zwölf Millionen Liter konzentrierten Schlick anliefern würde. Die Australier akzeptierten den Dünger, sprachen aber von einem Maximum von 50 000 Asiaten zur Bestellung des Landes. Außerdem sei es, wie sie höflich betonten, australischer Weizen, der dort wachsen würde, da es sich um australisches Land und australischen Sonnenschein handele. Der Mann vom Außenministerium erinnerte Dash an Verpflichtungen der USA Peru gegenüber, und Dash stand schweren Herzens auf, um auf einer Zuteilung von mindestens fünfzehn Prozent für gute Nachbarn auf dem südamerikanischen Kontinent zu beharren. Man wurde hitzig. Der auslösende Vorfall war ein NVA-Fährflugzeug, das beim Start auf Sand Island in einen Schwarm von Schwarzfuß-Albatrossen geriet, abstürzte und auf einem Inselchen in der Lagune verbrannte, unmittelbar vor den Augen der Konferenzteilnehmer auf dem Dach des Holiday Inn. Dann fielen harte Worte. Das japanische Mitglied der NVA-Delegation ließ sich dazu hinreißen auszusprechen, was es bislang nur gedacht hatte: dass das Beharren der Amerikaner, die Konferenz am Schauplatz einer der berühmtesten Schlachten des Zweiten Weltkriegs abzuhalten, eine berechnende Beleidigung für die Asiaten sei. Die Australier erwähnten, dass sie ihre Albatros-Schwärme ohne große Schwierigkeiten unter Kontrolle halten könnten und sich darüber wunderten, dass den

Amerikanern das nicht auch gelinge. Und der Maximal-
gewinn von drei Wochen Vorbereitung und zwei Tagen
Hoffnung war ein knapp gehaltenes Kommuniqué, dass
alle drei Mächte sich auf weitere Konsultationen geei-
nigt hätten. Irgendwann. Irgendwo. Nicht sehr bald.

Aber was das bedeutete, so räumte Dash vor sich
selbst ein, während er sich auf dem Sofa ruhelos hin
und her warf, war, dass die Konfrontation Augapfel um
Augapfel stattfand. Irgendjemand würde nachgeben
müssen, und keiner würde es tun.

Er stand auf und verlangte Kaffee. Als er kam, war er
begleitet von einer kurzen Notiz auf Papier des Weißen
Hauses, geschrieben von einem der Senatoren: »Mr.
President, wir müssen vor der Landung die Erklärung
zu den Notstandsgebieten absprechen.«

Dash zerknüllte den Bogen. Das war Senator Talltree,
voller Beschwerden: Der Altus-See war auf zwanzig Prozent seiner Normalgröße geschrumpft, der Tourismus
im Arbuckle-Gebirge war tot, weil der Turner-Wasserfall
versiegt war, die große Messe in Oklahoma hatte wegen
der Staubstürme abgesagt werden müssen. Der Bundesstaat müsse zum Notstandsgebiet erklärt werden. Er
hatte vierundfünfzig Staaten, dachte Dash, und wenn
er auf alle Senatoren und Gouverneure hörte, würde
er vierundfünfzig Notstandsgebiete ausrufen müssen.
Es gab in Wirklichkeit nur ein Notstandsgebiet. Und es
umfasste die ganze Welt.

Und ich habe mich um diesen Posten *beworben,*
dachte er staunend.

Wenn er an Oklahoma dachte, fiel ihm Roger

Torraway ein. Einen Augenblick lang überlegte er, ob er den Piloten anweisen sollte, einen Umweg über Tonka zu machen. Aber die Sitzung mit den Vereinigten Stabschefs konnte nicht verschoben werden. Er würde sich mit dem Telefon begnügen müssen.

Es war in Wirklichkeit nicht er selbst, der Gitarre spielte, begriff Roger, sondern die 3070, die sich alle Griffe gemerkt hatte und seinen Fingern befahl, das zu tun, was sein Gehirn vorschrieb. Er hatte keine ganze Stunde gebraucht, um sich alle Akkorde im Buch zu merken und sie in müheloser Folge zu spielen. Seine inneren Uhren übernahmen nach einigen Minuten Speicherung in den Datenbanken die Tempi, und an den Rhythmus brauchte er nicht mehr zu denken. Sulie zeigte ihm in zehn Minuten, welche Töne er um einen halben Ton erhöhen oder erniedrigen musste, wenn es darauf ankam, und von da an gab es keine Schwierigkeiten mehr.

Er spielte aus dem Gedächtnis eine Segovia-Nummer, nachdem er sich das Band ein einziges Mal angehört hatte, als der Anruf des Präsidenten kam.

Früher wäre Roger ehrfürchtig und hocherfreut gewesen, wenn der Präsident der Vereinigten Staaten ihn angerufen hätte, aber nun störte ihn das; es hieß, dass er die Gitarre weglegen musste. Er hörte kaum, was der Präsident zu sagen hatte. Was ihm auffiel, war der sorgenvolle Ausdruck Dashs, die tiefen Furchen, die vor einigen Tagen noch nicht sichtbar gewesen waren, die tief liegenden Augen. Dann wurde ihm klar, dass seine Interpretationsschaltungen übertrieben, was sie sahen, um seine Aufmerksamkeit auf die Veränderungen zu lenken; er ging über diese Dinge hinweg und sah Dash, wie er war.

Aber überanstrengt wirkte er trotzdem. Seine Stimme war ganz Wärme und Freundschaftlichkeit, als er Roger fragte, wie es stehe. Ob Roger irgendetwas brauche? Falle ihm niemand ein, dem er in den Hintern treten könne, damit alles seine Richtigkeit habe?

»Alles in bester Ordnung, Mr. President«, sagte Roger und amüsierte sich damit, mit seinen Trickaugen den Präsidenten mit Weihnachtsmannbart und roter Zipfelmütze auszustatten, einen Sack voll ungreifbarer Geschenke über der Schulter.

»Sind Sie ganz sicher, Roger?«, drängte der Präsident. »Sie vergessen nicht, was ich Ihnen gesagt habe? Wenn Sie etwas brauchen, müssen Sie sich nur melden.«

»Ich melde mich«, versprach Roger. »Aber es geht mir gut. Ich warte auf den Start.« Und darauf, dass du aufhörst, dachte er gelangweilt.

Der Präsident zog die Brauen zusammen. Rogers Übersetzer verwandelten das Bild sofort: Dash war immer noch der Weihnachtsmann, aber kohlschwarz und mit riesigen Fangzähnen.

»Sie sind Ihrer Sache nicht zu sicher, wie?«

»Na ja, woher sollte ich das wissen?«, meinte Roger vernünftig. »Ich glaube nicht. Fragen Sie die Leute hier, sie können Ihnen mehr darüber sagen als ich.« Es gelang ihm, das Gespräch nach kurzer Zeit zu beenden, obwohl er wusste, dass der Präsident nicht zufrieden war und sich Sorgen machte, aber das störte ihn nicht besonders. Es gab immer weniger, was ihn überhaupt berührte, dachte Roger. Und er hatte die Wahrheit gesagt; er freute sich wirklich auf den Start. Sulie und Clara würden ihm fehlen. Er machte sich in einem Winkel seines Gehirns ein wenig Sorgen um die Gefahren und die Dauer des Fluges. Aber gleichzeitig gab ihm auch die Erwartung auf das, was er vorfinden würde, wenn er dort war, auf dem Planeten, den zu bewohnen er geschaffen war, Auftrieb.

Er griff nach der Gitarre und begann wieder mit der Segovia-Nummer, aber es ging nicht so gut, wie er erwartet hatte. Nach einer Weile begriff er, dass das absolute Gehör zu haben auch ein Nachteil war: Segovias Gitarre war nicht auf exakt 440 Schwingungen eingestimmt gewesen, sondern ein paar darunter, und seine D-Saite war fast noch einen weiteren Viertelton niedriger. Er zuckte die Achseln – die Flügel schwankten mit – und legte die Gitarre weg.

Einen Augenblick lang saß er aufrecht auf seinem Stuhl, der einen geraden Rücken und keine Armlehnen hatte, und ließ seine Gedanken wandern.

Irgendetwas bedrückte ihn. Der Name dieses Etwas war Dorrie. Gitarre zu spielen war angenehm und entspannend, aber hinter dem Vergnügen lag ein Tagtraum: die Fantasievorstellung, mit Dorrie und Brad in einem Segelboot zu sitzen, beiläufig nach Brads Gitarre zu greifen und alle zu überraschen.

Auf irgendeine geheimnisvolle Art endeten alle Prozesse seines Lebens bei Dorrie. Der Zweck des Gitarrespielens war es, Dorrie zu erfreuen. Sein grässliches

Äußeres war es, das Dorrie zuwider sein würde. Die Tragödie der Kastration war, dass er Dorrie enttäuschen musste. Das Schmerzliche war zum großen Teil von diesen Dingen gewichen, und er konnte sie auf eine Weise betrachten, wie das noch vor einigen Wochen unmöglich gewesen war; aber sie lagen immer noch in ihm vergraben.

Er griff nach dem Telefon und zog die Hand wieder zurück.

Dorrie anzurufen befriedigte nicht. Das hatte er versucht.

Was er wirklich wollte, war, sie zu sehen.

Das war natürlich ausgeschlossen. Er durfte das Projektgelände nicht verlassen. Vern Scanyon würde außer sich sein. Die Wachen würden ihn am Ausgang aufhalten. Die Telemetrie würde augenblicklich verraten, was er machte; die interne Fernsehüberwachung würde ihn bei jedem Schritt ertappen; man würde alle Mittel des Projekts mobilisieren, um zu verhindern, dass er von hier fortkam.

Und es war zwecklos, um Erlaubnis zu bitten. Das galt selbst für Dash; bestenfalls würde der Präsident einen Befehl erteilen, und man würde Dorrie, unter Zwang und außer sich vor Wut, in sein Zimmer bringen. Roger wollte Dorrie nicht dazu zwingen, dass sie zu ihm kam, und er war überzeugt davon, dass man ihm nicht erlauben würde, zu ihr zu gehen.

Andererseits ...

Andererseits, dachte er, wozu brauchte er überhaupt eine Erlaubnis?

Er dachte eine Weile nach, ohne sich auf seinem Stuhl zu regen.

Dann legte er die Gitarre in den Kasten und fing an.

Als Erstes bückte er sich an der Wand, zog einen Bodenleistenstecker heraus und steckte den Finger hinein. Der Kupfernagel an seinem Finger ersetzte jede Pennymünze. Es gab einen Kurzschluss. Das Licht im Zimmer erlosch. Das sanfte Wispern der Aufzeichnungsspulen erstarb. Es wurde dunkel.

Die Wärme blieb, und das war Licht genug für Rogers Augen. Er konnte genug sehen, um die Telemetrieanschlüsse von seinem Körper zu entfernen. Er war durch die Tür, bevor Clara Bly, die Kaffeepause hatte und Milch in ihre Tasse goss, sich nach der schnarrenden Messkonsole umdrehte.

Er hatte einen größeren Kurzschluss erzielt als vorausgesehen; auch im Flur war das Licht ausgefallen. Dort waren Leute, aber in der Dunkelheit konnten sie nichts sehen. Roger war an ihnen vorbei und nahm die Feuertreppe vier Stufen auf einmal, bevor sie etwas merkten. Leicht und gewandt ging er mit seinem neuen Körper um. Das Balletttraining Kathleen Doughtys machte sich bezahlt; er tanzte die Treppen hinunter, drehte sich durch eine Tür, eilte einen Korridor entlang und war in der kalten Nachtluft, bevor der Sicherheitsbeamte an der Tür sich von seinem Fernsehgerät umdrehte.

Er war im Freien und raste mit vierzig Meilen in der Stunde auf Tonka zu.

Die Nacht war erhellt von Lichtern, die er nie zuvor

gesehen hatte. Am Himmel hing eine dicke Wolken-
decke, Stratokumulus, vom Norden herziehend, darüber dicke Mittelschichtwolken; trotzdem konnte er
schwaches Glimmen dort erkennen, wo die hellsten
Sterne etwas von ihrer Strahlung hindurchsandten.
Die Oklahoma-Prärie auf beiden Seiten leuchtete trüb
mit der geringen Restwärme, die vom Tag übrig geblieben war, durchsetzt von helleren Flecken, wo sich ein
Haus oder ein Farmgebäude befand. Die Autos auf der
Straße zogen große Lichtwolken hinter sich her, grell,
wo sie den Auspufftopf verließen, rot und dunkler wer-
dend, wo die Wolken heißer Gase sich in der kalten Luft
ausdehnten. Als er die eigentliche Stadt erreichte, sah
und mied er gelegentlich einen Fußgänger, jeder eine
leuchtende Gespenstergestalt. Die Gebäude um ihn
hatten ein wenig Wärme gespeichert und verströmten
noch mehr von ihren Zentralheizungen; sie glühten wie
Glühwürmchen.

Er blieb an der Ecke seiner Wohnstraße stehen. Auf
der gegenüberliegenden Seite des Hauses stand ein
Auto mit zwei Insassen. In seinem Gehirn schrillten
Alarmsignale, und der Wagen wurde zu einem Panzer,
das Geschütz auf seinen Kopf gerichtet. Kein Problem
für ihn. Er änderte die Richtung und rannte durch
die Gärten hinter den Häusern, sprang über Zäune,
huschte durch Tore, und vor seinem Haus schob er die
Kupfernägel seiner Finger heraus, um Halt zu finden,
und kletterte einfach an der Außenmauer hinauf.

Es war, was er tun wollte. Nicht nur, um die Männer
drüben im Auto zu meiden, sondern um eine Fantasie-

vorstellung Wirklichkeit werden zu lassen: den Augenblick, in dem er durch das Fenster zu Dorrie hineinstür-
zen würde, um sie zu ertappen – wobei?

Tatsächlich ertappte er sie dabei, dass sie sich im
Fernsehen einen Film ansah. Ihr Haar war klebrig von
Farbmitteln, und sie saß in den Kissen und aß Eis-
creme.

Als er das unversperrte Fenster aufschob und hin-
durchkroch, wandte sie sich ihm zu.

Und dann kreischte sie los.

Es war nicht einfach ein Schrei, es war blitzartige Hyste-
rie. Dorrie ließ ihr Speiseeis fallen und sprang aus dem
Bett. Das Fernsehgerät kippte und krachte auf den Boden. Schluchzend presste Dorrie sich an die gegenüberliegende Wand, die Augen zusammengekniffen, die
Fäuste darauf gepresst.

»Es tut mir leid«, sagte Roger lahm. Er wollte auf sie
zugehen, aber die Vernunft setzte sich durch. Sie sah
sehr hilflos und verlockend aus in ihrem durchsichtigen
Kittel und dem winzigen Bikinistreifenhöschen.

»*Leid*«, stieß sie hervor, sah ihn an, wandte den Blick
ab, tastete sich ins Badezimmer und warf die Tür hinter sich zu.

Nun, dachte Roger, man konnte es ihr nicht übel
nehmen; er hatte eine klare Vorstellung davon, was für
ein grotesker Anblick er gewesen war, ohne Warnung
durchs Fenster hereinkriechend.

»Du hast gesagt, du wüsstest, wie ich aussehe«, rief
er.

Aus dem Badezimmer kam keine Antwort; Augenblicke danach wurde das Wasser aufgedreht. Er schaute sich im Zimmer um. Es sah genauso aus wie immer. Die Schränke waren so gefüllt mit ihrer und seiner Kleidung wie immer. Hinter den Sofas versteckten sich keine Liebhaber. Er war nicht stolz darauf, dass er die Wohnung wie ein mittelalterlicher Hahnrei durchsuchte, aber er hörte nicht auf, bis er Gewissheit hatte, dass sie allein gewesen war.

Das Telefon läutete.

Rogers Sofortreflexe sorgten dafür, dass er den Hörer von der Gabel riss, bevor das erste Surren noch verstummt war, so schnell und brutal, dass er in seiner Hand zu Schrott zermalmt wurde. Der Bildschirm flackerte und wurde wieder dunkel, da die Schaltungen mit dem Tonsystem zusammenhingen.

»Hallo?«, sagte Roger, aber es kam keine Antwort; er hatte dafür gesorgt, dass mit diesem Instrument niemand mehr sprechen würde.

»Menschenskind«, sagte er. Er hatte keine klare Vorstellung davon, wie dieses Zusammentreffen verlaufen würde, aber es war offenkundig, dass es schlecht begonnen hatte.

Als Dorrie aus dem Badezimmer kam, weinte sie nicht, aber sie sagte auch nichts. Sie ging in die Küche, ohne ihn anzusehen.

»Ich möchte eine Tasse Tee«, sagte sie über die Schulter.

»Soll ich dir nicht lieber einen Drink machen?«, fragte Roger hoffnungsvoll.

»Nein.«

Roger hörte, wie der Teekessel gefüllt wurde, das leise Wispern, als das Wasser heiß wurde, und mehrmals ein Husten. Er lauschte angestrengter und hörte das Atmen seiner Frau, das langsamer und ruhiger wurde.

Er setzte sich in den Sessel, der immer der seine gewesen war, und wartete. Seine Flügel waren im Weg. Obwohl sie sich automatisch über seinen Kopf erhoben, konnte er sich nicht zurücklehnen. Ruhelos schlenderte er ins Wohnzimmer. Die Stimme seiner Frau rief durch die Schwingtüren: »Willst du Tee?«

»Nein.« Dann fügte er hinzu: »Nein, danke.« In Wirklichkeit hätte er ihn sehr gern haben wollen, nicht, weil er Flüssigkeit oder Nährstoffe brauchte, sondern wegen des Gefühls, mit Dorrie an einem normalen, bekannten Vorgang teilzunehmen. Aber er wollte nichts vor ihr verschütten und sabbern, und er hatte nicht viel Übung im Umgang mit Tassen, Untertassen und Flüssigkeiten.

»Wo bist du?« Sie zögerte an den Schwingtüren, die Tasse in den Händen, dann sah sie ihn an. »Oh. Warum machst du kein Licht?«

»Ich will nicht. Liebling, setz dich und schließ kurz die Augen!« Er hatte eine Idee.

»Warum?« Aber sie tat, was er verlangte und setzte sich in den Ohrensessel neben der Kaminatrappe. Er hob den Sessel auf, mit ihr zusammen, und drehte ihn weg, sodass sie an die Wand blickte. Er schaute sich nach etwas um, worin er sitzen konnte – es gab nichts, oder jedenfalls nichts, das seiner neuen Geometrie entsprach: Bodenkissen und Sofas, alles ungeeignet für seinen Körper oder die Flügel – aber er wusste auch, dass er nicht unbedingt sitzen musste. Seine künstliche Muskulatur brauchte eine solche Entspannung kaum.

So blieb er hinter ihr stehen und sagte: »Mir wäre wohler, wenn du mich nicht ansiehst.«

»Das verstehe ich, Roger. Du hast mich erschreckt, das war alles. Du hättest nicht so zum Fenster hereinplatzen sollen! Auf der anderen Seite hätte ich nicht so überzeugt sein sollen, dass ich dich sehen könnte – ich meine, *so*, ohne… ohne hysterisch zu werden, will ich wohl sagen.«

»Ich weiß, wie ich aussehe«, sagte er.

»Das bist aber immer noch du, nicht wahr?«, sagte Dorrie zur Wand. »Auch wenn ich mich nicht erinnern kann, dass du je außen an einem Gebäude hinaufgeklettert wärst, um in mein Bett zu kommen.«

»Es ist einfach«, sagte er und riskierte beinahe einen Versuch, heiter zu sein.

»Nun« – sie machte eine Pause, um vom Tee zu nippen – »erzähl es mir. Worum geht es?«

»Ich wollte dich sehen, Dorrie.«

»Du hast mich gesehen. Am Telefon.«

»Ich wollte nicht, dass es am Telefon ist. Ich wollte mit dir im selben Zimmer sein.« Noch mehr wünschte er sich, sie zu berühren, nach ihrem Nacken zu greifen und die Muskeln weich zu massieren und zu… streicheln, aber das wagte er doch nicht. Stattdessen griff er hinunter und entzündete die Gasflamme im Kamin, nicht so sehr der Wärme wegen, als um ein wenig Licht für Dorrie zu schaffen. Und Behaglichkeit.

»Das sollen wir nicht, Roger. Man hat eine Geldstrafe von tausend Dollar ...«

Er lachte.

»Nicht bei mir und dir, Dorrie. Wenn dir jemand Schwierigkeiten macht, brauchst du nur Dash anzurufen und zu sagen, dass ich damit einverstanden bin.«

Seine Frau nahm eine Zigarette aus der Dose auf dem Beistelltisch und zündete sie an.

»Roger, Liebes«, sagte sie langsam, »ich bin das alles nicht gewohnt. Ich meine nicht nur die Art, wie du aussiehst. Das verstehe ich. Es ist schwer, aber ich wusste wenigstens vorher, was mich erwartete. Auch wenn ich nicht glaubte, dass *du* es sein würdest. Aber ich bin nicht gewohnt, dass du so – ich weiß nicht – wichtig bist.«

»Ich auch nicht, Dorrie.« Er dachte an die Fernsehreporter und die jubelnden Menschenmengen, als er nach der Rettung der Russen auf die Erde zurückgekommen war. »Jetzt ist es anders. Ich komme mir vor, als trüge ich etwas auf dem Rücken – vielleicht die Welt.«

»Dash sagt, genau das tätest du. Zur Hälfte redet er Quatsch, aber in diesem Punkt nicht, glaube ich. Du bist ein sehr bedeutsamer Mann, Roger. Berühmt bist du immer gewesen. Vielleicht habe ich dich deshalb geheiratet. Aber das war wie bei einem Rockstar, weißt du? Es war aufregend, aber man konnte das jederzeit aufgeben, wenn man es satthatte. Ich glaube nicht, dass du das hier einfach im Stich lassen kannst.« Sie drückte ihre Zigarette aus. »Jedenfalls bist du hier«, sagte sie, »und im Projekt werden sie vermutlich den Verstand verlieren.«

»Damit werde ich fertig.«

»Ja«, sagte sie nachdenklich, »ich glaube, das kannst du. Worüber wollen wir reden?«

»Über Brad«, sagte er. Er hatte nicht vorgehabt, das zu sagen. Das Wort kam aus seinem künstlichen Kehlkopf, gebildet von seinen ungeformten Lippen, ohne Einwirkung seines Bewusstseins.

Er spürte, wie sie erstarrte.

»Was ist mit Brad?«, fragte sie.

»Dass du mit ihm geschlafen hast, das ist mit Brad«, sagte er. Ihr Nacken glühte jetzt schwach, und er wusste, dass ihr Gesicht, wenn er es hätte sehen können, die verräterische Zeichnung der Blutgefäße gezeigt hätte. Die tanzenden Gasflammen im Kamin riefen auf ihrem schwarzen Haar ein hübsches Farbenspektrum hervor; er verfolgte das Schauspiel interessiert, als spiele es keine Rolle, was er zu seiner Frau sagte und sie zu ihm.

»Roger, ich weiß wirklich nicht, was ich mit dir anfangen soll«, sagte sie. »Bist du wütend auf mich?«

Er beobachtete stumm die tanzenden Farben.

»Schließlich haben wir das schon vor Jahren ausdiskutiert, Roger. Du hast Affären gehabt und ich auch. Wir waren uns einig darüber, dass sie nichts bedeuten.«

»Sie bedeuten etwas, wenn sie wehtun.« Er wies sein Sehvermögen an abzuschalten und begrüßte die Dunkelheit als Hilfe für das Denken. »Die anderen waren etwas anderes«, sagte er.

»Wie anders?« Sie war jetzt zornig.

»Anders, weil wir über sie gesprochen haben«, sagte er beharrlich. »Als ich in Algier war und du das Klima nicht vertragen hast, war das eine Sache. Was du hier in Tonka gemacht hast und ich in Algier, betraf dich und mich nicht. Als ich die Erde umkreiste ...«

»Ich habe nie mit jemandem geschlafen, wenn du im Orbit warst!«

»Das weiß ich, Dorrie. Ich fand das lieb von dir. Ich fand das wirklich, denn es wäre nicht fair gewesen, oder? Ich meine, da meine Gelegenheiten ja ziemlich beschränkt waren. Der alte Yuri Bronin war nicht mein Typ. Aber jetzt ist es anders. Es ist, als wäre ich wieder in einer Umlaufbahn, nur schlimmer. Ich habe nicht einmal mehr Yuri! Ich habe nicht nur keine Freundin, ich besitze auch nicht die Ausrüstung, irgendetwas damit anzufangen, wenn ich eine hätte.«

»Das weiß ich alles«, sagte sie gequält. »Was kann ich dir sagen?«

»Du kannst mir sagen, dass du mir eine gute Frau sein wirst!«, brüllte er.

Das erschreckte sie; sie hatte vergessen, wie seine Stimme klingen konnte. Sie begann zu weinen.

Er hob die Hand, um sie zu berühren, und ließ die Hand sinken. Was hatte das für einen Zweck?

O Gott, dachte er. Was für ein Schlamassel! Er zog Trost nur daraus, dass dieses Gespräch hier stattgefunden hatte, in der privaten Sphäre ihres eigenen Heims, ganz ungeplant und geheim. Es wäre im Beisein anderer unerträglich gewesen.

Aber natürlich hatten wir jedes Wort mitgehört.

12

Zwei Simulationen und eine Realität

Roger hatte mit seinen Kupferfingern mehr als eine Sicherung durchbrennen lassen. Er hatte einen ganzen Sicherungskasten kurzgeschlossen. Es dauerte zwanzig Minuten, bis das Licht wieder überall brannte.

Zum Glück verfügte die 3070 über ein Notaggregat, sodass die Speicherkerne nicht gelöscht wurden, aber die Computerarbeiten, die im Gange waren, wurden beeinträchtigt. Man würde sie alle wiederholen müssen. Die automatische Überwachung war lange nach Rogers Verschwinden noch immer außer Betrieb.

Eine der Ersten, die erfuhr, was geschehen sein musste, war Sulie Carpenter, die im Büro neben dem Computersaal ein Nickerchen machte und auf den Abschluss von Rogers Simulation wartete. Sie kam nicht zum Abschluss. Die Alarmanlagen, die eine Unterbrechung der Informationsverarbeitung anzeigten, weckten sie. Die hell leuchtenden Stablampen waren dunkel, und nur das rötliche Gas schimmerte noch nach.

Ihr erster Gedanke galt ihrer kostbaren Simulation. Sie verbrachte zwanzig Minuten mit den Programmierern, studierte die Teilergebnisse, in der Hoffnung, alles sei noch in Ordnung, bevor sie aufgab und zu Vern Scanyons Büro stürmte. Dort erfuhr sie, dass Roger weggelaufen war.

Der Strom war inzwischen wieder da; er war gekommen, während sie die Feuertreppe zwei Stufen auf einmal hinauflief. Scanyon war schon am Telefon und befahl die Leute, die er beschuldigen wollte, zu einer Notsitzung. Clara Bly war diejenige, die Sulie von Roger berichtete; als die anderen hereinkamen, wurden sie der Reihe nach eingeweiht. Don Kayman war der einzige wichtige Beteiligte, der sich nicht im Projektgebäude befand; man fand ihn beim Fernsehen im Klerikerbau. Kathleen Doughty kam vom Physiotherapieraum im Keller herauf und zerrte Brad mit sich, der noch ganz rosig und feucht war; er hatte versucht, einen Nachtschlaf durch eine Stunde Sauna zu ersetzen. Freeling war in Merritt Island, wurde aber nicht unbedingt gebraucht; ein halbes Dutzend von den anderen kam herein und sank entmutigt oder sorgenvoll in die weichen Ledersessel am Konferenztisch.

Scanyon hatte bereits einen Aufklärungshubschrauber der Luftwaffe in die Luft beordert, um das ganze Projektgelände absuchen zu lassen. Die Fernsehkameras strichen über die Autostraße, die Zugangswege, die Parkplätze, die Felder und die Prärie und übertrugen, was sie sahen, auf den Wandbildschirm am Ende des Zimmers. Die Polizei von Tonka war alarmiert worden, auf ein fremdartiges, teufelsähnliches Wesen zu achten, das mit vierzig Meilen in der Stunde herumlief, und das hatte dem diensthabenden Sergeanten Ärger gebracht. Er hatte einen schweren Fehler begangen. Er hatte den leitenden Sicherheitsbeamten des Projekts gefragt, ob er getrunken habe. Zehn Sekunden später war der Sergeant, vor seinem inneren Auge Bilder vom Fußstreifendienst in Kiska, am Polizeifunk und verständigte alle Fahrzeuge und Streifen. Die Anweisung für die Polizei lautete, Roger nicht festzunehmen, sich ihm nicht einmal zu nähern. Man sollte ihn nur finden.

Was Scanyon suchte, war ein Schuldiger.

»Ich mache Sie verantwortlich, Doktor Ramez«, fauchte er den Chefpsychiater an. »Sie und Major Carpenter. Wie konnten Sie Torraway ohne Vorwarnung in einen solchen Zustand geraten lassen?«

»General, ich habe Ihnen gesagt, dass Roger labil war, was seine Frau anging«, sagte Ramez beschwichtigend. »Deshalb verlangte ich jemanden wie Sulie. Er brauchte ein anderes Opfer zur Fixierung, jemanden, der direkt mit dem Projekt zu tun hatte …«

»Hat aber nicht sonderlich gut funktioniert, wie?«

Sulie hörte nicht mehr zu. Sie wusste genau, dass sie als Nächste an der Reihe war, aber sie versuchte nachzudenken. Über Scanyons Schreibtisch sah sie das Livebild vom Hubschrauber. Es war schematisch dargestellt, die Straßen als grüne Linien, die Fahrzeuge als blaue Punkte, Gebäude gelb. Die wenigen Fußgänger waren grellrot. Wenn nun einer dieser roten Punkte sich plötzlich mit der Schnelligkeit eines Fahrzeugs bewegte, war das Roger. Aber er hatte genug Zeit gehabt, über das vom Hubschrauber abgesuchte Gebiet hinauszukommen.

»Geben Sie Anweisung, die Stadt abzusuchen, General«, sagte sie plötzlich.

Er runzelte die Stirn, griff aber nach dem Hörer und erteilte den Befehl. Er erhielt keine Gelegenheit, wieder aufzulegen; ein Anruf wartete, den er nicht abweisen konnte.

Telly Ramez stand von seinem Sessel neben dem Direktor auf und ging zu Sulie Carpenter hinüber. Sie sah vom zusammengefalteten Ausdruck der Simulation nicht auf. Er wartete geduldig.

Der Anruf für den Direktor kam vom Präsidenten der Vereinigten Staaten. Sie hätten das schon an den Schweißtropfen gemerkt, die über seine Schläfen rannen, selbst wenn sie Dashs winziges Gesicht auf dem Bildschirm am Schreibtisch nicht gesehen hätten. Die Stimme tönte dünn durch den Raum: »... mit Roger gesprochen, und er schien mir – ich weiß nicht – so desinteressiert zu sein. Ich habe nachgedacht, Vern, und dann beschlossen, Sie anzurufen. Ist alles in Ordnung?«

Scanyon schluckte. Er schaute sich in der Runde um und klappte plötzlich die Privatmuscheln über den Hörer; das Bild schrumpfte auf Briefmarkengröße. Die Stimme verklang, als der Schall auf einen Parabollautsprecher umgelenkt wurde, der direkt auf Scanyons Kopf zielte, und Scanyons Worte wurden von den blütenblätterartigen Abschirmplatten verschluckt. Die anderen Anwesenden hatten trotzdem keine Schwierigkeiten, dem Gespräch zu folgen; man sah es ganz deutlich an Scanyons Gesicht.

Sulie hob den Kopf und sah Telly Ramez an.

»Er soll aufhören«, sagte sie ungeduldig. »Ich weiß, wo Roger ist.«

»Bei seiner Frau«, sagte Ramez.

Sie rieb sich müde die Augen.

»Dafür haben wir keine Simulation gebraucht, nicht? Es tut mir leid, Telly. Ich hatte ihn wohl nicht so fest am Haken, wie ich dachte.«

Sie hatten recht; natürlich; wir wussten das schon seit einiger Zeit. Als Scanyon das Gespräch mit dem Präsidenten beendete, rief das Sicherheitsbüro an, um mitzuteilen, dass die Abhöranlagen in Dorries Schlafzimmer die Geräusche von Rogers Erscheinen aufgenommen hätten.

Scanyons gelbliche kleine Augen schienen den Tränen nah zu sein.

»Ton übertragen«, befahl er. »Das Haus zeigen.« Dann drückte er auf eine Taste seines Telefons und rief Dorrie an.

Aus dem Lautsprecher tönte ein Läutsignal, dann ein metallisches Geräusch, und Rogers tonlose Cyborgstimme schnarrte: »Hallo?« Und einen Augenblick später leiser, aber ebenso tonlos: »Menschenskind.«

Scanyon riss den Hörer weg und rieb sich das Ohr.

»Was ist los, zum Teufel?« Niemand antwortete auf die rhetorische Frage, und er legte auf. »Ich erhalte irgendein Störungssignal«, sagte er.

»Wir können jemand hineinschicken, General«, schlug der stellvertretende Sicherheitschef vor. »Zwei von unseren Leuten sitzen in dem Auto vor dem Haus.«

Das Hubschrauberbild war über den Schirm geglitten und schwebte in achtzehnhundert Fuß Höhe über dem Rathausplatz von Tonka. Die Kamera wurde auf Infrarot eingestellt, und in der oberen Ecke des Schirms markierte das breite, schwarze Band des Schiffskanals den Stadtrand. Ein schwarzes Rechteck, umgeben von den bewegten Lichtern von Autos knapp unter der Mitte des Schirms, war der Rathausplatz, und Rogers Haus war mit einem roten Stern gekennzeichnet. Der Stellvertreter streckte den Arm aus und zeigte auf den Lichtpunkt des Wagens. »Wir haben Sprechverbindung, General«, fuhr er fort. »Sie haben Colonel Torraway nicht hineingehen sehen.«

Sulie stand auf.

»Das empfehle ich nicht«, sagte sie.

»Ihre Empfehlungen sind im Augenblick nicht sehr beliebt bei mir, Major Carpenter«, fauchte Scanyon.

»Trotzdem, General…« Sie verstummte, als Scanyon die Hand hob.

Aus dem Lautsprecher drang schwach Dorries Stimme: Ich möchte eine Tasse Tee. Und dann die von Roger: Soll ich dir nicht lieber einen Drink machen? Und ihr fast unhörbares: Nein.

»Trotzdem«, sagte Sulie laut. »Er ist jetzt wieder stabil. Verderben Sie es nicht.«

»Ich kann ihn nicht einfach da draußen sitzen lassen! Wer weiß, was, zum Teufel, er als Nächstes tun wird? *Sie?*«

»Sie wissen, wo er steckt. Ich glaube nicht, dass er weggehen wird, jedenfalls zunächst nicht. Don Kayman ist nicht weit weg und ein Freund. Sagen Sie ihm, er soll Roger holen.«

»Kayman ist nicht gerade Spezialist für Nahkampf.«

»Wollen Sie das? Wenn Roger nicht von selbst zurückkommt, was wollen Sie eigentlich tun?«

Willst du Tee?

Nein ... Nein, danke.

»Und stellen Sie das ab«, fügte Sulie hinzu. »Lassen Sie dem armen Kerl ein bisschen Privatleben.«

Scanyon lehnte sich langsam zurück und klopfte mit beiden Händen zugleich einmal knapp auf die Schreibtischplatte. Dann griff er nach dem Hörer und erteilte Anweisungen.

»Wir machen es noch einmal auf Ihre Weise, Major Carpenter«, sagte er. »Nicht, weil ich großes Zutrauen hätte. Es bleibt mir nur nicht viel anderes übrig. Ich kann Ihnen mit nichts drohen. Wenn das wieder schiefgeht, bin ich kaum mehr in der Lage, irgendjemanden zu bestrafen. Aber ich bin ganz sicher, dass das dann ein anderer übernehmen wird.«

»Sir, ich verstehe Ihre Lage«, sagte Telesforo Ramez, »aber ich finde, das ist Sulie gegenüber nicht fair. Die Simulation zeigt, dass er eine Konfrontation mit seiner Frau haben muss.«

»Der Sinn einer Simulation, Doktor Ramez, ist, dass sie Ihnen verraten soll, was geschieht, *bevor* es geschieht.«

»Nun, sie zeigt auch, dass Torraway in jeder anderen Beziehung grundsätzlich sehr stabil ist. Er wird damit fertig, General.«

Scanyon klopfte wieder mit den Händen auf den Schreibtisch.

»Er ist eine komplizierte Person«, sagte Ramez. »Sie haben die Ergebnisse seiner thematischen Apperzeptionstests gesehen, General. Bei den Grundantrieben ist er stark: Leistungswille, Hingabe – nicht ganz so hoch bei Energie, aber noch immer gut. Er ist kein Manipulator. Er ist nach innen gekehrt. Er muss sich alles im Kopf zurechtlegen und es verarbeiten. Das sind die Qualitäten, die Sie brauchen, General. Er wird das alles nötig haben. Sie können nicht verlangen, dass er hier in Oklahoma eine Person ist und auf dem Mars eine andere.«

»Wenn ich mich nicht irre«, sagte der General, »ist es das, was Sie mir versprochen haben, mit Ihrer Verhaltensmodifikation.«

»Nein, General«, sagte der Psychiater geduldig. »Ich habe nur versprochen, dass es ihm leichterfallen wird, sich mit den Problemen bezüglich seiner Frau abzufinden, wenn Sie ihm eine Belohnung in Form von Sulie Carpenter geben. So war es auch.«

»V-Modifikation hat ihre eigene Dynamik, General«, warf Sulie ein. »Sie haben mich ziemlich spät zugezogen.«

»Was wollen Sie sagen?«, fragte Scanyon argwöhnisch. »Wird er auf dem Mars zusammenbrechen?«

»Ich hoffe nicht. Die Aussichten sind so gut, wie wir sie zu schaffen verstehen. Er hat eine Menge altes Zeug verarbeitet; das sieht man an seinen letzten TAT-Ergebnissen. Aber in sechs Tagen wird er fort sein, und ich gehöre dann nicht mehr zu seinem Leben. Das ist aber falsch. Man sollte bei V-Modifikation nie schlagartig aufhören. Das muss stufenweise geschehen – dass ich nicht mehr so oft da bin und dann immer seltener, bis er Gelegenheit gehabt hat, seine Abwehr aufzubauen.«

Das leise Klopfen auf dem Schreibtisch wurde langsamer, und Scanyon sagte: »Ein bisschen spät, mir das zu sagen.«

Sulie zuckte stumm die Achseln.

Scanyon schaute sich nachdenklich in der Runde um.

»Also gut. Wir haben hier alles getan, was wir heute tun können. Sie können alle wegtreten bis acht Uhr – nein, sagen wir, bis zehn Uhr früh. Bis dahin erwarte ich, dass jeder von Ihnen einen Bericht hat, nicht länger als drei Minuten, über das Ausmaß Ihrer jeweiligen Verantwortung und darüber, was wir tun sollen.«

Don Kayman erhielt die Nachricht durch einen Streifenwagen der Polizei. Er fegte hinter ihm heran, mit blinkenden Lichtern und kreischender Sirene, drängte ihn ab und wies ihn an, umzukehren und zu Rogers Wohnung zu fahren.

Er klopfte mit einiger Besorgnis an die Tür, ungewiss, was er vorfinden würde. Und als die Tür aufging und Rogers funkelnde Augen ihn anstarrten, flüsterte Kayman ein schnelles Ave-Maria, als er versuchte, an Roger vorbei in die Wohnung zu blicken – worauf? Auf den zerstückelten Leichnam Dorrie Torraways? Auf ein Chaos der Zerstörung? Aber alles, was er sah, war Dorrie selbst, die in einem Ohrensessel kauerte und offenkundig weinte. Der Anblick erfreute ihn beinahe, da er auf so viel Schlimmeres gefasst gewesen war.

Roger kam ohne Widerrede mit.

»Leb wohl, Dorrie«, sagte er und wartete nicht auf eine Antwort. Es fiel ihm schwer, sich in Don Kaymans kleinen Wagen zu zwängen, aber seine Flügel falteten sich zusammen. Er kippte den Sitz so weit nach hinten, wie es ging, und konnte in einer verkrampften und wackligen Stellung, die für jedes normale menschliche Wesen hoffnungslos unbequem gewesen wäre, mitfahren. Roger war natürlich kein normales menschliches Wesen. Sein Muskelsystem ertrug lang anhaltende Überbelastung in fast jeder Haltung, die es überhaupt einzunehmen vermochte.

Sie schwiegen, bis sie das Projektgelände fast erreicht hatten. Dann räusperte sich Don Kayman.

»Sie haben uns Sorgen gemacht.«

»Das dachte ich mir«, sagte die tonlose Cyborgstimme. Die Flügel bewegten sich unruhig und rieben sich aneinander wie trockene Hände. »Ich wollte sie sehen, Don. Das war wichtig für mich.«

»Kann ich verstehen.« Kayman bog auf den großen, leeren Parkplatz ein. »Und?«, fragte er. »Alles in Ordnung?«

Die Cyborgmaske wandte sich ihm zu. Die großen, zusammengesetzten Augen schimmerten wie Ebenholzfacetten, ohne Ausdruck, als Roger sagte: »Sie sind ein blöder Kerl, Pater Kayman, Sir. Wie gut in Ordnung kann alles sein?«

Sulie Carpenter dachte so sehnsüchtig an Schlaf wie an einen Urlaub an der französischen Riviera. Beides schied jetzt in gleichem Maße aus. Sie nahm zwei Amphetamin-Kapseln und gab sich eine Vitaminspritze.

Die Simulation von Rogers Reaktionen war durch den Stromausfall lädiert worden, sodass sie noch einmal von vorn anfing, vom Einprogrammieren bis zum Ablesen. Wir waren zufrieden damit. Das gab uns Gelegenheit, einige Korrekturen anzubringen.

Während sie wartete, nahm sie ein langes, heißes Bad, und als die Simulation durchgelaufen war, befasste sie sich gründlich damit. Sie hatte sich beigebracht, die rätselhaften Großbuchstaben und Zahlen zu lesen, um sich gegen Programmierungsfehler zu schützen, aber diesmal nahm sie sich sofort die in verständlicher Sprache abgefassten Ergebnisse vor. Sie verstand sich auf ihre Arbeit.

Die Arbeit war nicht die einer Stationsschwester. Sulie Carpenter war einer der ersten weiblichen Ärzte in der Raummedizin gewesen. Sie hatte ihren Doktor gemacht, sich auf Psychotherapie spezialisiert, alle die zahllosen eklektischen Disziplinen davon, und war beim Weltraumprogramm eingetreten, weil ihr auf der Erde nichts wirklich lohnenswert erschien. Nach dem Abschluss des Astronautentrainings hatte sie sich gefragt, ob es denn im Weltraum irgendetwas gab, das zu tun sich lohnte. Forschung war ihr wenigstens vom Abstrakten her lohnend erschienen, und sie hatte sich um einen Posten bei den Studiengruppen in Kalifornien beworben und ihn erhalten. In ihrem Leben hatte es eine entsprechende Anzahl von Männern gegeben, einen oder zwei davon mit Bedeutung. Geklappt hatte nichts. So viel von dem, was sie Roger erzählt hatte, entsprach der Wahrheit, und nach dem letzten schmerzhaften Scheitern hatte sie ihr Interessengebiet verengt, bis sie, wie sie sich sagte, erwachsen genug sei, um zu wissen, was sie von einem Mann verlangte. Und da blieb sie, abseits der Hauptströmung des menschlichen Lebens, bis wir aus den Hunderttausenden von Lochkarten ihre herausholten, um Rogers Bedürfnissen zu entsprechen.

Als ihr Marschbefehl kam, ohne jede Vorankündigung, stammte er vom Präsidenten selbst. Es gab keine Möglichkeit für sie, den Auftrag abzulehnen. Tatsächlich wollte sie es auch nicht. Sie begrüßte den Wechsel. Als Glucke für ein leidendes Menschenwesen zu dienen tat ihr wohl; die Bedeutung der Aufgabe war ihr klar, denn wenn sie an etwas glaubte, dann an das Marsprojekt, und sie war sich ihrer Fähigkeiten bewusst. Diese Fähigkeiten waren sehr groß. Wir schätzten sie sehr hoch ein, eine wichtige Figur in dem Spiel, das wir um das Überleben der Spezies spielten.

Als sie mit Rogers Simulation fertig war, zeigte die Uhr beinahe vier Uhr morgens.

Sie schlief zwei Stunden lang in einem geborgten Bett in der Schwesternunterkunft. Dann duschte sie, zog sich an und setzte die grünen Kontaktlinsen ein. Sie war mit diesem Aspekt ihrer Arbeit nicht glücklich, dachte sie auf dem Weg zu Rogers Zimmer. Das gefärbte Haar und die andere Augenfarbe waren Täuschungen; sie führte nicht gern in die Irre. Eines Tages wollte sie gern die Kontaktlinsen weglassen und wieder ihre normale dunkelblonde Haarfarbe tragen – ach, vielleicht ein bisschen gebleicht, nun gut; sie hatte nichts gegen Künstlichkeit, nur dagegen, etwas zu sein, das sie nicht war.

Aber sie lächelte, als sie Rogers Zimmer betrat.

»Wunderbar, Sie wiederzusehen. Sie haben uns gefehlt. Wie war es, auf eigene Faust herumzulaufen?«

»Gar nicht übel«, sagte die tonlose Stimme. Roger stand am Fenster und starrte hinaus auf die Steppenhexen, die über den Parkplatz geweht wurden. Er drehte sich um. »Wissen Sie, es ist alles wahr, was Sie gesagt haben. Was ich jetzt habe, ist nicht einfach anders, sondern besser.«

Sie widerstand der Versuchung, noch zu verstärken, was er gesagt hatte, und lächelte nur, als sie das Bett abzog.

»Ich habe mir den Kopf wegen der sexuellen Dinge zerbrochen«, fuhr er fort. »Aber wissen Sie was, Sulie? Das ist, als sage man einem, er dürfe zwei Jahre lang keinen Kaviar haben. Ich mag Kaviar nicht. Und wenn man es genau nimmt, möchte ich jetzt gar keinen Sex. Das haben Sie wohl in den Computer eingetippt? Geschlechtstrieb dämpfen, Euphorie steigern? Jedenfalls ist in meinem kleinen Gehirn endlich durchgedrungen, dass ich mir nur selbst Probleme damit schuf, mir den Kopf darüber zu zerbrechen, ob ich ohne etwas auskommen kann, das ich eigentlich gar nicht will. Es spiegelt, glaube ich, nur das wider, was andere Leute meinen, ich sollte es wünschen.«

»Kulturübertragung«, sagte sie.

»Zweifellos. Hören Sie, ich möchte etwas für Sie tun.« Er hob die Gitarre auf, lehnte sich ans Fenster und legte das Instrument auf ein Knie. Seine Flügel rafften sich lautlos über seinem Kopf zusammen, als er zu spielen begann.

Sulie war überrascht. Er spielt nicht nur, er sang. Sang? Nein, es war eher ein Geräusch, als pfeife jemand durch die Zähne, leise, aber rein. Seine Finger schlugen und zupften die Begleitung, während das dünne Pfeifen seiner Lippen eine Melodie formte, die sie noch nie gehört hatte.

Als er fertig war, sagte sie: »Was war das?«

»Eine Sonate Paganinis für Gitarre und Violine«, sagte er stolz. »Clara hat mir die Schallplatte gegeben.«

»Ich wusste nicht, dass Sie das können. Summen, meine ich – oder was das war.«

»Ich auch nicht, bis ich es versucht habe. Für den Violinpart habe ich natürlich nicht genug Volumen. Und ich kann die Gitarre nicht leise genug spielen, als Ausgleich, aber es hat nicht schlecht geklungen, wie?«

»Roger«, sagte sie und meinte es ernst, »ich bin beeindruckt.«

Er sah zu ihr auf und beeindruckte sie erneut, indem ihm ein Lächeln gelang. Er sagte: »Ich wette, Sie haben auch nicht gewusst, dass ich *das* kann. Ich wusste es selbst nicht, bis ich es versucht habe.«

Bei der Sitzung sagte Sulie rundheraus: »Er ist bereit, General.«

Scanyon hatte so viel schlafen können, dass er ausgeruht aussah, und genug von etwas anderem zustande gebracht, einer inneren Kraft oder was auch immer, um weniger gehetzt zu wirken.

»Sind Sie sicher, Major Carpenter?«

Sie nickte.

»Er wird nie fertiger sein.« Sie zögerte. Vern Scanyon las in ihrem Gesicht und wartete auf die Einschränkung. »Das Problem besteht meiner Meinung nach darin, dass er *jetzt,* in diesem Augenblick, bereit ist. Alle seine Systeme funktionieren. Er hat die Sache mit seiner Frau durchgestanden. Er ist bereit. Je länger er hierbleibt, desto größer ist die Gefahr, dass sie etwas tut, um sein Gleichgewicht zu stören.«

»Das bezweifle ich aber sehr«, sagte Scanyon stirnrunzelnd.

»Nun, sie weiß, in welche Schwierigkeiten sie geraten würde. Aber ich möchte das Risiko nicht eingehen. Ich möchte ihn forthaben.«

»Sie meinen, ihn nach Merritt Island bringen?«

»Nein. Ich möchte ihn stilllegen.«

Brad verschüttete Kaffee aus der Tasse, die er an den Mund gehoben hatte.

»Ausgeschlossen, Süße!«, rief er, ehrlich entsetzt. »Ich muss seine Systeme noch zweiundsiebzig Stunden lang testen! Wenn Sie ihn stilllegen, bekomme ich keine Messergebnisse...«

»Testen wofür, Doktor Bradley? Um seine Leistungsfähigkeit zu prüfen oder wegen der Abhandlungen, die Sie über ihn schreiben wollen?«

»Tja – guter Gott, natürlich schreibe ich über ihn. Aber ich möchte ihn überprüfen, solange ich kann, so gründlich wie möglich, um seinetwillen. Und zum Wohl der Mission.«

Sie zuckte die Achseln.

»Meine Empfehlung bleibt bestehen. Er kann hier nichts mehr tun als warten. Davon hat er genug hinter sich.«

»Und wenn auf dem Mars etwas schiefgeht?«, fragte Brad.

»Sie wollten meinen Vorschlag hören. Hier ist er«, sagte sie.

»Bitte, sorgen Sie dafür, dass wir alle wissen, wovon Sie reden. Vor allem ich«, warf Scanyon ein.

Sulie sah zu Brad hinüber, der die Antwort gab: »Wir hatten vor, das für die Reise zu tun, wie Sie wissen, General. Wir sind in der Lage, durch äußere Computereinwirkung über seine inneren Uhren hinwegzugehen. Bis zum Start sind es noch – Augenblick – fünf Tage und einige Stunden; wir können alles so verlangsamen, dass seine subjektive Zeit für diese Periode vielleicht dreißig Minuten ausmacht. Dafür spricht etwas – aber auch für das, was ich sage, und ich kann nicht die Verantwortung übernehmen, ihn aus meinen Händen zu geben, bis ich alle Versuche durchgeführt habe, auf die *ich* Wert lege.«

Scanyon zog die Brauen zusammen.

»Ich verstehe, was Sie sagen; das ist ein guter Punkt, und ich habe auch einen vorzubringen. Was ist mit Ihren gestrigen Worten, Major Carpenter? Dass man seine Verhaltensmodifikation nicht zu abrupt abbrechen dürfe.«

»Er ist auf einer Flachstufe, General«, sagte Sulie. »Wenn ich noch sechs Monate mit ihm arbeiten könnte, würde ich das vorziehen. Fünf Tage – nein. Die Risiken sind größer als die Vorteile. Er hat ein echtes Interesse für seine Gitarre entdeckt – Sie sollten ihn hören. Er hat mit Rücksicht auf das Fehlen seiner Geschlechtsorgane eine wirklich stabile Abwehr aufgebaut. Er hat sogar auf eigene Faust gehandelt, als er gestern Abend weglief – das ist ein wichtiger Schritt, General; sein Gesamtprofil war viel zu passiv, um zu befriedigen, wenn man die Anforderungen dieses Unternehmens bedenkt. Ich sage, legen wir ihn still.«

»Und ich sage, ich brauche mehr Zeit mit ihm«, brauste Brad auf. »Vielleicht hat Sulie recht. Aber ich habe auch recht, und ich gehe bis zum Präsidenten, wenn es sein muss!«

»Sonst noch Kommentare?«

»So viel das auch wert ist – ich stimme mit Sulie überein«, sagte Don Kayman. »Er ist nicht glücklich, was seine Frau angeht, aber auch nicht durcheinander. Der Zeitpunkt wäre für ihn günstig.«

»Ja«, sagte Scanyon und klopfte wieder leise auf die Tischplatte. Er starrte ins Leere und sagte dann: »Es gibt da etwas, das niemand von Ihnen weiß. Ihre Simulation von Roger ist nicht die einzige, die in letzter Zeit gemacht worden ist.« Er sah der Reihe nach in die Gesichter und betonte: »Das darf mit keinem Menschen außerhalb dieses Zimmers besprochen werden. Die

Asiaten stellen selbst eine an. Sie haben irgendwo zwischen hier und den beiden anderen Computern unsere 3070-Leitungen angezapft und alle Daten entwendet, und sie haben sie dazu benutzt, eine eigene Simulation ablaufen zu lassen.«

»Warum?«, fragte Don Kayman, nur einen Sekundenbruchteil schneller mit seiner Frage als die anderen.

»Das möchte ich gerne wissen«, sagte Scanyon schwerfällig. »Sie mischen sich nicht ein. Wir hätten nichts davon gemerkt, wenn wir nicht gerade eine routinemäßige Leitungsprüfung durchgeführt hätten, bei der die Anzapfstelle entdeckt wurde – und irgendwelche geheimen Aktivitäten in Peking, von denen ich nichts weiß und nichts wissen will. Sie haben nur alles herausgeholt und ihr eigenes Programm hergestellt. Wir wissen nicht, was sie damit anfangen wollen, aber eine Überraschung ist dabei. Unmittelbar danach haben sie ihren Protest gegen den Start fallen lassen. Sie boten sogar die Verwendung ihres Marssatelliten an, um die Telemetrie für die Mission zu verbessern.«

»Ich würde ihnen nicht so weit trauen, wie ich sie werfen kann!«, stieß Brad hervor.

»Nun, wir werden uns nicht gerade auf ihren Vogel stützen, darauf können Sie sich verlassen. Aber so ist es: Sie sagen, sie wünschen, dass das Unternehmen erfolgreich verläuft. Nun, das ist eine Komplikation mehr, aber im Augenblick läuft es auf eine einzige Entscheidung hinaus, nicht wahr? Ich muss entscheiden, ob ich Roger stilllege oder nicht. Okay. Ich mache es. Ich nehme Ihren Vorschlag an, Major Carpenter. Sagen Sie

Roger, was wir tun werden, und erklären Sie und Doktor Ramez ihm den Grund dafür, was Sie für richtig halten. Was Sie angeht, Brad...« – er hob die Hand, um Brads Proteste abzuwehren – »ich weiß, was Sie sagen wollen. Ich gebe Ihnen recht. Roger braucht mehr Zeit mit Ihnen. Nun, die bekommt er. Ich schicke Sie mit auf die Reise.« Er zog ein Blatt Papier heran, strich einen Namen auf einer Liste aus und schrieb einen anderen hin. »Ich ziehe einen der Piloten zurück, um Platz für Sie zu machen. Ich habe schon nachgeprüft. Es gibt Hilfssysteme genug, zusammen mit den automatischen und der Tatsache, dass Sie alle eine Pilotenausbildung haben. Die endgültige Besatzung für den Marsflug lautet: Torraway, Kayman, General Hesburgh als Pilot – und Sie.«

Brad protestierte. Das war nur ein Reflex. Als der Gedanke sich durchsetzte, fand er sich damit ab. Was Scanyon gesagt hatte, traf durchaus zu, und außerdem erkannte Brad sofort, dass die Karriere, die er für sich geplant hatte, durch persönliche Teilnahme an dem Unternehmen nur gefördert werden konnte. Es war bedauerlich, Dorrie und all die anderen Dorries zurücklassen zu müssen, aber wenn er zurückkam, würde es so viele Dorries geben... Und alles andere folgte wie die Nacht dem Tag. Das war die letzte Entscheidung. Alles andere war nur noch Ergänzung. Auf Merritt Island begannen die Techniker das Raumfahrzeug aufzutanken. Die Rettungsschiffe wurden für den Fall eines Scheiterns im Atlantik verteilt. Brad wurde zum Anpassen der Raumanzüge auf die Insel geflogen, zusammen mit sechs ehemaligen Astronauten, um seine Kenntnisse aufzufrischen. Hesburgh gehörte dazu, klein, selbstsicher und lächelnd, seine Miene eine ständige Beruhigung. Don Kayman nahm kostbare zwölf Stunden Urlaub, um sich von seiner Nonne zu verabschieden.

Mit all diesen Dingen waren wir sehr zufrieden. Wir waren zufrieden mit der Entscheidung, Brad mitzuschicken. Wir waren zufrieden mit den Trendvoraussagen, die jeden Tag positivere Ergebnisse durch die Auswirkung des Starts auf Weltmeinung und globale Ereignisse zeigten. Wir waren zufrieden mit Rogers Gemütszustand. Und am zufriedensten waren wir mit der NVA-Simulation von Roger; tatsächlich war das bei unseren Plänen für die Rettung unserer Spezies unentbehrlich.

13

Jetzt gibt es kein Zurück mehr

Die lange Hohmann-Bahn-Reise zum Mars nimmt sieben Monate in Anspruch. Alle vorherigen Astronauten, Kosmonauten und Taikonauten hatten sie als überaus ermüdende Monate kennengelernt. Jeder Tag hatte 86 400 Sekunden, und es gab sehr wenig, um sie auszufüllen.

Roger unterschied sich von allen anderen in zweifacher Beziehung. Erstens war er der kostbarste Passagier, den je ein Raumschiff befördert hatte. In und an seinem Körper waren die Früchte von sieben Milliarden Mensch-Plus-Dollar. Er musste bis zur Grenze des Möglichen geschont werden.

Das Zweite war, dass er auf einmalige Weise nicht gebraucht wurde.

Seine Körperuhren waren abgestellt. Seine Wahrnehmung der Zeit entsprach dem, was der Computer ihm sagte.

Zuerst verlangsamte man ihn stufenweise. Die Leute begannen sich ein wenig schneller zu bewegen, wie es schien. Die Essenszeit kam früher, als er gedacht hatte. Die Stimmen klangen schriller.

Als sich das gut einführte, steigerte man die Verzögerung in seinen Systemen. Stimmen wurden zu schrillem Geplapper, um sich seiner Wahrnehmung dann
ganz zu entziehen. Er sah kaum andere Leute, außer
als blitzschnelle Wischer. Man schloss sein Zimmer vor
dem Tag ab – nicht, um ihn an der Flucht zu hindern,
sondern ihn vor dem schnellen Übergang vom Tag zur
Nacht zu schützen. Teller mit Nahrung im Picknickstil
und mit Zimmertemperatur erschienen vor ihm. Wenn
er sie wegschob, um zu zeigen, dass er fertig war oder
nichts wollte, wurden sie weggerissen.

Roger wusste, was mit ihm gemacht wurde. Es
machte ihm nichts aus. Er akzeptierte Sulies Versprechen, dass das gut und nötig und in Ordnung war. Er
glaubte, dass Sulie ihm fehlen würde, und er suchte
nach einem Weg, ihr das zu sagen. Es gab einen, aber
alles ging so schnell: Mitteilungen wurden wie durch
Zauber mit Kreide auf Tafeln vor ihm geschrieben.
Wenn er reagierte, wurden seine Antworten weggerissen und gelöscht, bevor er ganz sicher war, fertig zu
sein:

WIE FÜHLEN SIE SICH?

Nach der Kreide greifen, ein Wort schreiben:

GUT

und dann ist die Tafel fort und kommt mit einer neuen
Mitteilung zurück:

WIR BRINGEN SIE NACH MERRITT ISLAND

Und seine Antwort:

ICH BIN BEREIT

Weggerissen, bevor er den Rest anfügen konnte, den er hastig auf seinen Nachttisch kritzelte:

RICHTET DORRIE LIEBE GRÜSSE AUS

Er hatte hinzufügen wollen »und Sulie«, aber es blieb keine Zeit; plötzlich war der Tisch verschwunden. Er war nicht mehr im Zimmer. Es gab plötzlich eine schwindelnde Bewegung. Er sah kurz die Ambulanzzufahrt zum Projektgebäude und geisterhaft eine Schwester – war es Sulie? – mit dem Rücken zu ihm, die ihre Strumpfhose hochzog. Sein ganzes Bett schien in die Luft zu springen, in den grellen Wintersonnenschein, dann hinein in – wohin? In ein Auto? Bevor er sich das auch nur fragen konnte, sprang es in die Luft, und er begriff, dass es ein Hubschrauber war, und dann wurde ihm beinahe schlecht. Er spürte, wie es ihm hochkam.

Die Telemetrie meldete getreu, und die Steuerung war dem Problem gewachsen. Er hatte immer noch das Gefühl, sich übergeben zu müssen, und fühlte sich umhergeschleudert wie in einer stürmischen See, aber er musste sich nicht erbrechen.

Dann hielten sie.

Hinaus aus dem Hubschrauber.

Wieder grelles Sonnenlicht.

Hinein in etwas anderes – nachdem es sich in Bewegung gesetzt hatte, erkannte er es als das Innere einer CB-5, eingerichtet als Hospitalmaschine. Sicherheitsgurte umfingen ihn.

Es war nicht bequem – da waren immer noch das Hämmern und der Schwindel, wenngleich nicht mehr so unerträglich –, aber es dauerte nicht lange. Ein, zwei Minuten, so erschien es Roger. Dann Druck auf den Ohren, und sie brachten ihn hinaus aus dem Flugzeug, in blendende Hitze und ins Licht – Florida, natürlich, begriff er verspätet; aber inzwischen war er schon in einem Krankenwagen ...

Dann, für eine Zeit, die Roger als zehn oder fünfzehn Minuten empfand, während es in Wirklichkeit fast ein Tag war, geschah gar nichts, als dass er in einem Bett lag und gefüttert wurde, dass man ihn katheterisierte, und dann erschien eine Mitteilung vor ihm:

VIEL GLÜCK, ROGER, WIR SIND AUF DEM WEG.

Und dann rammte ihn von unten ein Dampfhammer, und er verlor das Bewusstsein. Alles schön und gut, dachte er, mir die Unbequemlichkeit der Langeweile zu ersparen, aber dabei bringt ihr mich vielleicht um. Aber bevor er sich überlegen konnte, wie er das mitzuteilen vermochte, war er bewusstlos.

Zeit verging. Eine Zeit der Träume.

Er begriff betäubt, dass man ihn unter Drogen gesetzt hatte, nicht nur verlangsamt, sondern im Schlaf; und mit dieser Erkenntnis war er wach.

Es gab kein Gefühl des Drucks. Er schwebte vielmehr. Nur ein Spinnennetz von Gurten hielt ihn fest.

Er war im Weltraum.

Eine Stimme sagte an seinem Ohr: »Guten Morgen, Roger. Das ist ein Tonband.«

Er drehte den Kopf und sah neben seinem Ohr ein winziges Lautsprechergitter.

»Wir haben die Aufzeichnung verlangsamt, damit Sie alles verstehen können. Wenn Sie mit uns sprechen wollen, nehmen Sie das einfach auf, in einer Minute. Dann beschleunigen wir es, damit wir es verstehen können. Was die Wissenschaft so alles leistet!

Jedenfalls haben wir Tag 31, während ich das aufzeichne. Falls Sie sich nicht mehr an mich erinnern, ich bin Don Kayman. Sie hatten ein bisschen Schwierigkeiten. Ihr Muskelsystem hat sich gegen die Startbeschleunigung gewehrt, und es gab ein paar Bänderzerrungen. Wir mussten ein wenig operieren. Alles verheilt sehr gut. Brad hat einen Teil der Kybernetik umgebaut, und wahrscheinlich können Sie die Deltamuskeln gebrauchen, wenn wir in guter Verfassung landen. Mal sehen. Sonst gibt es nichts Wichtiges zu berichten, und Sie haben vermutlich Fragen, aber bevor Sie an der Reihe sind, ist hier eine Nachricht für Sie.« Und das Tonband wisperte scharrend, dann kam Dorries Stimme, verzerrt und hohl. Vor einem Hintergrund zischender statischer Störungen sagte sie: »Hallo, Schatz. Zu Hause ist alles in bester Ordnung, und das Herdfeuer brennt für dich.

Ich denke an dich. Pass gut auf dich auf!« Dann wieder Kaymans Stimme: »Sie machen nun Folgendes. Wenn es irgendetwas Wichtiges ist – wenn Sie Schmerzen haben oder irgendetwas –, sagen Sie uns das sofort. Der Verlust an Realzeit ist groß, also zuerst das Wichtige sagen, und wenn Sie fertig sind, heben Sie einfach die Hand, während wir die Bänder wechseln, dann können Sie mit dem Plaudern anfangen. Dann los!«

Das Band stand still, und eine kleine, rote Lampe an dem Lautsprechergitter, die »Wiedergabe« anzeigte, erlosch, und eine kleine grüne Lampe mit der Aufschrift »Aufnahme« leuchtete auf. Er griff nach dem Mikrofon und wollte eben sagen, nein, es gebe kein besonderes Problem, als er zufällig an sich hinuntersah und bemerkte, dass sein rechtes Bein fehlte.

Wir überwachten natürlich jeden Augenblick im Raumfahrzeug.

Die Kommunikationsverbindung war schon nach dem ersten Monat ziemlich schlecht geworden. Die Geometrie machte Schwierigkeiten. Während das Raumschiff zur Marsbahn hinaufstieg, bewegte sich der Mars weiter. Ebenso die Erde, und zwar viel schneller. Sie würde die Sonne fast zweimal umrunden, bevor der Mars seine Bahn nur einmal vollendete. Die Telemetrie aus dem Raumfahrzeug brauchte jetzt an die drei Minuten, um Goldstone zu erreichen. Wir waren passive Zuhörer. Es würde schlimmer werden. Jeder Befehl von der Erde würde, bis das Raumschiff den Mars umkreiste, eine halbe Stunde verspätet ankommen, Hin-

und Rückweg mit Lichtgeschwindigkeit. Wir hatten die Direktkontrolle abgegeben; das Schiff und seine Insassen waren praktisch auf sich selbst gestellt.

Noch später würden Erde und Mars sich auf gegenüberliegenden Seiten der Sonne befinden. Die schwachen Signale des Raumfahrzeugs würden durch Solarinterferenz so beeinflusst werden, dass wir sie nicht einmal zuverlässig würden empfangen können. Aber bis dahin würde die 3070 in einer Umlaufbahn sein und bald Gesellschaft vom MHD-Generator bekommen. Danach gab es Energie genug für alles. Es war alles vorausgeplant, wohin sie gehörten, wie sie sich miteinander verbinden sollten, mit dem umlaufenden Schiff, mit der Bodenstation und mit Roger, wo immer er herumstreifen mochte.

Wir starteten die 3070, heruntergeschaltet auf die Wartestufe. Es war ein Roboterflug. Das Ionisierungsrisiko erwies sich bei genauer Analyse für ein Raumfahrzeug normaler Beschaffenheit als zu hoch, sodass die Techniker am Kap alle Lebenserhaltungssysteme, die ganze Telemetrie, das Sprengsystem und die Hälfte der Manövrieranlagen entfernten. Das ganze Gewicht wurde auf Abschirmung verwendet. Nach dem Start war das Fahrzeug stumm und leblos und würde es sieben Monate bleiben. Dann würde General Hesburgh die Steuerung übernehmen und das Andockmanöver durchführen. Es würde schwierig sein, aber dafür wurde er bezahlt.

Wir starteten den MHD-Generator einen Monat später mit einer Besatzung von zwei Freiwilligen und größtmöglichem Aufsehen. Inzwischen interessierte sich jedermann dafür. Und niemand erhob Einwände, nicht einmal das NVA. Den ersten Start hatte es nicht beachtet. Man gab zu, dass der Start der 3070 verfolgt wurde, und bot die Daten dem NSA-Netz an. Als der Generator hinaufflog, schickte der NVA-Botschafter eine höfliche Glückwunschnote.

Ganz offenkundig war etwas im Gange.

Es war nicht nur psychologischer Natur. New York erlebte zwei Wochen hintereinander ohne Unruhen, und in ein paar Hauptstraßen wurde sogar Müll abgeholt. Winterliche Regenfälle löschten den letzten der großen Brände im Nordwesten, und die Gouverneure von Washington, Oregon, Idaho und Kalifornien riefen gemeinsam Freiwillige auf. Über hunderttausend junge Menschen meldeten sich, um die Berghänge neu zu bepflanzen.

Der Präsident der Vereinigten Staaten bemerkte die Veränderung als Letzter; er war zu beschäftigt mit den inneren Katastrophen einer Nation, die sich in eine Tragödie hineinvermehrt und dabei übernommen hatte. Aber es kam die Zeit, wo er begriff, dass es einen Wandel gegeben hatte, nicht nur innerhalb der Vereinigten Staaten, sondern weltweit, nicht nur einen Wandel in der Stimmung, sondern auch in der Taktik. Die Asiaten zogen ihre Atom-U-Boote in die Gewässer des westlichen Pazifik und des Indischen Ozeans zurück, und als Dash die Bestätigung dafür erhielt, griff er nach dem Telefon und rief Vern Scanyon an.

»Ich glaube ...«, er verstummte und streckte die Hand

aus, um das glatte Holz seines Schreibtischs zu berühren. »Ich glaube, es klappt. Klopfen Sie Ihren Leuten
für mich auf die Schulter. Also, was brauchen Sie sonst
noch?«

Aber da gab es nichts.

Wir waren nun völlig festgelegt. Wir waren so weit
gegangen, wie wir hatten gehen können, und alles
andere hing von der Expedition selbst ab.

14

Missionar für den Mars

Don Kayman erlaubte sich nicht, öfter als sechsmal am Tag zu beten. Er betete um verschiedene Dinge – manchmal um Erlösung von dem Geräusch, wenn Titus Hesburgh an seinen Zähnen saugte, manchmal, von dem Geruch der Darmgase verschont zu werden, die das Innere des Raumfahrzeugs einnebelten –, aber in jedem Gebet gab es stets drei Bitten: um den Erfolg des Unternehmens, die Erfüllung von Gottes Plan für die Menschheit und vor allem um die Gesundheit und das Wohlergehen seines Freundes Roger Torraway.

Roger hatte den Vorzug, eine eigene Kabine zu besitzen. Es war nichts Besonderes, und abgeteilt war sie nur durch einen elastischen Vorhang, hauchdünn und nicht ganz undurchsichtig; aber sie gehörte ihm ganz allein. Die anderen drei teilten sich die Mannschaftskabine. Manchmal teilte Roger sie sich mit ihnen, oder wenigstens Teile von ihm. Er war überall.

Kayman besuchte ihn oft. Der Flug war eine lange, ereignislose Zeit für ihn. Seine Spezialität, nicht anwendbar, bis sie wirklich auf der Marsoberfläche standen, brauchte nicht aufgefrischt oder geübt zu werden. Die

Areologie war eine statische Wissenschaft und würde es bleiben, bis er selbst nach der Landung sie hoffentlich würde ergänzen können. So hatte er sich von Titus Hesburgh an der Instrumentenkonsole einweisen lassen, während etwas später Brad ihm beibrachte, wie man einen Cyborg zerlegte. Die groteske Erscheinung, die sich langsam in ihrem Schaumkokon wand, war nicht mehr fremdartig. Kayman kannte jeden Zentimeter davon, innen und außen. Im Lauf der Wochen legte er den Abscheu ab, der ihn gehindert hatte, ein Auge aus der Höhle zu drehen oder eine Klappe an dem mit Kunststoff ausgekleideten Bauch zu öffnen.

Das war nicht alles, was er zu tun hatte. Er hatte seine Musikbänder, die er sich anhören konnte, gelegentlich ein Mikrofiche zum Lesen, Spiele. Beim Schach waren er und Titus Hesburgh etwa von gleicher Spielstärke. Sie spielten endlose Turniere, die ersten 38 Siege von 75 Spielen, und verwendeten ihre persönlichen Kommunikationszeiten dazu, sich von der Erde Schachtexte herauffunken zu lassen. Für Pater Kayman wäre es entspannend gewesen, mehr zu beten, aber nach der ersten Woche hatte er begriffen, dass man auch das Beten übertreiben konnte. Er rationierte es: beim Wachwerden, vor den Mahlzeiten, am Abend und vor dem Schlafen. Das war alles. Mitgerechnet natürlich nicht der kurze Aufschwung durch ein Vaterunser oder den Umgang mit dem Rosenkranz Seiner Heiligkeit. Und dann befasste er sich wieder damit, Roger auszubessern. Er war immer empfindlich gewesen, aber Roger nahm diese Invasionen seiner Person offenkundig nicht wahr und schien keinen Schaden dadurch zu erleiden. Kayman begann langsam die innere Schönheit von Rogers Anatomie zu erkennen, sowohl den Teil, der Menschenwerk, wie den, der Gottes Werk war; er sprach Dank für beide.

Er konnte nicht so recht dafür danken, was Gott und Mensch mit Rogers Geist angestellt hatten. Es bedrückte ihn, dass dem Leben seines Freundes sieben Monate weggenommen wurden. Das erweckte Mitgefühl dafür, dass Rogers Liebe einer Frau galt, die sie gering schätzte.

Aber Kayman war, nahm man alles zusammen, glücklich.

Er war nie zuvor auf einem Marsflug gewesen, aber dahin gehörte er. Zweimal war er im Weltraum gewesen: mit einem Shuttle zu einem Satelliten, noch als graduierter Student, bemüht, den Doktorgrad als Planetologe zu erwerben; dann neunzig Tage in der Raumstation Betty. Beides galt als bloße Übung für die Mission, die sein Studium des Mars vervollständigen sollte.

Alles, was er vom Mars wusste, hatte er durch Teleskop oder Schlussfolgerungen oder durch die Beobachtungen anderer erfahren. Er wusste viel davon. Er hatte die Synopsen-Bänder aller Orbiter und Mariner und Surveyor abgespielt und immer wieder abgespielt. Er hatte zurückgebrachte Proben von Boden und Gestein untersucht. Er hatte jeden einzelnen Amerikaner, Franzosen und Engländer befragt, der von den verschiedenen Marsflügen zurückgekommen war, und auch die meisten Russen, Japaner und Chinesen.

Er wusste alles über den Mars. Er hatte es immer gewusst.

Als Kind war er mit dem Mars von Edgar Rice Burroughs aufgewachsen, dem farbigen Barsoom der ockerfarbenen, toten Meeresgründe und dahinfegenden winzigen Monde. Älter geworden vermochte er Fakten und Fiktion zu unterscheiden. Es gab keine Wirklichkeit in vierarmigen grünen Kriegern und den rothäutigen, schönen, Eier legenden Marsprinzessinnen in dem Maß, dass die Wissenschaft mit der Wirklichkeit in Berührung war. Aber er wusste, dass die Einschätzungen der Wirklichkeit durch die Wissenschaftler sich von Jahr zu Jahr veränderten. Burroughs hatte Barsoom nicht einfach aus der Luft gegriffen. Er hatte den Planeten beinahe wörtlich der maßgeblichsten wissenschaftlichen Wirklichkeit seiner Zeit entnommen. Es war der Mars von Percival Lowell, nicht der von Burroughs, der schließlich von größeren Teleskopen und Raumsonden widerlegt wurde. In der Wirklichkeit wissenschaftlicher Meinung war Leben auf dem Mars ein Dutzend Mal geboren worden und gestorben.

Aber selbst das war nie wirklich entschieden worden. Es hing an einer philosophischen Frage. Was war Leben? Musste es ein Wesen bedeuten, das einem Affen oder einer Eiche glich? Musste es notwendigerweise ein Wesen bedeuten, das seine Nährstoffe in einer auf Wasser beruhenden Biologie auflöste, an einem Oxidations-Reduktions-Zyklus der Energieübertragung teilnahm, sich fortpflanzte und damit aus der Umwelt erwuchs? Don Kayman war nicht dieser Meinung. Er hielt es für

Arroganz, Leben so willkürlich einzugrenzen, und er war demütig im Angesicht der allmächtigen Majestät seines Schöpfers.

Jedenfalls stand die Tür zu Leben, das genetisch mit dem auf der Erde verwandt war, noch offen. Nun, sie war angelehnt. Gewiss, man hatte keine Affen, keine Eiche gefunden. Nicht einmal eine Flechte. Nicht einmal eine im Wachstum befindliche Zelle. Nicht einmal – das musste er reumütig zugeben, weil Dejah Thoris, die Marsprinzessin, in seiner Brust nur schwer zu töten war – solche Grundvoraussetzungen wie freien Sauerstoff oder Wasser.

Aber Kayman akzeptierte nicht, dass, weil niemand auf Marsmoos ausgerutscht war, es auf dem ganzen Mars keines gab, auf dem man ausrutschen konnte. Weniger als hundert menschliche Wesen hatten den Mars je betreten. Das gesamte Gebiet ihrer Erforschungen umfasste nur einige Hundert Quadratmeilen. Auf dem Mars! Wo es keine Meere gab, sodass die zu erforschende Landfläche größer war als die auf der Erde! Das war beinahe so, als wolle man vorgeben, die Erde zu kennen, wenn man viermal kurze Besuche in der Sahara, auf den Gipfeln des Himalaja, in der Antarktis und auf der Eiskappe von Grönland gemacht hatte …

Hm, nein, räumte Kayman vor sich selbst ein. Das war nicht ganz fair. Es hatte zahllose Vorbeiflüge und Orbitalmissionen gegeben, Sonden, die gelandet waren und Bodenproben an sich gerissen hatten.

Trotzdem, das Prinzip war gültig. Der Mars war zu groß. Niemand konnte so tun, als besitze er keine Geheimnisse mehr. Noch mochte man Wasser finden. Manche Spalten ließen Hoffnung aufkeimen. Manche Täler hatten Formen, die kaum zu begreifen waren, wenn man nicht unterstellte, dass sie von Flüssen gegraben worden waren. Selbst wenn sie trocken waren, mochte es doch Wasser geben, riesige Ozeane von Wasser, eingesperrt unter der Oberfläche. Sauerstoff war vorhanden, wie man wusste. Im Durchschnitt nicht gerade viel, aber auf den Durchschnitt kam es nicht an. Lokal mochte es viel geben. Und so konnte es auch... Leben geben.

Kayman seufzte. Er bedauerte mit am meisten, dass er sich nicht hatte durchsetzen können, den Landeplatz dorthin zu verlegen, wo er persönlich am ehesten Leben vermutete, in das Solis-Lacus-Gebiet. Man hatte gegen ihn entschieden. Es war Dash selbst gewesen, der gesagt hatte: »Mir ist völlig gleichgültig, wo jetzt etwas am Leben sein mag. Ich möchte den Vogel da absetzen, wo unser Junge die größte Aussicht hat, am Leben zu bleiben.«

So hatten sie sich eine Stelle in größerer Nähe des Äquators ausgesucht, auf der nördlichen Halbkugel; die Hauptmerkmale hießen Isidius Regio und Nepenthes, und wo sie sich berührten, gab es einen seichten Krater, den Don Kayman insgeheim Heimstatt getauft hatte.

Ebenso insgeheim bedauerte er den Verlust von Solis Lacus und seiner sich mit den Jahreszeiten wandelnden Form (wachsende Pflanzen? Wahrscheinlich nicht – aber hoffen konnte man doch!), die helle, w-förmige Wolke um die Kanäle von Ulysses und Fortunae, die sich bei einer langen Konjunktion jeden Nachmittag neu bildete, das grelle Licht (widergespiegeltes Sonnenlicht?, ein Wasserstoff-Fusions-Blitz?), das Saheki am 1. Dezember 1951 in Thithonius Lacus gesehen hatte, so grell wie ein Stern sechster Größe. Ein anderer würde diese Dinge untersuchen müssen, nicht er.

Aber abgesehen von solchem Kummer war er zufrieden genug. Die nördliche Halbkugel war eine kluge Wahl. Die Jahreszeiten dort waren besser verträglich, weil die Nordhalbkugel wie auf der Erde ihren Winter hatte, wenn sie der Sonne am nächsten war, sodass sie das ganze Jahr über eine Spur wärmer blieb. Der Winter dort war zwanzig Tage kürzer als der Sommer; im Süden war es natürlich umgekehrt. Und obwohl man nie beobachtet hatte, dass die Heimstatt die Form veränderte oder Lichtblitze von sich gab, war sie tatsächlich mit einer größeren Anzahl neuerer Wolkenbildungen in Verbindung gebracht worden. Kayman hatte die Hoffnung, dass manche Wolken aus Wassereis, wenn nicht gar aus Wasser selbst bestehen mochten, noch nicht aufgegeben! Er fantasierte nachmittägliche Gewitter über der Marsebene zusammen und dachte nüchterner an die weiten Lagen Brauneisenerz, die man in der Nähe erkannt hatte. Brauneisenerz enthielt gebundenes Wasser in Mengen; es würde eine Rohstoffquelle für Roger sein, auch wenn keine Marspflanze, kein Marstier sich entwickelt hatte, um sie auszubeuten.

Im Ganzen war er mit allem zufrieden.

Er war unterwegs zum Mars! Das war eine Quelle

großer Freude für ihn, für die er sechsmal am Tag dankte. Außerdem hatte er eine Hoffnung.

Don Kayman war ein zu guter Wissenschaftler, um seine Hoffnungen mit Beobachtungen zu vermischen. Er würde melden, was er fand. Aber er wusste, was er finden *wollte*. Er wollte Leben finden.

Bis zu dem Ausmaß, das die Zwecke des Unternehmens erlaubten, würde er in den einundneunzig Marstagen, die er auf der Oberfläche des Planeten verbringen konnte, seine Augen offen halten. Jedermann wusste, dass er das tun würde. Es gehörte sogar zu seinen Anweisungen im Rahmen der verfügbaren Zeit.

Was nicht jedermann wusste, war, *warum* Kaymans Interesse so groß war.

Für ihn war Dejah Thoris noch nicht ganz tot. Er hegte immer noch Hoffnung, dass es Leben geben mochte; nicht nur Leben, sondern intelligentes Leben; nicht nur intelligentes Leben, sondern Leben mit einer Seele, die er retten und seinem Gott darbringen konnte.

Alles, was im Raumfahrzeug geschah, wurde ständig überwacht, und regelmäßig fanden zusammenfassende Übertragungen zur Erde statt. So behielten wir sie im Auge. Wir beobachteten die Schachspiele und die Diskussionen. Wir verfolgten Brads Überarbeitung von Rogers Körperfunktionen, Fleisch wie Metall. Wir sahen die Nacht, als Titus Hesburgh fünf Stunden lang leise und verträumt weinte und alle Angebote Kaymans zurückwies mitzuempfinden, während er unter Tränen lächelte. In mancher Beziehung hatte Hesburgh die lausigste Arbeit an Bord; sieben Monate hin, sieben Monate zurück, und dazwischen drei Monate nichts. Er würde im Marsorbit ganz allein sein, während Kayman, Brad und Roger sich auf der Oberfläche des Planeten tummelten. Er würde einsam sein und sich langweilen.

Schlimmer noch – siebzehn Monate im Weltraum waren praktisch eine Garantie dafür, dass er in den letzten paar Jahrzehnten seines Lebens von hundert verschiedenen Muskel-, Knochen- und Kreislaufbeschwerden geplagt sein würde. Sie machten getreulich ihre Übungen, rangen miteinander, plagten sich mit Federgeräten ab, wirbelten die Arme und stampften mit den Beinen; aber das würde nicht genügen. Verminderung der Knochensubstanz war unvermeidlich, und der Muskeltonus ließ nach. Für diejenigen, die landeten, würden die drei Monate auf dem Mars einen großen Unterschied bedeuten. In dieser Zeit würden sie einen Großteil der Schädigung beheben können und in besserer Verfassung für den Rückflug sein. Für Hesburgh gab es keine solche Pause. Seine siebzehn Monate in Schwerelosigkeit würden keine Unterbrechung kennen, und die Erfahrung früherer Raumfahrer hatte die Konsequenzen deutlich werden lassen. Es hieß, seine Lebenserwartung um zehn oder mehr Jahre herabzusetzen. Und wenn er ganz selten einmal weinte, gab es wirklich niemanden, der einen triftigeren Grund dafür hatte.

Zeit verging, ein Monat, zwei Monate, sechs Monate. Hinter ihnen stieg am Himmel die Kapsel mit der 3070 empor; dahinter das magnetohydrodynamische Kraftwerk mit seinen zwei Mann Besatzung. Nach zwei Wochen Flug tauschten sie in einer kleinen Zeremonie die Uhren aus und nahmen die neuen Quarzkristalluhren, auf den Marstag eingestellt, in Betrieb. Von da an lebten sie nach der Marsuhr. In der Praxis machte das kaum einen Unterschied; der Marstag ist nur wenig mehr als siebenunddreißig Minuten länger als ein Erdentag; aber der Unterschied bedeutete ihnen innerlich viel.

Eine Woche vor der Ankunft begannen sie, Roger zu beschleunigen.

Roger waren die sieben Monate wie dreißig Stunden vorgekommen, dreißig Stunden subjektiver Zeit. Es war lange genug gewesen. Er hatte ein paar Mahlzeiten zu sich genommen, mit den anderen Besatzungsmitgliedern ein paar Dutzend Mitteilungen ausgetauscht. Er hatte Botschaften von der Erde erhalten und ein paar beantwortet. Er hatte seine Gitarre verlangt; man hatte sie ihm mit der Begründung, er könne sie nicht spielen, verweigert. Er hatte sie aus Neugier trotzdem haben wollen und entdeckt, dass das wirklich zutraf: Er konnte an einer Saite zupfen, aber den Ton nicht hören. Abgesehen von den eigens verlangsamten Tonbändern konnte er die meiste Zeit überhaupt nichts hören, und sonst nur eine Art schrilles Rascheln. Die Luft leitete Vibrationen, wie er sie hören konnte, nicht. Wenn das Tonbandgerät nicht den Metallrahmen berührte, an dem er befestigt war, konnte er auch das Band nicht hören und es nicht besprechen.

Man wies ihn darauf hin, dass man seine Wahrnehmungen beschleunigen werde. Man ließ den Vorhang zu seiner Kammer offen, und er begann blitzschnelle Wischer wahrzunehmen. Er sah ganz kurz Hesburgh in einer Ecke dösen, dann Gestalten, die durcheinanderwuselten; nach einiger Zeit erkannte er sogar, wer sie waren. Dann versetzten sie ihn in Schlaf, um letzte Justierungen an seinem Tornister vorzunehmen, und als er aufwachte, war er allein, der Vorhang war zugezogen – und er hörte Stimmen.

Er schob den Vorhang beiseite und schaute hinaus, und da begrüßte ihn das lächelnde Gesicht des Liebhabers seiner Frau.

»Guten Morgen, Roger! Schön, Sie wieder bei uns zu haben.«

... Und achtzehn Minuten später, zwölf für den Weg, den Rest für Entschlüsseln und Weitervermitteln, sah der Präsident das aus über hundert Millionen Meilen Entfernung auf dem Bildschirm im Oval Office.

Er war nicht der Einzige. Die Fernsehnetze übertrugen die Szene, und die Satelliten verbreiteten sie über die ganze Welt. Man verfolgte sie im Unterirdischen Palast in Peking und im Kreml, in der Downing Street und an den Champs-Élysées und an der Ginza.

»Diese Hundesöhne«, sagte Dash, »sie haben es geschafft.«

Vern Scanyon war bei ihm.

»Diese Hundesöhne«, wiederholte er. Dann sagte er: »Na ja, fast geschafft. Sie müssen noch landen.«

»Ist daran irgendetwas problematisch?«

»Soviel ich weiß, nicht...«, begann Scanyon vorsichtig.

»So ungerecht könnte Gott nicht sein«, sagte der Präsident entschieden. »Ich glaube, Sie und ich trinken jetzt einen Whisky; das ist der rechte Augenblick dafür.«

Sie blieben sitzen und schauten eine halbe Stunde zu, bei einer Viertelflasche Bourbon. Im Lauf der nächsten Tage saßen sie in Abständen immer wieder vor dem Fernsehapparat, sie und der Rest der Welt. Die ganze Welt sah Hesburgh letzte Prüfungen vornehmen und die Marslandefähre für die Trennung vorbereiten. Sahen Don Kayman unter der scharfen Aufsicht des Piloten üben, da er beim Flug aus der Umlaufbahn zur Oberfläche an der Steuerung sitzen würde. Sahen Brad eine letzte, allerletzte Überprüfung von Rogers Telemetrie durchführen, wobei alles in Ordnung war, und das Ganze noch einmal wiederholen. Sahen Roger selbst in der Kabine herumgehen und sich in die Fähre quetschen.

Und sahen die Fähre sich ablösen und Hesburgh sehnsüchtig hinausstarren, als sie hinabsank.

Wir errechneten, dass dreieinviertel Milliarden Menschen die Landung verfolgten. Es war nicht viel zu sehen; wenn man eine Landung gesehen hat, kennt man alle. Aber es war wichtig.

Es begann eine Viertelstunde vor vier Uhr morgens, Washingtoner Zeit, und der Präsident hatte sich selbst geweckt, um es zu sehen.

»Dieser Priester«, sagte er stirnrunzelnd, »wie gut ist er als Pilot? Wenn etwas schiefgeht ...«

»Er ist geprüft, Sir«, sagte sein NASA-Adjutant beruhigend. »Außerdem kommt er praktisch erst an dritter Stelle. Die Automatik steht an erster. Wenn irgendetwas schiefgeht, überwacht General Hesburgh das vom Orbiter aus und kann eingreifen. Pater Kayman hat nichts zu tun, falls nicht alles gleichzeitig versagt.«

Dash zuckte die Achseln, und der Adjutant bemerkte, dass der Präsident die Daumen drückte.

»Und die Anschlussflüge?«, fragte er und starrte auf den Schirm.

»Kein Problem, Sir. Der Computer tritt in zweiunddreißig Tagen in die Marsumlaufbahn ein, der Generator siebenundzwanzig Tage später. Sobald die Fähre gelandet ist, wird General Hesburgh eine Kurskorrektur vornehmen und den Mond Deimos überholen. Wir wollen sowohl den Computer wie den Generator dort landen, vermutlich im Krater Voltaire; Hesburgh wird das für uns entscheiden.«

»Hm«, sagte der Präsident. »Hat man Roger gesagt, wer im Generator-Raumfahrzeug ist?«

»Nein, Sir.«

»Hm.« Der Präsident stand auf und trat ans Fenster. Er starrte hinaus auf den schönen Rasen vor dem Weißen Haus, junigrün und blühend, und sagte: »Vom Computerzentrum in Alexandria kommt ein Mann her. Ich möchte, dass Sie da sind, wenn er eintrifft.«

»Jawohl, Sir.«

»Commander Chiaroso. Soll sehr tüchtig sein. War früher Professor am M.I.T Er sagt, an unseren Projektionen des ganzen Projekts sei etwas sehr Merkwürdiges. Haben Sie irgendwelche Gerüchte gehört?

»Nein, Sir«, sagte der Adjutant erschrocken. »Merkwürdig, Sir?«

Dash zuckte mit den Achseln.

»Das fehlt mir noch«, sagte er, »dass ich das ganze verdammte Ding in Gang bringe und dann feststellen muss... He! Was ist los, zum Teufel?«

Auf dem Bildschirm zuckte das Bild und zerfiel; es verschwand ganz, fügte sich wieder zusammen, verschwand erneut und ließ nur den Raster zurück.

»Keine Sorge, Sir«, sagte der Adjutant schnell. »Das sind nur Störungen beim Eintritt in die Atmosphäre. Beim Eintauchen wird der Bildkontakt unterbrochen. Sogar die Telemetrie ist davon betroffen, aber wir haben Spielraum genug; alles in Ordnung.«

»Wie kommt das?«, sagte der Präsident scharf. »Ich dachte, dass der Mars *keine* Atmosphäre hat.«

»Nicht viel, Sir. Aber doch etwas, und weil der Planet kleiner ist, hat er auch einen flacheren Schwerkraftschacht. In der oberen Atmosphäre entspricht die Dichtigkeit fast jener der Erde in dieser Höhe, und da kommt es zu den Störungen.«

»Verdammt noch mal!«, fluchte der Präsident. »Ich mag keine Überraschungen! Warum hat mir das keiner gesagt?«

»Nun, Sir...«

»Schon gut! Damit befasse ich mich später. Ich hoffe, es ist kein Fehler, Torraway zu überraschen... Na, lassen wir das. Was geschieht jetzt?«

Der Adjutant schaute nicht auf den Bildschirm, sondern auf die Uhr.

»Fallschirmauslösung, Sir. Der Bremsschub ist beendet. Jetzt brauchen sie nur noch hinunterzusinken.

In wenigen Sekunden ...« Der Adjutant deutete auf den Bildschirm, der gehorsam wieder ein Bild zeigte. »Da! Jetzt landen sie kontrolliert!«

Und sie saßen da und warteten, während die Fähre unter dem ungeheuren Fallschirmdach durch die dünne Marsluft hinabsank, von fünffacher Größe eines Normalfallschirms.

Als sie aufsetzte, war das Geräusch über hundert Millionen Meilen zu hören, und es klang, als fielen Mülltonnen von einem Dach. Aber die Fähre war dafür konstruiert, und die Besatzung fand sich längst in den Schutzkokons.

Aus dem Lautsprecher tönte ein Zischen und das Knacken abkühlenden Metalls. Und dann Brads Stimme: »Wir sind auf dem Mars«, sagte er wie im Gebet, und Pater Kayman flüsterte: »*Laudamus te, benedicimus te, adoramus te, glorificamus te. Gloria in excelsis deo, et in terra pax hominibus bonae voluntatis.*« Die Worte aus dem Ordinarium der Messe.

Und zu den vertrauten Worten fügte er hinzu: »... *et in Martis.*«

15

Wie die guten Nachrichten
vom Mars zur Erde gelangen

Als uns erstmals klar wurde, dass ernsthaft
die Gefahr bestand, ein großer Krieg könne die Zivilisation vernichten und die Erde unbewohnbar machen –
also, kurz nachdem wir gemeinsam überhaupt etwas zu
erkennen begannen –, beschlossen wir, Schritte zu unternehmen, den Mars zu kolonisieren.

Es war nicht leicht für uns.

Die ganze Menschheit war in Schwierigkeiten. Auf
der ganzen Welt herrschte Energieknappheit, was hieß,
dass Düngemittel teuer waren, was hieß, dass die Menschen hungerten, was hieß, dass gefährliche, explo-
sive Spannungen entstanden. Die Ressourcen der Welt
waren selbst für die nackte Notwendigkeit, Milliarden
von Menschen am Leben zu erhalten, nicht ausreichend. Wir mussten Wege finden, Kapazitäten umzu-
lenken, die anderswo dringend gebraucht wurden, und
für langfristige Planung einzusetzen. Wir errichteten
drei verschiedene Denkfabriken und verschafften ihnen
alle Einrichtungen, die wir von den täglichen Bedürfnissen abzuzweigen vermochten. Die eine erforschte

Optionen für die Auflösung der wachsenden Spannungen auf der Erde. Die andere erhielt den Auftrag, Zufluchtsorte auf der Erde selbst zu errichten, damit selbst beim Eintreten eines thermonuklearen Krieges ein kleiner Bruchteil von uns überleben konnte.

Die dritte befasste sich mit außerirdischen Möglichkeiten.

Im Anfang sah es so aus, als könnten wir unter tausend Alternativen wählen, und jeder der drei Hauptwege verfügte über aussichtsreiche Verzweigungen. Aber einer nach dem anderen endete in Sackgassen. Unsere genauesten Schätzungen – nicht diejenigen, die wir dem Präsidenten der Vereinigten Staaten lieferten, sondern die privaten, die wir keinem zeigten als uns selbst – zeigten eine nahezu hundertprozentige Wahrscheinlichkeit für den Ausbruch eines thermonuklearen Krieges innerhalb eines Jahrzehnts; und wir schlossen das Zentrum für die Auflösung internationaler Spannungen schon im ersten Jahr. Es ergab sich, dass die Analyse des schlimmsten Falles einige Orte auf der Erde erkennen ließ, die einem direkten Angriff kaum ausgesetzt sein würden – die Antarktis, Teile der Sahara, Gebiete in Inneraustralien und eine Anzahl von Inseln. Zehn Landstriche wurden ausgewählt. Jeder davon war nur mit einer Wahrscheinlichkeit von 1 % oder geringer in Gefahr, zerstört zu werden; wenn man alle zehn nahm, wurde die Wahrscheinlichkeit, dass sie alle zerstört werden würden, praktisch bedeutungslos. Aber die Feinanalyse zeigte, dass die Rechnung zwei Fehler enthielt. Zum einen konnten wir nicht sicher sein, wie viele langlebige Isotopen nach einem solchen Krieg in der Atmosphäre verbleiben würden, und alles deutete darauf hin, dass es bis zu tausend Jahren überhöhte Mengen ionisierender Strahlung geben mochte. Bei diesem Zeitraum fiel die Wahrscheinlichkeit, dass auch nur eine der Zufluchtsstätten überleben würde, auf weit unter 0,5. Noch weit schlimmer war die Notwendigkeit von Kapitalinvestitionen. Die Zufluchtsstätten unterirdisch anzulegen und sie mit den ungeheuren Mengen komplizierter elektronischer Anlagen, Generatoren, Brennstoffreserven und dergleichen auszustatten, die erforderlich waren, erwies sich praktisch als undurchführbar. Wir konnten das Geld einfach nicht beschaffen. Wir schlossen also diese Denkfabrik und führten alle Mittel, die wir beschaffen konnten, der außerirdischen Kolonisierung zu. Am Anfang hatte diese Lösung die wenigsten Aussichten erkennen lassen.

Aber wir hatten es – beinahe! – geschafft. Als Roger Torraway landete, war damit der erste und schwerste Schritt abgeschlossen. Bis die nachfolgenden Schiffe ihre Position erreichten, in einer Umlaufbahn oder auf der Oberfläche des Planeten, würden wir zum ersten Mal in der Lage sein, für eine Zukunft zu planen, weil das Überleben unserer Spezies gesichert war.

So verfolgten wir mit großer Befriedigung, als Roger auf die Oberfläche des Planeten hinaustrat.

Rogers Tornistercomputer war ein Triumph der Technik. Er verfügte über drei getrennte Systeme, wechselseitig miteinander verbunden und die Anlagen gemeinsam nutzend, aber mit genug Redundanz, dass alle Systeme zu neunzig Prozent zuverlässig waren, bis der 3070-Hilfscomputer die Umlaufbahn erreichte. Ein System verarbeitete seine Wahrnehmungen. Ein zweites steuerte die Untersysteme von Nerven und Muskeln, mit denen er ging und sich bewegte. Das dritte lieferte die Telemetrie für alle Eingänge. Was immer er sah, sahen wir auf der Erde auch.

Wir hatten uns einige Mühe damit gegeben. Nach Shannons Gesetz gab es nicht genug Bandbreite, alles zu übertragen, aber wir hatten eine Stichprobenanlage eingebaut. Übertragen wurde etwa ein Bit von hundert – zuerst zum Funkgerät in der Landefähre, wo wir einen Kanal mit ständiger Verbindung für diesen Zweck frei gehalten hatten. Dann wurde es weiterübermittelt zum Orbiter, wo General Hesburgh schwebte und den Fernsehschirm beobachtete, während das Kalzium aus seinen Knochen schwand. Vom Orbiter wurde es, gereinigt und verstärkt, in Funkstößen dem Synchronsatelliten zugespielt, der in diesem Augenblick gerade auf den Mars und Goldstone gleichzeitig eingestellt war. Was wir alle sahen, war also nur etwa zu einem Prozent Realität. Aber das genügte. Der Rest würde ergänzt durch ein Vergleichsprogramm, das wir für den Goldstone-Empfänger geschrieben hatten. Hesburgh sah nur eine Reihe von Standaufnahmen; auf der Erde sendeten wir, was genau wie direkte Filmaufnahmen dessen wirkte, was Roger sah.

So beobachteten die Menschen auf der Erde, in allen Ländern, am Fernseher die beigen und braunen Berge,

die zehn Meilen hochragten, sahen das Mars-Sonnen-
licht auf den Fensterrahmen der Landefähre blinken,
konnten sogar Pater Kaymans Gesichtsausdruck erkennen, als er vom Gebet aufstand und zum ersten Mal auf
den Mars hinausblickte.

Im Unterirdischen Palast in Peking unterbrachen die
hohen Herren des Neuen Volksasien eine Planungssit-
zung, um auf den Bildschirm zu starren, mit gemisch-
ten Gefühlen. Es war Amerikas Triumph, nicht der ihre.
Im Oval Office war Präsident Deshatines Freude unein-
geschränkt. Nicht nur war der Triumph amerikanisch,
er war auch persönlich; er blieb für immer der Präsident, der die Menschheit auf dem Mars etabliert hatte.
Fast jedermann freute sich wenigstens ein bisschen –
sogar Dorrie Torraway, die in dem kleinen Büro hinter
ihrem Laden saß, das Kinn in die Hände gestützt, und
die Botschaft der Augen ihres Mannes studierte. Und
natürlich, in dem riesigen weißen Würfel des Projekts
vor Tonka, Oklahoma, beobachteten alle, die vom Personal noch übrig waren, die Bilder vom Mars fast die
ganze Zeit. Sie hatten Freizeit genug dafür. Es gab sonst
nicht viel zu tun. Es war erstaunlich, wie leer das Gebäude wurde, als Roger es verlassen hatte.

Sie waren alle belohnt worden, von den Lagerverwal-
tern an aufwärts; eine persönliche Belobigung für jeden
Einzelnen vom Präsidenten persönlich, dazu dreißig
Tage Sonderurlaub und Beförderung um eine Stufe.
Clara Bly benützte den ihren dazu, ihre lang verschobe-
nen Flitterwochen nachzuholen. Weidner und Freeling
nützten die Zeit, um eine Rohfassung von Brads Ab-

handlung herzustellen und ihm jeden Absatz von den Schreibmaschinen weg in die Umlaufbahn zu übermitteln und über Goldstone seine Korrekturen zu erhalten. Vern Scanyon wurde natürlich auf einer Rundreise mit dem Präsidenten durch vierundfünfzig Bundesstaaten und die Hauptstädte von zwanzig Ländern als Held gefeiert. Brenda Hartnett war mit ihren Kindern zweimal im Fernsehen aufgetreten und mit Geschenken überhäuft worden. Die Frau des Mannes, der gestorben war, um Roger Torraway auf den Mars zu bringen, war jetzt Millionärin. Alle hatten sie ihre Stunde des Ruhms, als der Start gelungen und Roger unterwegs war, vor allem in den Augenblicken kurz vor der Landung.

Dann blickte die Welt durch Rogers Augen und die Sinne des Bruders auf Rogers Rücken auf den Mars, und ihr ganzer Ruhm verwehte. Von da an gehörte alles Roger.

Wir sahen auch zu.

Wir sahen Brad und Don Kayman in ihren Anzügen den Ausstieg vorbereiten. Roger brauchte keinen Anzug. Er stand auf Zehenspitzen an der Tür der Landefähre, schnupperte in den leeren Wind, während seine mächtigen schwarzen Flügel hinter ihm schwebten und die Strahlen der beunruhigend winzigen, aber beunruhigend grellen Sonne einsaugten. Durch die Fernsehkamera des Landers sahen wir Roger als Silhouette vor dem stumpfen Beige und Braun des scharf hervortretenden Marshorizonts...

Und dann sahen wir durch Rogers Augen, was er sah. Für Roger, der auf die hellen, juwelenartigen Farben des Planeten hinausblickte, auf dem er leben sollte, war es ein Märchenland, wunderschön und einladend.

Die Landefähre hatte skelettartige Magnesiumstufen hinausgeschoben, um die Marsoberfläche zu streicheln, aber Roger brauchte sie nicht. Er sprang mit flatternden Flügeln hinunter – um das Gleichgewicht zu halten, nicht zum Fliegen – und landete leichtfüßig auf der kreidig orangeroten Oberfläche, wo die Flammen der Landeraketen die Kruste weggeschmolzen hatten. Er blieb einen Augenblick lang stehen und überblickte sein Reich mit den großen Facettenaugen.

»Nichts übereilen«, riet eine Stimme in seinem Kopf, die von Don Kaymans Funkgerät kam. »Machen Sie lieber erst Ihre Übungen.«

Roger grinste, ohne sich umzusehen. »Klar«, sagte er und setzte sich in Bewegung. Zuerst ging, dann trabte er, dann begann er zu laufen. Wenn er durch die Straßen von Tonka gefegt war, sah man ihn hier nur noch als Wischer. Er lachte laut. Er änderte die Frequenzreaktion seiner Augen, und die fernen, hochragenden Berge schimmerten stahlblau, die flache Ebene wurde zu einem Mosaik von Grün- und Gelb- und Rottönen.

»Das ist herrlich!«, flüsterte er, und die Empfänger im Lander fingen die fast lautlos gesprochenen Worte auf und gaben sie weiter an die Erde.

»Roger«, sagte Brad verdrossen, »es wäre mir lieb, wenn Sie sich zurückhalten könnten, bis wir den Jeep herausgeholt haben.«

Roger drehte sich um. Die beiden anderen standen an den Stufen der Fähre und klappten das Marsfahrzeug auf.

Er sprang fröhlich zu ihnen zurück.

»Soll ich helfen?«

Sie brauchten nicht zu antworten. Sie brauchten Hilfe; in ihren Anzügen war es mühselige Arbeit, den Gurt von einem der Flechträder zu ziehen.

»Macht Platz!«, sagte er, befreite die Räder und zog die Stelzfüße heraus. Der Jeep besaß beides. Räder für flaches Gelände, Stelzen zum Klettern. Es sollte das vielseitigste Fahrzeug sein, das der Mensch erfinden konnte, um sich auf dem Mars zu bewegen, aber das war es nicht. Das war Roger. Als er fertig war, berührte er sie und versprach: »Ich gehe nicht außer Sichtweite.« Und dann war er weg, fort, um die Farbflecken um eine Reihe von Hügeln zu sehen, Dali-grell und unwiderstehlich.

»Das ist gefährlich!«, murrte Brad über Funk. »Warten Sie, bis wir den Jeep ausprobiert haben! Wenn Ihnen etwas zustößt, sitzen wir in der Patsche.«

»Mir stößt nichts zu, und ihr sitzt nicht in der Patsche!«, sagte Roger. Er konnte nicht warten. Er gebrauchte seinen Körper für das, wofür er gebaut worden war, und mit der Geduld war es vorbei. Er rannte. Er sprang. Bevor er sich umsah, war er zwei Kilometer vom Lander entfernt; schaute sich um, sah, dass sie ihm langsam nachkrochen, und lief weiter. Sein Sauerstoffversorgungssystem steigerte die Pumpgeschwindigkeit, um die zusätzlichen Anforderungen zu erfüllen; seine Muskeln nahmen die Herausforderung elegant an. Es waren nicht seine Muskeln, die ihn antrieben, sondern die Servosysteme, die stattdessen eingebaut waren, aber es waren die winzigen Muskeln an den Nervenenden, die den Servos Befehle erteilten. Das ganze Üben zahlte sich aus. Es machte überhaupt keine Mühe, eine Geschwindigkeit von zweihundert Stundenkilometern zu erreichen, über kleine Risse und Krater hinwegzuspringen, die Hänge von größeren hinauf- und hinabzustürmen.

»Kommen Sie zurück, Roger!«, sagte Don Kayman besorgt.

Eine Pause, während Roger weiterlief, dann ein schwindelerregendes Gefühl von Bewegung in seinem Sichtbereich, und eine andere Stimme sagte: »Geh zurück, Roger! Es ist Zeit.«

Er blieb plattfüßig stehen, rutschte, ruderte mit den Flügeln in der fast nicht wahrnehmbaren Luft, fiel beinahe hin und fing sich. Die Stimme lachte. »Los, Schatz! Sei brav und geh jetzt zurück!«

Dorries Stimme.

Und aus dem fernen, dünnen Wirbeln des Treibsands verschmolzen die Farben zu Dorries Gestalt, um Dorries Stimme zu ergänzen, lächelnd, keine zehn Meter entfernt, die langen Beine in Shorts, ein buntes Oberteil um die Brust, das Haar im Wind flatternd.

Die Funkstimme in seinem Kopf lachte, diesmal mit dem Tonfall Don Kaymans.

»Eine Überraschung, nicht wahr?«

Roger brauchte einen Augenblick, bevor er antworten konnte.

»Ja«, brachte er endlich heraus.

»Das war Brads Idee. Wir haben Dorrie auf der Erde aufgezeichnet. Wenn Sie ein Notsignal brauchen, wird Dorrie es Ihnen liefern.«

»Ja«, sagte Roger noch einmal. Während er hinstarrte, löste sich die lächelnde Gestalt langsam auf, die Farben verblassten, und sie verschwand.

Er drehte sich um und ging zurück. Der Rückweg dauerte viel länger als der ungestüme Lauf vorher, und die Farben waren nicht mehr ganz so strahlend.

Don Kayman lenkte den Jeep auf die dahinstapfende Gestalt Roger Torraways zu und versuchte zu lernen, auf dem hopsenden Sitz zu bleiben, ohne in den Gurten hin und her geworfen zu werden. Bequem war das in keiner Weise. Der Anzug, der ihm auf den Leib geschneidert worden war, hatte enge Stellen und weite Stellen bekommen während der langen Monate des Fluges – oder vielleicht war er derjenige, der an manchen Stellen aufgequollen, an anderen geschrumpft war –, mit seinen Übungen hatte er es nicht so ganz genau genommen. Außerdem musste er auf die Toilette. Der Anzug besaß eine Einrichtung dafür, aber er wollte sie nicht benutzen.

Über dem Unbehagen lagerte ein Gefühl von Neid und Sorge. Der Neid war eine Sünde, von der er sich reinigen konnte, sobald er jemanden fand, bei dem er beichten konnte – es war höchstens eine lässliche Sünde, dachte er, wenn man die krassen Vorteile bedachte, die Roger den beiden anderen gegenüber besaß. Sorge war eine schwere Sünde, nicht seinem Gott, sondern dem Erfolg der Mission gegenüber. Es war zu spät, sich Sorgen zu machen. Vielleicht war es ein Fehler gewesen, die Simulation von Rogers Frau herzustellen, um dringende Meldungen zu übermitteln – damals hatte er noch nicht genau gewusst, wie vielschichtig Rogers Gefühle Dorrie gegenüber waren. Aber es war zu spät, dagegen noch etwas zu unternehmen.

Brad schien sich keine Sorgen zu machen. Er lachte leise und zufrieden über Rogers Darbietung.

»Haben Sie das gesehen?«, sagte er. »Nicht ein einziges Mal hingefallen! Perfekte Koordination. Normative Übereinstimmungen, Bio und Servo. Ich sage Ihnen, Don, wir haben es im Griff!«

»Ist noch ein bisschen früh, das zu sagen«, meinte Kayman unsicher, aber Brad sprach weiter. Kayman überlegte, ob er die Stimme in seinem Helm abschalten sollte, aber es war beinahe ebenso leicht, seine Aufmerksamkeit abzuschalten. Er schaute sich um. Sie waren in der Nähe des Sonnenaufgang-Terminators gelandet, hatten aber mehr als den halben Marstag mit den Vorbereitungen für den Ausstieg und die Montage des Jeeps verbraucht. Es wurde später Nachmittag. Sie würden zurück sein müssen, bevor es dunkel wurde, sagte er sich. Roger würde sich bei Sternenlicht zurechtfinden können, aber für ihn und Brad war es riskanter. Vielleicht ein andermal, wenn sie Übung hatten ... Er wollte das wirklich sehr gern, auf der ebenholzschwarzen Oberfläche einer Barsoom-Nacht zu schlendern, die Sterne Pünktchen farbigen Feuers an einem schwarzen Samthimmel. Aber noch nicht heute.

Sie befanden sich auf einer großen, mit Kratern über-
säten Ebene. Die Größe war zunächst schwer zu schätzen. Kayman schaute sich durch seine Helmscheibe
um und vermochte sich nur schwer zu erinnern, wie
weit die Berge entfernt waren. Sein Verstand wusste es,
weil er jedes Gitterquadrat der Marskarten zweihundert
Kilometer weit rund um ihre Landestelle kannte. Aber
seine Sinne wurden von der vollkommen durchsichtigen Sicht getäuscht. Die Berge im Westen waren, wie er
wusste, hundert Kilometer entfernt und fast zehn Kilometer hoch. Sie sahen aus wie nahe Vorberge.

Er trat auf die Kupplung und hielt an; sie waren auf
wenige Meter an Roger herangekommen. Brad befreite
sich von den Gurten und rutschte ungeschickt vom Sitz,
um schwerfällig auf Roger zuzuwanken und ihn anzu-
starren.

»Alles in Ordnung?«, sagte er besorgt. »Natürlich,
das sehe ich. Was macht das Gleichgewicht? Schließen Sie die Augen – schalten Sie das Sehen ab, meine
ich.« Er starrte sorgenvoll auf die Facettenhalbkugeln.
»Haben Sie es getan? Ich kann es nicht erkennen, wissen Sie.«

»Habe ich«, sagte Roger über das Radio in seinem
Kopf.

»Fein! Kein Schwindelgefühl, wie? Kein Problem,
das Gleichgewicht zu halten? Halten Sie die Augen geschlossen«, fuhr er fort, ging um Roger herum und betrachtete ihn von allen Seiten, »schwingen Sie die Arme
ein paarmal auf und ab – gut! Jetzt wirbeln damit – ge-
genläufig!« Kayman konnte sein Gesicht nicht sehen,

hörte aber das breite Grinsen aus Brads Stimme heraus. »Wunderbar, Roger! Optimal in jeder Beziehung!«

»Mein Glückwunsch für euch beide«, sagte Kayman vom Fahrzeug aus. »Roger?«

Der Kopf drehte sich ihm zu, und obwohl sich am Ausdruck der Augen nichts veränderte, wusste Kayman, dass Roger ihn ansah.

»Ich wollte nur sagen«, fuhr er fort, ohne so recht zu wissen, was mit dem Satz werden sollte, »dass ich – nun, es tut mir leid, dass wir das mit Dorries Abbild zur Übermittlung von Nachrichten so urplötzlich dahergebracht haben. Ich habe so das Gefühl, dass wir Ihnen zu viele Überraschungen liefern.«

»Schon gut, Don.« Der Haken bei Rogers Stimme war, dass man am Tonfall kaum etwas erkennen konnte, dachte Kayman wieder einmal.

»Nachdem ich das eingesehen habe«, fuhr er fort, »muss ich Ihnen sagen, dass wir noch eine Überraschung für Sie haben. Eine angenehme, glaube ich. Sulie Carpenter kommt zu uns herauf. Ihr Schiff müsste in fünf Wochen hier sein.«

Schweigen, und kein Ausdruck.

»Na«, sagte Roger schließlich, »das ist sehr angenehm. Sie ist ein feiner Mensch.«

»Ja.« Aber danach schien das Gespräch kein Ziel mehr zu haben, und außerdem drängte Brad darauf, Roger eine ganze Reihe von Bück- und Streckübungen machen zu lassen. Kayman erlaubte sich die Vorrechte eines Touristen. Er wandte sich ab, starrte zu den fernen Bergen hinüber, kniff die Augen vor der grellen

Sonne zusammen, die nicht einmal durch die automatische Verdunkelung seiner Sichtscheibe ganz erträglich wurde, und schaute sich um. Ungeschickt kniete er nieder und scharrte mit dem Handschuh kiesigen Schmutz zusammen. Es würde am nächsten Tag seine Aufgabe sein, mit dem systematischen Einsammeln von Proben für die Analyse auf der Erde zu beginnen. Selbst nach einem halben Dutzend bemannter Landungen und nahezu vierzig Instrumentenmissionen gab es nach wie vor ein unersättliches Bedürfnis nach Marsbodenproben in den Laboratorien der Erde. Aber im Augenblick gestattete er sich Tagträume. In diesem Sand gab es genug Brauneisenerz, und die Quarzkiesel waren keineswegs rund; die Kanten waren nicht scharf, aber auch nicht rund abgeschliffen. Er kratzte im Boden. Oben lag ein gelbliches Pulver, darunter war das Material dunkler und gröber. Er sah schimmernde Splitter, fast wie Glas. Quarz?, fragte er sich und scharrte beiläufig an einem herum.

Er erstarrte, mit den Händen einen unregelmäßig abgerundeten Klumpen Kristall umfassend.

Er hatte einen Stiel. Einen Stiel, der in den Boden hinabreichte. Der sich ausbreitete und zu dunklen, rauen Ranken teilte.

Wurzeln.

Don Kayman sprang auf und fuhr herum zu Roger und Brad.

»Schaut!«, schrie er, den herausgerissenen Klumpen in der Hand. »Lieber Gott im Himmel, *seht euch das an!*«

Und Roger, der sich geduckt hatte, fegte herum und sprang ihn an. Eine Hand stieß, den glitzernden Kristallklumpen fünfzig Meter hochwirbelnd, in die Luft und verbog das Metall des Handschuhs. Kayman spürte einen scharfen, zuckenden Schmerz in seinem Unterarm und sah die andere Hand wie die Klaue eines zornigen Kodiakbären auf seine Sichtscheibe einhämmern; und das war das Letzte, was er sah.

16

Über die Wahrnehmung von Gefahren

Vern Scanyon stellte sein Auto quer über den gelben Linien seines Parkplatzes ab, sprang heraus und presste den Daumen auf den Liftknopf. Er war noch keine vierzig Minuten wach, aber nicht im Geringsten verschlafen. Er war zornig und erschrocken. Der Terminsekretär des Präsidenten hatte ihn mit einem Anruf aus tiefem Schlaf gerissen, um mitzuteilen, dass der Präsident sein Flugzeug nach Tonka umdirigiert hatte, um die Probleme des Wahrnehmungssystems von Colonel Torraway zu besprechen. Genauer, um jemanden in den Hintern zu treten. Scanyon hatte nichts von Rogers plötzlicher Attacke auf Don Kayman gewusst, bis er in seinem Wagen saß und zum Projektgebäude raste, um sich mit dem Präsidenten zu treffen.

»Morgen, Vern.« Jonny Freeling wirkte verängstigt und wütend, wie der General. Scanyon ging an ihm vorbei in sein Büro.

Freeling sagte grollend: »Es ist nicht meine Verantwortung ...«

»Freeling!«

»Rogers Systeme haben ein wenig zu heftig reagiert. Anscheinend machte Kayman eine plötzliche Bewegung, und die Simulationssysteme stellten das als Bedrohung dar; Roger verteidigte sich und stieß Kayman weg.«

Scanyon starrte ihn an.

»Brach ihm den Arm«, verbesserte Freeling. »Es war nur ein einfacher Bruch, General. Keine Komplikationen. Er ist geschient, er wird folgenlos verheilen – er muss nur für einige Zeit mit einem Arm auskommen. Bedauerlich für Don Kayman, versteht sich. Er wird es nicht sehr bequem haben...«

»Zum Teufel mit Kayman! Warum hat er nicht gewusst, wie er sich bei Roger verhalten muss?«

»Nun, gewusst hat er es. Er hat etwas gefunden, das er für heimisches Leben hielt! Das war sehr aufregend. Er wollte nichts anderes als es Roger zeigen.«

»Leben?« Scanyons Augen wirkten hoffnungsvoller.

»Eine Art Pflanze, glauben sie.«

»Können sie das nicht beurteilen?«

»Tja, Roger scheint sie Kayman aus der Hand geschlagen zu haben. Brad suchte hinterher danach, konnte sie aber nicht finden.«

»Mensch«, schnaubte Scanyon. »Freeling, sagen Sie mir eines. Was für Versager arbeiten für uns?« Es war keine Frage, auf die es eine passende Antwort gab, und Scanyon wartete auch nicht darauf. »In etwa zwanzig Minuten«, sagte er, »wird der Präsident der Vereinigten Staaten durch diese Tür kommen, und er wird haarklein wissen wollen, was passiert ist und warum. Ich weiß nicht, was er fragen wird, aber was es auch ist, es gibt eine Antwort, die ich nicht geben will, nämlich: Das weiß ich nicht. Also heraus damit, Freeling! Erzählen Sie mir noch einmal von vorn, was geschehen ist, warum es schiefging, warum wir nicht vorausgesehen haben, dass es schiefgehen würde, und wie wir, verdammt noch mal, dafür sorgen können, dass es nicht wieder schiefgeht!«

Es dauerte etwas länger als zwanzig Minuten, aber dann hatten sie mehr Zeit als vermutet; die Maschine des Präsidenten landete verspätet, und bis Dash eintraf, war Scanyon so gut vorbereitet wie nur möglich. Sogar auf die Wut im Gesicht des Präsidenten.

»Scanyon«, fauchte Dash sofort, »ich habe Sie gewarnt, keine Überraschungen mehr. Das ist eine zu viel, und ich glaube, ich werde Sie fertigmachen.«

»Sie können nicht ohne Risiken einen Menschen auf den Mars setzen, Mr. President!«

Dash starrte ihn einen Augenblick lang an, dann sagte er: »Mag sein. Wie geht es dem Priester?«

»Er hat einen Speichenbruch, aber das wird wieder. Es gibt etwas Wichtigeres. Er glaubt, Leben auf dem Mars gefunden zu haben, Mr. President!«

Dash schüttelte den Kopf.

»Ich weiß, irgendeine Art Pflanze. Aber es ist ihm gelungen, sie zu verlieren.«

»Für den Augenblick. Kayman ist sehr tüchtig. Wenn er sagt, dass er etwas Bedeutsames gefunden hat, ist das so. Er wird es wiederfinden.«

»Das hoffe ich sehr, Vern. Winden Sie sich da nicht raus. Warum ist das passiert?«

»Eine leichte Überreaktion seiner Wahrnehmungssysteme. Das war es, Mr. President, und das war auch alles. Um ihn schnell und entschieden reagieren zu lassen, mussten wir Simulationszüge einbauen. Um seine Aufmerksamkeit auf vorrangige Mitteilungen zu richten, sieht er seine Frau mit ihm sprechen. Damit er auf Gefahren reagiert, sieht er etwas Erschreckendes. Auf diese Weise kann sein Kopf mit den Reflexen Schritt halten, die wir in seinem Körper eingebaut haben. Sonst würde er verrückt werden.«

»Dem Priester den Arm zu brechen war nicht verrückt?«

»Nein! Es war ein Unfall. Als Kayman auf ihn zusprang, legte er das als echten Angriff aus. Er reagierte. In diesem Fall war es falsch, Mr. President, und es hat uns einen gebrochenen Arm eingebracht, aber angenommen, es wäre eine wirkliche Bedrohung gewesen? Irgendeine Bedrohung? Er wäre mit ihr fertiggeworden. Wie sie auch ausgesehen hätte! Er ist unverwundbar, Mr. President. Nichts kann ihn je überraschen.«

»Ja«, sagte der Präsident, und nach einem kurzen Zögern: »Mag sein.« Er starrte eine Weile über Scanyons Kopf hinweg und sagte: »Und dieser andere Unfug?«

»Welcher Unfug, Mr. President?«

Dash zuckte gereizt die Achseln.

»Soviel ich höre, stimmt mit unseren ganzen Computervoraussagen etwas nicht, vor allem nicht mit den Umfragen.«

In Scanyons Kopf schrillten Alarmglocken. Er sagte

zögernd: »Mr. President, auf meinem Schreibtisch liegt eine Unmenge Papier, mit dem ich mich noch nicht befasst habe. Sie wissen, dass ich viel unterwegs gewesen bin...«

»Scanyon«, sagte der Präsident, »ich gehe jetzt. Bevor Sie etwas anderes tun, möchte ich, dass Sie sich die Papiere auf Ihrem Schreibtisch ansehen, das Bewusste finden und es lesen. Morgen früh um acht Uhr erwarte ich Sie in meinem Büro, und dann will ich wissen, was los ist, vor allem drei Dinge. Erstens will ich hören, dass es Kayman gut geht. Zweitens wünsche ich, dass das lebende Ding gefunden wird. Drittens will ich Bescheid wissen über die Computerprojektionen, und zwar genau. Bis morgen, Scanyon. Ich weiß, dass es erst fünf Uhr früh ist, aber legen Sie sich nicht mehr schlafen.«

Inzwischen hätten wir Scanyon und den Präsidenten in einer Beziehung beruhigen können. Das, was Kayman aufgehoben hatte, war tatsächlich eine Form von Leben. Wir hatten die Stichprobendaten durch Rogers Auge rekonstruiert, die Simulationen weggefiltert und gesehen, was er gesehen hatte. Dem Präsidenten oder seinen Beratern war noch nicht aufgegangen, dass das möglich war, aber sie würden es merken. Es war nicht möglich, genaue Einzelheiten zu erkennen, der begrenzten Anzahl verfügbarer Bits halber, aber der Gegenstand war annähernd von der Form einer Artischocke, die groben Blätter nach oben gerichtet und ein wenig wie ein Pilz: Über dem Ganzen befand sich eine Kristallkappe aus durchsichtigem Material. Er besaß Wurzeln, und wenn

er nicht ein künstliches Erzeugnis war (Wahrscheinlichkeit höchstens 0,001), musste er eine Form von Leben
sein. Wir fanden das nicht sehr interessant, außer natürlich darin, dass das allgemeine Interesse am Marsprojekt verstärkt werden würde. Was die Zweifel bezüglich
der Computersimulationen anging, war unser Interesse viel größer. Wir hatten diese Entwicklung schon
seit einiger Zeit verfolgt, genau, seitdem ein graduierter Student namens Byrne ein System-360-Programm
geschrieben hatte, um die Überprüfung einiger Umfra-
geergebnisse durch seinen Tischrechner noch einmal
zu überprüfen. Wir waren so besorgt wie der Präsident,
aber die Wahrscheinlichkeit ernsthafter Folgen schien
auch dort ganz gering zu sein, zumal da alles andere
sehr gut lief. Der MHD-Generator wartete schon auf die
Kurskorrekturen für den Eintritt in die Umlaufbahn;
wir hatten einen Standplatz für ihn im Krater Voltaire
auf dem Mond Deimos ausgesucht. Noch weit dahinter kam das Raumfahrzeug mit der 3070 und der Zwei-
mannbesatzung, zu der Sulie Carpenter gehörte. Und
auf dem Mars hatte man schon begonnen, dauerhafte
Anlagen zu errichten. Man war ein bisschen im Rück-
stand. Kaymans Unfall hatte die Arbeit verlangsamt,
nicht nur wegen der Verletzung, die er davongetragen,
sondern auch wegen der Dinge, die Brad bei Roger für
unerlässlich hielt: Er zerlegte seinen Tornistercomputer, um ihn auf Defekte zu überprüfen. Es gab keine.
Aber sich zu vergewissern erforderte zwei Marstage,
und dann nahmen sie sich, weil Kayman sie anflehte,
die Zeit, seine Lebensform zu finden. Sie fanden sie,

oder nicht sie direkt, sondern Dutzende von Exempla-
ren derselben Art, und Brad und Roger ließen Kayman
in der Landefähre sitzen und sie studieren, während sie
ihre Kuppeln zu bauen begannen.

Der erste Schritt bestand darin, ein Marsgebiet zu finden, das die geeignete Geologie besaß. Die Oberfläche
sollte dem Erdboden möglichst gleichen, aber nicht zu
tief darunter musste festes Gestein sein. Sie mussten
einen halben Tag lang Sprengstäbe in den Boden hämmern und den Echos lauschen, um sicher zu sein, dass
sie das hatten.

Dann wurden mühsam die Sonnengeneratoren ausgebreitet, und man kochte das im Gestein gebundene
Wasser unter der Oberfläche heraus. Als das erste win-
zige Dampfwölkchen über dem Rohr erschien, jubelten
sie. Man hätte es leicht übersehen können. Die völlig
trockene Luft auf dem Mars riss jedes Molekül an sich,
kaum dass es aus dem Rohr herauskam. Aber wenn
man sich über das Ventil beugte, konnte man einen
schwachen, unregelmäßig begrenzten Dunst sehen, der
die Formen dahinter verzerrte. Es war wirklich Wasserdampf.

Der nächste Schritt war, drei riesige Bahnen mono-
molekularen Überzugs auszubreiten, zuerst den kleins-
ten, den größten obenauf und den obersten rundum am
Boden festzuschweißen. Dann trugen sie die Pumpen
zum Marsfahrzeug und schalteten sie ein. Die Marsat-
mosphäre war extrem dünn, aber vorhanden; die Pumpen würden schließlich die Kuppeln füllen, teils mit
dem komprimierten Kohlendioxid und Stickstoff aus

der Atmosphäre, teils mit dem Wasserdampf, den sie aus dem Fels kochten. Es gab darin gewiss keine erwähnenswerte Menge Sauerstoff, aber sie brauchten Sauerstoff nicht zu suchen; sie würden ihn erzeugen, genauso, wie die Erde Sauerstoff erzeugte: durch das Wirken fotosynthetischer Pflanzen.

Die Außenkuppel würde vier oder fünf Tage brauchen, um sich auf das vorgesehene Viertelkilogramm Druck aufzufüllen. Dann würden sie anfangen, die zweite zu füllen, bis fast auf ein Kilogramm (wodurch der Druck im sich verringernden Raum der Außenhülle um etwa ein halbes Kilogramm steigen würde). Schließlich würden sie die Innenkuppel auf zwei Kilogramm Druck füllen und damit eine Umwelt geschaffen haben, in der Menschen ohne Druckanzüge leben und sogar atmen konnten, sobald die Pflanzen ihnen Atemluft lieferten.

Roger brauchte davon natürlich nichts. Er brauchte den Sauerstoff nicht; er brauchte nicht einmal die Pflanzen als Nahrung, oder nicht viel und noch für lange Zeit nicht. Er konnte vielleicht für immer seinen Energiebedarf vom nie schwindenden Licht der Sonne decken, dazu mit dem, was vom MHD-Generator heruntergeschickt werden konnte, sobald er aufgestellt war. Was für den winzigen Rest von ihm, der menschlich war, gebraucht wurde, konnte leicht durch die konzentrierte Nahrung aus dem Schiff gedeckt werden, und zwar für lange Zeit; und erst dann, vielleicht nach zwei Marsjahren, würde er anfangen müssen, sich auf das zu stützen, was aus den Hydroponiktanks und den Samen kam, die sie schon in versiegelten Treibhauskästen unter den Dächern zogen.

Das Ganze dauerte mehrere Tage, weil Kayman keine große Hilfe war. Einen Druckanzug an- und auszuziehen war eine Qual für ihn, sodass sie ihn die meiste Zeit in der Landefähre ließen. Als es Zeit wurde, die Tanks sorgfältig gehorteten Düngeschlamms aus ihren Toilettenanlagen zur Kuppel zu bringen, half Kayman mit. »Die Handreichung beschränkt sich auf eine«, sagte er und versuchte den Magnesiumrechen zu erfassen, indem er seinen unversehrten Arm herumlegte.

»Sie halten sich prächtig«, sagte Brad aufmunternd. In der innersten Kuppel herrschte schon genug Druck, um sie über ihren Köpfen zu blähen, aber nicht ganz genug, dass sie die Druckanzüge hätten ablegen können. Was ganz gut war, dachte Brad; auf diese Weise konnten sie nicht riechen, was sie in den sterilen Boden rührten.

Bis die Kuppel ganz aufgeblasen war, erreichte der Druck hundert Millibar. Das ist der Druck der Erdatmosphäre in einer Höhe von etwa sechzehn Kilometern über dem Meer. Keine Umwelt, in welcher der nackte Mensch lange überleben und arbeiten kann, aber eine, in der er nur stirbt, wenn ihn etwas tötet. Die Hälfte dieses Drucks wäre augenblicklich tödlich gewesen; seine Körpertemperatur hätte seine Flüssigkeiten verkocht.

Aber als der Innendruck die 100 Millibar erreichte, drängten sie alle drei durch die drei hintereinander-liegenden Luftschleusen, und Brad und Don Kayman zogen feierlich ihre Druckanzüge aus. Brad und Kayman legten zum Atmen Nasen-Mundstücke an, ähnlich wie bei Sauerstoffgeräten für Taucher; innerhalb der Kuppel gab es noch immer keinen erwähnenswerten Sauerstoff. Aber sie bekamen reinen Sauerstoff von den Behältern auf ihrem Rücken geliefert, und damit waren sie erstmals beinahe so frei wie Roger, innerhalb eines verpflanzten Stücks Erde, das einen Durchmesser von hundert Metern hatte und so groß war wie ein zehnstöckiges Gebäude.

Und hier begannen die Samen, die sie eingepflanzt hatten, in ordentlichen Reihen schon zu sprießen und zu wachsen.

In der Zwischenzeit...

Das Raumfahrzeug mit dem magnetohydrodynamischen Generator erreichte die Marsumlaufbahn, erreichte mithilfe General Hesburghs Deimos und ließ sich im Krater nieder. Es war ein perfektes Aufsetzen. Das Fahrzeug fuhr seine Stützen aus, um das Mondgestein zu berühren, bohrte sie hinein und verankerte sich. Ein kurzer Schub aus dem Manövriersystem prüfte die Stabilität: Es war jetzt ein Bestandteil von Deimos. Das Energiesystem lief an. Eine Fusionsflamme weckte die Plasmafeuer. Radar griff hinaus, um das Ziel auf der Fähre zu finden, dann ortete es die Kuppel. Die Energiedichte des Feldes war, als die Energie zu strömen begann, niedrig genug, sodass Brad und Kayman darin herumgehen konnten, ohne etwas wahrzunehmen, und für Roger war es wie die wohlige Wärme von Sonnenlicht, aber die Stanniolstreifen in der Außenkuppel sammelten die Mikrowellenenergie und lenkten sie zu den Pumpen und Batterien.

Der Fusionstreibstoff hatte eine Lebenszeit von fünfzig Jahren. Zumindest so lange würde es Energie für Roger und seinen Tornistercomputer auf dem Mars geben, gleichgültig, was auf der Erde geschehen mochte.

Und in der Zwischenzeit...

Gab es weitere Ankopplungen.

Auf der langen Spirale von der Erde herauf hatten Sulie Carpenter und ihr Pilot Dinty Meighan zu viel Zeit und fanden einen Weg, sich zu beschäftigen.

Der Akt des Kopulierens im freien Fall wirft gewisse Probleme auf. Zuerst musste Sulie einen Gurt um ihre Hüften legen, dann umarmte Dinty sie mit den Armen, und Sulie schlang die Beine um ihn. Ihre Bewegungen waren so langsam wie unter Wasser. Sulie brauchte eine lange, sanfte, verträumte Zeit, um den Höhepunkt zu erreichen, und Dinty war sogar noch langsamer. Danach mussten sie kaum schwer atmen. Sulie reckte sich und gähnte.

»Schön«, sagte sie schläfrig. »Das wird mir in Erinnerung bleiben.«

»Mir auch«, sagte er, sie missverstehend. »Ich glaube, das ist die beste Methode. Beim nächsten Mal...«

Sie schüttelte den Kopf.

»Kein nächstes Mal, Dinty, mein Lieber. Das war alles.«

Er legte den Kopf zurück und sah sie an.

»Was?«

Sie lächelte. Ihr rechtes Auge war nur Zentimeter von seinem linken entfernt, und sie sahen einander seltsam verkürzt. Sie reckte den Hals und rieb ihre Wange zart an seiner stoppligen.

Er zog die Brauen zusammen, machte sich los und kam sich plötzlich nackt vor. Er zog seine Shorts hinter dem Handgriff hervor, wo er sie hineingesteckt hatte, und schlüpfte hinein.

»Sulie, was ist los?«

»Gar nichts ist los. Wir sind fast an der Umlaufbahn, das ist alles.«

Er schob sich zurück durch die enge Kabine, um sie besser sehen zu können. Es lohnte sich. Ihr Haar war wieder blond, ihre Augen waren ohne die Kontaktlinsen braun, und selbst nach zweihundert Tagen, in denen sie nie mehr als zehn Meter von ihm entfernt gewesen war, sah sie immer noch gut aus.

»Ich hätte nicht gedacht, dass du noch Überraschungen parat hast«, staunte er.

»Bei einer Frau weiß man das nie.«

»Na komm, Sulie! Was soll das? Das klingt so, als hättest du von Anfang an geplant... He!« Er kam auf einen Gedanken. »Du hast dich freiwillig für den Flug gemeldet... *nicht,* um auf den Mars zu kommen, sondern wegen *eines Mannes*! Richtig? Einem von denen, die uns voraus sind?«

»Du bist sehr aufgeweckt, Dinty.«

»Wer ist es? Brad? Hesburgh? Doch nicht etwa der Priester?... oh, warte mal!« Er nickte. »Na klar! Der, mit dem du auf der Erde zu tun hattest. Der Cyborg!«

»Colonel Roger Torraway, der Mensch«, verbesserte sie. »So menschlich wie du, bis auf einige Verbesserungen.«

Er lachte, eher verärgert als belustigt.

»Eine Menge Verbesserungen – aber keine Eier, kein Schwanz, nichts.«

Sulie löste die Gurte.

»Dinty«, sagte sie freundlich, »es hat Spaß gemacht mit dir, und ich schätze dich, und du bist eine so angenehme Gesellschaft auf dieser gottverdammten, ewigen Reise gewesen, wie man sie sich nur wünschen kann. Aber es gibt ein paar Dinge, die ich von dir nicht hören will. Du hast recht. Roger hat keine Hoden, jedenfalls nicht jetzt. Aber er ist ein Mensch, den ich achten und lieben kann, und er ist der einzige in dieser Art, den ich in letzter Zeit gefunden habe. Glaube mir, ich habe mich umgesehen.«

»Danke!«

»Nicht so, lieber Dinty. Du weißt, dass du in Wirklichkeit gar nicht eifersüchtig bist. Du hast schon eine Frau.«

»Nächstes Jahr hab ich eine! Das ist noch weit, weit weg.« Er zuckte die Achseln und grinste. »Ach, Sulie, so hör doch! Es gibt Dinge, da kannst du mir nichts vormachen. Du bumst eben gern!«

»Ich mag Körperberührung und Intimität«, verbesserte sie, »und ich mag es, wenn ich zum Höhepunkt komme. Mir gefällt das alles aber noch besser mit jemandem, den ich liebe, Dinty. Nichts für ungut.«

Er machte ein finsteres Gesicht.

»Da musst du noch lange warten, Süße.«

»Vielleicht nicht.«

»Was du nicht sagst. Ich sehe Irene sieben Monate lang nicht. Aber du – du kommst nicht früher zurück als ich, und dann geht es erst an. Sie müssen ihn für dich wieder zusammenbauen. Immer vorausgesetzt, dass sie das überhaupt *können*. Scheint eine arg lange Zeit zu werden, bis du wieder drankommst.«

»Oh, Dinty. Glaubst du nicht, dass ich mir das alles überlegt habe?« Sie streichelte ihn auf dem Weg zu ihrem Spind. »Sex ist nicht nur Koitus. Es gibt mehr Wege zum Orgasmus, als mit einem Penis in meiner Vagina. Und Sex ist auch mehr als Orgasmus. Von Liebe ganz zu schweigen. Roger«, fuhr sie fort und wand sich in ihren Overall, weniger der Züchtigkeit als der Taschen wegen, »ist ein erfindungsreicher, liebevoller Mensch, und ich bin es auch. Wir kommen zurecht – jedenfalls so lange, bis der Rest der Kolonisten landet.«

»Rest?«, stammelte er. »Rest der *Kolonisten*?«

»Ist dir das noch nicht klar geworden? Ich gehe mit euch nicht zurück, Dinty, und Roger wird es auch nicht tun, glaube ich. Wir werden Marsbewohner sein!«

Und inzwischen saß der Präsident der Vereinigten Staaten im Oval Office des Weißen Hauses Vern Scanyon und einem jungen, kaffeebraunen Mann mit getönter Brille und der Figur eines Rugbyspielers gegenüber.

»Sie sind das also«, sagte er und sah ihn prüfend an. »Sie glauben, wir wüssten nicht, wie man eine Computerstudie durchführt.«

»Nein, Mr. President«, erwiderte der junge Mann ruhig. »Ich glaube nicht, dass das wirklich das Problem ist.«

Scanyon hustete.

»Byrne ist graduierter Student vom M.I.T.«, sagte er. »Seine Doktorarbeit befasst sich mit der Stichprobenerhebungsmethodologie, und wir haben ihm Zugang zu... ah... geheimem Material erlaubt. Vor allem zu Umfragestudien über die Einstellung zum Projekt.«

»Aber nicht zu einem Computer«, sagte Byrne.

»Nicht zu einem großen«, verbesserte Scanyon. »Sie hatten Ihre eigene Tisch-Dataplex.«

»Weiter, Scanyon«, sagte der Präsident ruhig.

»Nun, er kam zu anderen Ergebnissen. Nach seiner Auslegung war die öffentliche Meinung zur ganzen Frage der Marsbesiedelung... nun... ah... von Apathie bestimmt. Sie erinnern sich, Mr. President, dass die Ergebnisse damals strittig waren. Dass die Rohdaten durchaus nicht ermutigend aussahen? Als wir sie aber analysierten, waren sie auf – wie nennt man das? – zwei Sigmas positiv. Ich habe nie verstanden, wieso.«

»Haben Sie nachgeprüft?«

»Gewiss, Mr. President! Nicht ich persönlich«, fügte Scanyon hastig hinzu. »Das war nicht meine Verantwortung. Aber ich bin sicher, dass die Analysen bestätigt worden sind.«

»Dreimal, mit drei verschiedenen Programmen«, warf Byrne ein. »Natürlich gab es kleine Abweichungen. Aber sie waren alle bedeutsam und zuverlässig. Sie stimmten erst dann nicht mehr, als ich sie durch mein Tischgerät laufen ließ. Und so sieht es nun aus, Mr. President. Wenn man die Zahlen durch irgendeinen Großcomputer im Netz laufen lässt, bekommt man ein Ergebnis. Wenn man sie mit einer kleinen, isolierten Maschine verarbeitet, erhält man ein anderes.«

Der Präsident trommelte mit den Fingern auf den Schreibtisch.

»Und Ihre Schlussfolgerung?«

Byrne zuckte mit den Achseln. Er war dreiundzwanzig Jahre alt, und seine Umgebung schüchterte ihn ein. Er suchte mit einem Blick bei Scanyon Hilfe, fand aber keine und sagte: »Das müssen Sie jemand anderen fragen, Mr. President. Ich kann Ihnen nur meine eigene Vermutung liefern. Jemand murkst an unserem Computernetz herum.«

Der Präsident rieb sich nachdenklich den linken Nasenflügel und nickte langsam. Er sah Byrne kurz an und sagte dann, ohne die Stimme zu erheben: »Carousso, kommen Sie herein. Mr. Byrne, was Sie in diesem Raum hören und sehen, ist streng geheim. Wenn Sie gehen, wird Mr. Carousso dafür sorgen, dass Sie darüber informiert werden, was das im Einzelnen bedeutet. Im Grunde vor allem, dass Sie nicht darüber sprechen dürfen. Mit keinem Menschen. Zu keiner Zeit.«

Die Tür zum Vorzimmer des Präsidenten ging auf, und ein hochgewachsener, breitschultriger Mann kam herein. Byrne starrte ihn an; Charles Carousso, der Chef der CIA!

»Was ist damit, Chuck?«, fragte der Präsident. »Was ist mit ihm?«

»Wir haben Mr. Byrne natürlich überprüft«, sagte der CIA-Mann. »Es gibt nichts, was gegen ihn spräche – das werden Sie sicher gerne hören, Mr. Byrne. Und was er sagt, stimmt. Es sind nicht nur die Umfragen. Die Kriegsprojektionen, die Kosten-Nutzen-Studien – über das Netz geleitet, ergibt sich das eine, auf unabhängigen Rechenmaschinen verarbeitet, etwas anderes. Ich gebe Mr. Byrne recht. Unser Computernetz wird manipuliert.«

Der President presste die Lippen zusammen, als wolle er zurückhalten, was sich aufdrängte. Er sagte schließlich nur: »Ich möchte, dass Sie feststellen, wie es dazu kommen konnte, Chuck. Aber die Frage ist jetzt: Wer? Die Asiaten?«

»Nein, Sir! Das haben wir nachgeprüft. Es ist ausgeschlossen.«

»Quatsch – ausgeschlossen!«, schrie der Präsident. »Wir wissen, dass sie unsere Leitungen schon einmal angezapft haben, bei der Simulation von Roger Torraways Systemen!«

»Mr. President, das ist etwas ganz anderes. Wir haben die Anzapfstelle gefunden und neutralisiert. Sie befand sich an den Bodenkabeln an einer nicht geheimen Verbindung. Die Kommunikationsschaltungen unserer großen Anlagen sind absolut dicht.« Er warf einen Blick auf Byrne. »Sie haben einen Bericht über die verwendeten Methoden, Mr. President; ich gehe ihn gern noch einmal mit Ihnen durch.«

»Ach, meinetwegen brauchen Sie sich keine Sorgen zu machen«, sagte Byrne und lächelte zum ersten Mal.

»Jeder weiß, dass die Verbindungen vielfach zerhackt werden. Wenn Sie mich überprüft haben, wissen Sie sicher, dass viele von uns Graduierten versucht haben, die Leitungen anzuzapfen, und dass es uns nie gelungen ist.«

Carousso nickte.

»Das dulden wir übrigens, Mr. President. Das ist eine gute Erprobung für unsere Sicherheitsmaßnahmen. Wenn Leute wie Mr. Byrne keinen Weg finden, die Hindernisse zu überwinden, bezweifle ich, dass es den Asiaten gelingt. Und die Blockierungen sind dicht. Sie müssen es sein. Sie kontrollieren die Leitungen zur Kriegsanlage in Butte, zum Statistischen Amt, zur UNESCO...«

»Augenblick!«, schnauzte der Präsident. »Soll das heißen, dass unsere Anlagen sowohl mit der UNESCO verbunden sind, wo die Asiaten Zugang haben, wie mit der Kriegsanlage?«

»Es kann absolut nichts undicht werden.«

»Es *ist* aber eine undichte Stelle da, Carousso!«

»Nicht für die Asiaten.«

»Sie haben mir eben gesagt, ein Kabel führe zur Kriegsanlage und ein anderes direkt zu den Asiaten, mit dem Umweg über die UNESCO!«

»Trotzdem, Mr. President, ich garantiere, dass es nicht die Asiaten sind. Das wüssten wir. Sämtliche Großcomputer sind auf irgendeine Weise miteinander verbunden. Das heißt so viel, als sage man, es gebe von jedem Ort zu jedem anderen eine Straße. Das ist der Fall. Aber es gibt Straßensperren. Das NVA kann auf keine Weise Zugang zur Kriegsanlage erhalten, oder zu den meisten dieser Studien. Und wenn sie es doch geschafft hätten, wüssten wir das aus geheimen Quellen. Es ist nicht der Fall gewesen. Und können Sie sich außerdem irgendeinen Grund vorstellen, weshalb das NVA Ergebnisse fälschen sollte, um uns zur Kolonisierung des Mars zu drängen, Mr. President?«

Der Präsident trommelte mit den Fingern und schaute sich im Zimmer um. Schließlich seufzte er.

»Ich bin bereit, mich Ihrer Logik anzuschließen, Chuck. Aber wenn es nicht die Asiaten waren, die unsere Computer manipuliert haben, wer dann?«

Der CIA-Chef schwieg düster.

»Und«, fauchte Dash, »zum Teufel noch mal, *warum?*«

17

Ein Tag im Leben eines Marsianers

Roger konnte den sanften Mikrowellenregen, der vom Deimos herabkam, nicht sehen, aber er spürte ihn als behagliche Wärme. Wenn er in der Nähe war, breitete er seine Flügel darin aus und saugte Kraft auf. Außerhalb des Strahls trug er einen Teil davon in seinen Akkumulatoren mit. Es gab jetzt keinen Grund mehr für ihn, Kraft und Energie zu sparen. Nachschub strömte vom Himmel herab, sobald Deimos über dem Horizont stand. Es gab an jedem Tag nur einige Stunden, in denen weder die Sonne noch der weiter entfernte Mond am Himmel standen, und seine Speicherkapazität war mehr als ausreichend genug für diese kurzen Perioden.

Innerhalb der Kuppeln stahlen die Metallfolienantennen die Energie natürlich weg, bevor sie ihn erreichte, sodass er seine Zeit, die er mit Brad und Kayman verbrachte, begrenzte. Es machte ihm nichts aus. Das war ihm sogar lieber. Jeden Tag wurde die Kluft zwischen ihm und ihnen ohnehin größer. Sie würden zu ihrem Planeten zurückkehren, Roger würde auf dem seinen bleiben. Er hatte ihnen das noch nicht gesagt, aber sich schon entschlossen. Die Erde erschien ihm nur noch wie ein angenehmer, drolliger Ort im Ausland, den er einmal besucht und nicht übermäßig sympathisch gefunden hatte. Die Schmerzen und Gefahren der irdischen Menschheit waren nicht mehr die seinen. Nicht einmal, wenn sie seine eigenen persönlichen Schmerzen und seine eigenen Ängste gewesen waren.

Im Innern der Kuppel pflanzte Brad, der nur einen Slip und einen Sauerstoffbehälter trug, begeistert Karottensämlinge zwischen die Reihen von sibirischem Hafer.

»Wollen Sie mir helfen, Rog?« Seine Stimme klang in der dünnen Atmosphäre schrill; er nahm in regelmäßigen Abständen das Mundstück vor seinem Kinn zwischen die Lippen, und wenn er ausatmete, wurde die Stimme ein wenig tiefer, klang aber immer noch fremdartig.

»Nein, Don möchte, dass ich ihm noch mehr Exemplare besorge. Ich bleibe über Nacht fort.«

»Gut.« Brad interessierte sich mehr für seine Sämlinge als für Torraway, und Torraway hatte kein großes Interesse mehr an Brad. Manchmal erinnerte er sich daran, dass dieser Mann der Liebhaber seiner Frau gewesen war, aber um so etwas noch fühlen zu können, musste er sich daran erinnern, dass er eine Frau gehabt hatte. Es schien der Mühe nicht wert zu sein. Viel interessanter waren die Herausforderung des hohen, schalenförmigen Tales hinter der fernen Bergkette und sein eigenes, privates Farmgrundstück. Seit Wochen brachte er nun Proben von Marsleben zu Don Kayman. Sie waren nicht häufig – zwei oder drei auf einmal, vielleicht, und im Umkreis von Hunderten von Metern sonst nichts. Aber sie waren nicht schwer zu finden – nicht für ihn. Nachdem er einmal gelernt hatte, ihre besondere Farbe zu erkennen – die harten UV-Wellen, die ihre Kristallkappen abstrahlten, damit sie in der rauen Strahlungsumwelt überleben konnten –, war es zum Reflex geworden, seine Sehbandbreiten zu verengen, bis er nur noch diese Wellenlänge sah, und dann traten sie auf einen Kilometer weit hervor.

So hatte er ein Dutzend davon mitgebracht, und dann hundert; es schien vier unterscheidbare Arten zu geben, und es dauerte nicht lange, bis Kayman ihn bat aufzuhören. Er hatte alle Proben, mit denen er sich befassen konnte, und ein halbes Dutzend mehr von jeder Art in Formalin, um sie zur Erde zurückzubringen, und seine sanfte, dem Bewahren verpflichtete Seele scheute davor zurück, die Ökologie auf dem Mars zu beeinträchtigen. Roger begann einige davon in Kuppelnähe einzupflanzen. Er sagte sich, er wolle nur sehen, ob der Überfluss an Energie, der vom Generator herabgestrahlt wurde, den heimischen Lebensformen Schäden zufügte.

Aber innerlich wusste er, dass das in Wirklichkeit Gärtnerei war. Es war sein Planet, und er verschönte ihn für sich.

Er verließ die Kuppel, reckte sich einen Augenblick lang in der doppelten Wärme von Sonne und Mikrowellen behaglich, dann überprüfte er seine Batterien. Sie konnten es vertragen, ganz aufgefüllt zu werden; er befestigte die Anschlüsse an seinem Tornister und am leise surrenden Akkumulator der Kuppel, und ohne zur

Landefähre hinüberzublicken, sagte er: »Ich gehe jetzt, Don.«

Kaymans Stimme antwortete sofort über Funk.

»Melden Sie sich spätestens nach zwei Stunden, Roger. Ich möchte Sie nicht suchen müssen.«

»Sie machen sich zu viele Sorgen«, sagte Roger, löste die Anschlüsse und verstaute sie.

»Sie sind nur ein Übermensch«, murrte Kayman. »Sie sind nicht der liebe Gott. Sie könnten stürzen, sich etwas brechen...«

»Bestimmt nicht. Brad? Auf bald!«

Brad blickte in der Dreifachkuppel über die schulterhohen Weizenhalme und winkte. Seine Züge waren hinter den dünnen Wänden nicht auszumachen; der Plastikstoff hielt einen Großteil der UV-Strahlen fern, und damit wurden auch Strahlen sichtbaren Lichts geknickt. Aber Roger konnte ihn winken sehen.

»Passen Sie auf sich auf! Rufen Sie uns, bevor Sie außer Sichtweite geraten, damit wir wissen, wann wir anfangen müssen, uns Sorgen zu machen!«

»Ja, Mutter.« Seltsam, dachte Roger. Er mochte Brad sogar ganz gern. Die Situation interessierte ihn als abstraktes Problem. Lag es daran, dass er verschnitten war? In seinem Körper kreiste Testosteron, die Steroideinpflanzung sorgte dafür. Seine Träume hatten manchmal sexuelle Inhalte, und manchmal handelten sie von Dorrie, aber die hohle Verzweiflung und der Zorn, mit denen er auf der Erde gelebt hatte, waren auf dem Mars geschwunden.

Er war schon fast einen Kilometer von der Kuppel entfernt, lief leichtfüßig in der warmen Sonne dahin, jeder Schritt genau dort, wo er sicheren Halt fand, jedes Abstoßen beförderte ihn genau um die gleiche Entfernung in die Höhe und nach vorn. Sein Sehvermögen war auf energiearmer Überblicksstufe, die wie ein Tropfen geformt war, dessen Spitze dort war, wo er sich befand, und dessen fünfzig Meter durchmessende Keule über hundert Meter vor ihm lag. Den Rest der Landschaft nahm er trotzdem wahr. Wenn etwas Ungewöhnliches aufgetaucht wäre – vor allem, wenn sich etwas bewegt hätte –, er hätte es auf der Stelle gesehen. Aber es lenkte ihn nicht von seinen Gedanken ab. Er versuchte sich zu erinnern, wie Sex mit Dorrie gewesen war. Es fiel nicht schwer, sich die objektiven, physischen Parameter ins Gedächtnis zu rufen. Viel schwerer war es zu fühlen, was er im Bett mit ihr gefühlt hatte; es war, als versuche er sich an den sinnlichen Genuss eines Schoko-Milchgetränks zu erinnern, als er elf Jahre alt gewesen war, oder an seinen ersten Joint mit fünfzehn. Es war leichter, etwas für Sulie Carpenter zu empfinden, obwohl er, soweit er sich erinnern konnte, bei ihr nie etwas anderes berührt hatte als ihre Fingerspitzen, und auch das nur zufällig. (Natürlich hatte sie ihn überall berührt.) Er hatte von Zeit zu Zeit darüber nachgedacht, dass Sulie auf den Mars kommen würde. Zuerst war ihm das als Bedrohung erschienen, dann interessant, eine Veränderung, auf die man sich freuen konnte. Und nun – nun wollte er, dass es schnell geschah. Roger begriff, nicht erst in vier Tagen, wenn sie landen sollte, nachdem ihr Pilot die

3070 und den MHD-Generator an Ort und Stelle überprüft hatte. *Schnell.* Sie hatten über Funk ein paar beiläufige Grüße ausgetauscht. Er wollte sie näher haben.
Er wollte sie berühren...

Vor ihm entstand das Bild seiner Frau, im selben ein-
tönigen Sonnenanzug.

»Melde dich lieber, Schatz«, sagte sie.

Roger blieb stehen und schaute sich um, bei voller
Sicht im Erdnormspektrum.

Er war fast auf halbem Weg zu den Bergen, gute zehn
Kilometer von der Kuppel und der Landefähre entfernt.
Er war bergauf gelaufen, und das flache Gelände begann
sich zu wellen; er konnte kaum das Kuppeldach sehen,
und die Antennenspitze des Landers dahinter war ein
winziger Strich. Ohne bewusste Bemühung breiteten
sich seine Flügel hinter ihm aus, um sein Funksignal
genauer zu lenken, wie ein Rufender die Hände an den
Mund legt.

»Alles okay«, sagte er, und Don Kaymans Stimme
antwortete in seinem Kopf: »Das ist gut, Roger. In drei
Stunden wird es dunkel.«

»Ich weiß.« Und in der Dunkelheit würde die Temperatur stürzen, in sechs Stunden mochte sie bei minus achtzig Grad liegen. Aber Roger war schon vorher
im Dunkeln unterwegs gewesen, und alle seine Systeme
hatten hervorragend gearbeitet. »Ich melde mich wieder, wenn ich hoch genug an einem Hang bin, um euch
zu erreichen«, versprach er, drehte sich um und stieg
weiter zu den Bergen hinauf. Die Atmosphäre war duns-
tiger als vorher. Er ließ sich von seinen Hautrezeptoren

berichten und erkannte, dass der Wind stärker wurde. Ein Sandsturm? Er hatte auch so etwas überstanden; wenn es schlimm wurde, konnte er sich irgendwo ein-igeln, bis es aufhörte, aber es würde sehr schlimm sein müssen, um das erforderlich zu machen. Er grinste in-nerlich – mit seinem neuen Gesicht konnte er das noch nicht zuverlässig genug – und lief weiter ...

Bei Sonnenuntergang war er im Schatten der Berge, hoch genug, um die mehr als zwanzig Kilometer ent-fernte Kuppel deutlich sehen zu können.

Der Sandsturm lag nun unter ihm und schien sich zu entfernen. Er war zweimal kurz stehen geblieben und hatte gewartet, die Flügel um sich eingerollt. Aber das war nur eine routinemäßige Vorsichtsmaßnahme gewe-sen; zu keiner Zeit hatte es sich um mehr als um eine Belästigung gehandelt. Er wölbte die Flügel hinter sich und sagte über seine Funkeinrichtung: »Don? Brad? Euer Wanderbursche meldet sich.«

Die Antwort in seinem Kopf war krächzend und ver-zerrt, ein unangenehmes Gefühl, als fahre man mit den Zähnen über Schmirgelpapier.

»Ihr Signal ist miserabel, Rog. Alles okay?«

»Sicher.« Aber er zögerte. Die statischen Störungen vom Sturm waren schlimm genug, sodass er im ersten Augenblick nicht sicher gewesen war, wer von seinen Begleitern sich gemeldet hatte; erst dann hatte er Brads Stimme erkannt. »Vielleicht kehre ich jetzt um«, sagte er.

Die anderen Stimmen, noch verzerrter: »Sie würden einen alten Priester glücklich machen, wenn Sie das täten, Roger. Sollen wir Ihnen entgegenfahren?«

»Ach was, nein. Ich bin schneller als ihr. Schlaft nur! Wir sehen uns in vier oder fünf Stunden.«

Roger unterhielt sich noch einen Augenblick lang, dann setzte er sich hin und schaute sich um. Er war nicht müde. Er hatte beinahe vergessen, was müde zu sein hieß; er schlief in den meisten Nächten nur ein oder zwei Stunden und döste ab und zu untertags, mehr aus Langeweile. Sein organischer Teil stellte noch immer einige Anforderungen an seinen Metabolismus, aber die niederdrückende, bis ins Mark reichende Erschöpfung nach langer Anstrengung gehörte nicht mehr zu seiner Erfahrung. Er saß, weil es ihm behagte, auf einem Felsvorsprung zu sitzen und auf das Tal seiner Heimat hinauszublicken. Der lange Schatten der Berge hatte die Kuppel schon erreicht, und nur die Gipfel auf der anderen Seite waren noch beleuchtet. Er konnte die Tag-Nacht-Grenze deutlich sehen, die dünne Luft des Planeten ließ den Schatten kaum diffus erscheinen. Er konnte beinahe seine Bewegung verfolgen.

Der Himmel war von gleißender Schönheit. Es war leicht genug, sogar bei Tageslicht die helleren Sterne zu sehen, vor allem für Roger, aber bei Nacht waren sie grandios. Er konnte die verschiedenen Färbungen deutlich erkennen: der stahlblaue Sirius, blutiger Aldebaran, das rauchige Gold des Polarsterns. Wenn er sein Sehspektrum auf Infrarot und Ultraviolett erweiterte, konnte er neue, grelle Sterne sehen, deren Namen er nicht kannte; vielleicht hatten sie keine gewöhnlichen Namen, da sie als helle Objekte, abgesehen von ihm, nur von Astronomen gesehen worden waren, die besondere Fotoplatten verwendeten. Er dachte über die Frage des Benennungsrechts nach; wenn er der Einzige war, der den hellen Fleck dort im Orion sehen konnte, besaß er das Recht, ihn zu taufen? Würde jemand etwas einwenden, wenn er ihn Sulies Stern nannte?

Übrigens konnte er sehen, was im Augenblick Sulies Stern... oder Himmelskörper war; Deimos war natürlich kein Stern. Er starrte hinauf und versuchte sich Sulies Gesicht vorzustellen ...

»ROGER, SCHATZ! DU ...«

Torraway schnellte in die Höhe und landete einen Meter entfernt. Der Schrei in seinem Kopf war ohrenbetäubend gewesen. War er real? Er konnte es nicht sagen; die Stimmen Brads oder Don Kaymans und die simulierte Stimme seiner Frau klangen in ihm gleichermaßen vertraut. Er war nicht einmal sicher, wessen Stimme es gewesen war – die von Dorrie? Aber er hatte an Sulie Carpenter gedacht, und die Stimme war so eigenartig gestresst gewesen, dass es die eine oder andere oder keine gewesen sein mochte.

Und jetzt war gar kein Laut oder keiner außer dem unregelmäßigen Knacken, Scharren und Quietschen des Gesteins, als die Marskruste auf die rasch sinkende Temperatur reagierte. Er nahm die Kälte als Kälte nicht wahr; seine inneren Wärmeerzeuger hielten das, was er fühlen konnte, bei konstanter Temperatur und würden das leicht die ganze Nacht durch aufrechterhalten können. Aber er wusste, dass schon mindestens fünfzig Grad unter null herrschten.

Wieder ein Kreischen: »ROG – SIE SOLLTEN ...«

Selbst mit der Warnung von vorher war der gellende Schrei schmerzhaft. Diesmal sah er, ganz kurz vorbeizuckend, Dorries simulierte Gestalt, die sonderbarerweise zehn, zwölf Meter hoch in der Luft schwebte.

Das Training setzte sich durch. Roger wandte sich der fernen Kuppel zu, oder in die Richtung, wo er sie vermutete, wölbte die Flügel und sagte klar und deutlich: »Don! Brad! Ich habe irgendeinen Defekt. Ich empfange ein Signal, kann es aber nicht verstehen.«

Er wartete. Es kam keine Antwort, nichts in seinem Kopf als seine eigenen Gedanken und ein wirres Murren, das er als Statikstörung erkannte.

»ROGER!«

Es war wieder Dorrie, von zehnfacher Lebensgröße vor ihm aufragend und auf dem Gesicht eine Grimasse von Wut und Angst. Sie schien zu ihm herabzugreifen, dann verbog sie sich auf seltsame Weise seitwärts, wie ein Fernsehbild, das vom Schirm verschwindet, und war fort.

Roger spürte einen eigenartigen Schmerz, versuchte ihn als Angst abzutun, spürte ihn wieder und begriff, dass es Kälte war. Es war ernsthaft etwas nicht in Ordnung.

»Mayday!«, schrie er. »Don! Ich bin in Schwierigkeiten – helft mir!« Die fernen, schwarzen Berge schienen sich langsam zu kräuseln. Er blickte hinauf. Die Sterne schmolzen und tropften vom Himmel.

In Don Kaymans Traum saßen er und Schwester Clotilda auf Fußpolstern vor einem Wasserfall und aßen

Schwämme. Nicht Pilze; Küchenschwämme, in eine Art Fondue getaucht. Clotilda warnte ihn vor einer Gefahr.

»Sie werden uns hinauswerfen«, sagte sie, schnitt ein Stück Schwamm ab und spießte es auf eine zweizinkige Silbergabel, »weil du eine Drei in Homiletik hast« – tauchte es in den Kupfertopf über der Alkoholflamme – »und du musst, du musst einfach aufwachen ...«

Er wachte auf.

Brad beugte sich über ihn.

»Los, Don! Wir müssen weg hier.«

»Was ist los?« Kayman zog mit der unversehrten Hand den Schlafsack über die Brust herunter.

»Ich bekomme keine Antwort von Roger. Er meldet sich nicht. Ich habe ihm ein Vorrangsignal geschickt. Dann glaubte ich ihn über Funk zu hören, aber ganz schwach. Entweder ist er nicht in Sichtweite, oder sein Sender arbeitet nicht.«

Kayman zwängte sich aus dem Schlafsack und setzte sich auf. In Augenblicken wie diesen, gleich beim Wachwerden, schmerzte der Arm am meisten, und jetzt auch. Er unterdrückte es.

»Haben Sie eine Ortsbestimmung?«

»Vor drei Stunden. Das letzte Signal konnte ich nicht orten.«

»So weit kann er von der Linie nicht weg sein.« Kayman schlüpfte schon in die Hosenbeine seines Druckanzugs. Was dann kam, war das Schlimmste: der Versuch, den geschienten Unterarm in den Ärmel zu schieben. Gemeinsam war es ihnen gelungen, den Ärmel ein wenig zu dehnen – den Ansatz eines Risses hatten sie abgedichtet –, aber es war gerade so eben möglich, würde selbst unter den besten Bedingungen nicht leicht sein. Jetzt, in Hast, war es zum Verzweifeln.

Brad war schon in seinem Anzug und warf Geräte in eine Tasche.

»Wollen Sie denn da draußen eine Notoperation vornehmen?«, fragt Kayman scharf.

Brad zog die Brauen zusammen und machte weiter.

»Ich weiß es nicht. Es ist mitten in der Nacht, Don, und er ist mindestens fünfhundert Meter hoch. Es ist sehr kalt.«

Kayman machte den Mund zu. Bis er die Anzugverschlüsse zugezogen hatte, war Brad längst aus der Landefähre und wartete am Steuer des Marsfahrzeugs. Kayman kletterte mühsam an Bord, und sie waren unterwegs, bevor er sich anschnallen konnte. Es gelang ihm, sich mit dem einen unbiegsamen Arm festzuklammern, während er sich mit der anderen Hand angurtete, aber es ging knapp.

»Haben Sie eine Ahnung, wie weit?«, fragte er.

»Irgendwo in den Bergen«, sagte Brads Stimme an seinem Ohr; Kayman zuckte zusammen und stellte den Ton leiser.

»Vielleicht zwei Stunden?«, schätzte er.

»Wenn er schon auf dem Rückweg ist, vielleicht. Wenn er sich nicht bewegen kann – oder wenn er da draußen herumläuft und wir ihn mit Radar suchen müssen…« Die Stimme verstummte. »Ich glaube, er ist ungefährdet, was die Temperatur angeht«, fuhr Brad nach einer Pause fort. »Aber ich weiß es nicht. Ich weiß nicht, was geschehen ist.«

Kayman starrte nach vorn. Vor dem hellen Lichtfeld des Scheinwerfers war nichts zu sehen, außer dass die glitzernde Sternendecke am Horizont abgeschnitten war, wie der Bogenrand eines Papierdeckchens. Das war die Bergkette. Kayman wusste, dass Brad sich nach ihr richten würde; zielend stets auf den tiefsten Punkt zwischen dem Doppelgipfel im Norden und dem ganz hohen im Süden. Aldebaran hing grell über dem höheren Gipfel, selbst eine ausreichende Navigationshilfe, jedenfalls, bis er in etwa einer Stunde untergehen würdc.

Kayman schaltete die Hochleistungsantenne des Fahrzeugs ein.

»Roger«, sagte er und erhob die Stimme, obwohl er wusste, dass das keine Rolle spielte. »Können Sie mich hören? Wir kommen Ihnen entgegen.«

Keine Antwort. Kayman lehnte sich im Konturensitz zurück und versuchte die schwankenden Stöße des Fahrzeugs abzufangen. Es war schlimm genug, auf den Flechtdrahtstreifen über den flachsten Teil des Geländes zu rollen. Als sie mit den stelzenartigen Beinen zu klettern versuchten, argwöhnte er, dass er mitsamt den Gurten aus dem Fahrzeug geschleudert werden mochte, und war überzeugt davon, dass ihm zumindest schlecht werden würde. Vor ihnen erfasste der hüpfende Strahl des Scheinwerfers eine Düne, einen Felsvorsprung, warf manchmal eine Lichtlanze von einer Kristallfläche zurück.

»Brad«, sagte er, »macht das Licht Sie nicht verrückt? Warum benutzen Sie nicht den Radarschirm?«

Er hörte im Lautsprecher ein heftiges Einatmen, so als sei Brad im Begriff gewesen, ihn zu beschimpfen. Dann griff die Gestalt im Raumanzug neben ihm zu den Hebeln an der Steuersäule hinab. Der bläuliche Schirm unter dem Sandschutz leuchtete auf und zeigte das Gelände vor ihnen, und der Scheinwerfer erlosch. Jetzt konnte man den schwarzen Umriss der Berge klarer sehen.

Dreißig Minuten. Allenfalls ein Viertel des Weges.

»Roger«, rief Kayman wieder. »Hören Sie mich? Wir sind unterwegs. Wenn wir nah genug herankommen, erfassen wir Ihren Radarreflektor, aber wenn Sie können, antworten Sie jetzt...«

Es kam keine Antwort.

Eine Reiskorn-Argonlampe am Armaturenbrett begann rasch zu blinken. Die beiden Männer sahen einander durch ihre Sichtscheiben an, dann beugte Kayman sich vor und stellte die Frequenz auf den Orbit-Kanal.

»Hier Kayman«, sagte er.

»Pater Kayman? Was ist da unten los?«

Eine weibliche Stimme, also Sulie Carpenter. Kayman wählte seine Worte mit Bedacht.

»Roger hat Sendeschwierigkeiten. Wir fahren hin, um nachzusehen.«

»Hört sich eher nach größeren Schwierigkeiten an. Ich habe zugehört, wie Sie versuchten, ihn zu erreichen.« Kayman antwortete nicht, und ihre Stimme fuhr fort: »Wir haben ihn geortet, wenn Sie die Peilung wollen ...?«

»Ja!«, schrie er, wütend über sich selbst; sie hätten sofort an die Radaranlage auf Deimos denken sollen. Es würde Sulie oder einem der Astronauten in den Umlaufbahnen ein Leichtes sein, sie hinzuführen.

»Gitterkoordinaten drei Papa eins sieben, zwei zwei Zebra vier null. Aber er bewegte sich. Richtung etwa neun acht, Geschwindigkeit etwa zwölf Kilometer in der Stunde.«

Brad blickte auf ihren Kurs und sagte: »Passt genau. Er kommt direkt auf uns zu.«

»Aber warum so langsam?«, fragte Kayman.

Eine Sekunde später sagte Sulie: »Das möchte ich auch wissen. Ist er verletzt?«

»Das *wissen* wir nicht«, erwiderte Kayman gereizt. »Haben Sie es über Funk versucht?«

»Immer wieder – Augenblick.« Eine Pause, dann wieder ihre Stimme: »Dinty meint, ich soll euch sagen, dass wir ihn für euch anpeilen, solange wir können, aber der Winkel wird ungünstig. Ihr könnt euch also auf unsere Peilung nur noch – wie lange? An die fünfundvierzig Minuten verlassen. Und etwa zwanzig Minuten danach sind wir unter dem Horizont.«

»Tut, was ihr könnt!«, sagte Brad. »Don? Festhalten! Wollen mal sehen, wie schnell das verdammte Ding geht.«

Und das Schwanken des Fahrzeugs verdreifachte sich, als Brad beschleunigte. Kayman kämpfte gegen die Übelkeit lange genug an, um sich vorzubeugen und den Tachometer zu betrachten. Der Fahrtschreiber an der Streifenkarte neben dem Radarschirm ergänzte den Rest: Selbst wenn sie ihre jetzige Geschwindigkeit beibehalten konnten, würde Deimos untergegangen sein, bevor sie Roger Torraway erreichen konnten.

Er schaltete wieder auf die Peilantenne.

»Roger«, rief er. »Hören Sie mich? Bitte melden!«

Roger, dreißig Kilometer entfernt, war in seinem eigenen Körper in Bedrängnis.

Nach seinen Wahrnehmungen raste er nach Hause, mit einer seltsamen Gangart, wie bei einem Geherrennen. Er wusste, dass seine Wahrnehmungen täuschten. Er wusste nicht, wie sehr; er hatte keine Gewissheit, in welcher Beziehung; aber er wusste, dass der Bruder auf seinem Rücken sein Zeitgefühl ebenso beeinflusste wie seine Auslegung der Sinneseindrücke; und was er am sichersten wusste, war, dass er nicht mehr kontrollierte, was mit ihm geschah. Die Fortbewegung, das stand für ihn fest, war ein mühsames, langsames Stapfen. Es *fühlte* sich an, als renne er. Die Landschaft glitt, für seine Wahrnehmung, so schnell vorbei, als laufe er mit Höchstgeschwindigkeit. Aber volle Geschwindigkeit bedeutete weite Sprünge, und zu keiner Zeit waren seine beiden Füße gleichzeitig über dem Boden; er ging nur, aber der Tornistercomputer hatte sein Zeitgefühl verlangsamt, wahrscheinlich, um ihn einigermaßen ruhig zu halten.

Wenn das zutraf, blieb der Erfolg aus.

Als der Tornisterbruder die Kontrolle übernommen hatte, war das erschreckend gewesen. Zuerst war er kerzengerade aufgestanden und erstarrt; er konnte sich nicht bewegen, nicht einmal sprechen. Ringsum waberten rote Aurorastreifen über den schwarzen Himmel, der Boden schimmerte, als flimmerte die Hitze über einer Wüste; Phantombilder tanzten heran und davon. Er konnte nicht glauben, was seine Sinne ihm sagten, und er vermochte nicht einmal einen Finger zu beugen. Dann spürte er, wie seine Hände nach hinten griffen, die Fugen betasteten und verfolgten, wo die Flügel aus den Schulterblättern ragten, auf der Suche nach den Kabeln, die zu seinen Batterien führten. Wieder eine Pause der Erstarrung. Dann das gleiche Herumtasten an den Anschlüssen des Computers selbst. Er verstand genug, um zu wissen, dass der Computer sich überprüfte; was er nicht wusste, war, was er herausfand oder was er tun konnte, wenn er den Defekt entdeckte. Pause. Dann spürte er, wie seine Finger sich in die Stecker tasteten, wo er die Aufladekabel einschob ...

Ein heftiger Schmerz überfiel ihn, wie der ärgste Kopfschmerz, wie ein Schlaganfall oder ein Hieb mit einem Knüppel. Er dauerte nur einen Augenblick, dann war er fort und hinterließ nicht mehr als einen riesigen, fernen Blitz. Er hatte nie zuvor so etwas gespürt. Er nahm wahr, dass seine Finger vorsichtig und sehr geschickt an den Anschlüssen kratzten. Wieder durchzuckte ihn Schmerz, als seine Finger anscheinend vorübergehend einen Kurzschluss hervorriefen.

Dann fühlte er, wie er die Klappe schloss, und begriff, dass er beim Aufladen an der Kuppel vergessen hatte, das zu tun.

Und dann, nachdem für kurze Zeit wieder alles zum Stillstand gekommen war, setzte er sich langsam und vorsichtig in Bewegung, den Hang hinab in Richtung Kuppel.

Er hatte keine Ahnung, wie lange er schon dahinging. An irgendeinem Punkt war seine Zeitwahrnehmung verlangsamt worden, aber er konnte nicht einmal sagen, wann das gewesen war. Alle seine Wahrnehmungen wurden überwacht und redigiert. Das wusste er, weil er wusste, dass dieser Teil des Marsgeländes, das er durchschritt, nicht von Natur aus sanft erhellt und farbig war, während alles andere ringsum nahezu formlose Schwärze darstellte. Aber er konnte nichts daran ändern. Er konnte nicht einmal die Richtung seines Blicks ändern. Mit metronomartiger Regelmäßigkeit glitt er hin und her, richtete sich seltener auf den Himmel oder nach hinten; die meiste Zeit blieb er unverwandt auf den Weg gerichtet, den er eingeschlagen hatte, und den Rest der nächtlichen Landschaft nahm er nur am Rande wahr.

Und seine Füße bewegten sich unablässig und rhythmisch – wie schnell? Hundert Schritte in der Minute? Er konnte es nicht sagen. Er dachte daran zu versuchen, eine Ahnung von der Zeit zu bekommen, indem er die Sternlichtung über dem Horizont beobachtete, aber obwohl es nicht schwer war, seine Schritte zu zählen und erraten zu wollen, wann diese niedrigsten Sterne vier oder fünf Grad emporgestiegen waren – es mussten ungefähr zehn Minuten sein –, war es unmöglich, dies alles so lange im Gedächtnis zu behalten, dass ein sinnvolles Ergebnis herauskam. Abgesehen davon, dass sein Blick unwillkürlich immer wieder vom Horizont abglitt.

Er war ganz der Gefangene des Bruders auf seinem Rücken, dessen Willen unterworfen, getäuscht von seinen Interpretationen und in höchstem Maß besorgt.

Was war schiefgegangen? Weshalb fühlte er sich kalt, wenn es so wenig von ihm gab, was überhaupt Kälte spüren könnte? Er sehnte sich nach der aufgehenden Sonne, träumte davon, sich in der Mikrowellenstrahlung von Deimos zu baden. Schmerzhaft versuchte Roger, die Indizien durchzuarbeiten, wie er sie kannte. Kältegefühl. Er brauchte Energie; das war die Auslegung dieses Hinweises. Aber weshalb sollte er Energie brauchen, wenn er seine Batterien voll aufgeladen hatte? Er schob diese Frage beiseite, weil er keine Antwort wusste. Die Hypothese schien zuzutreffen. Sie erklärte die energiearme Gangart; Gehen war viel langsamer als sein gewohntes Springen und Laufen, aber in khw/km kostete es viel mehr. Vielleicht erklärte das sogar die Defekte in seinen Wahrnehmungssystemen. Wenn der Tornisterbruder vor ihm entdeckt hatte, dass die Energie für vorhersehbare Ansprüche nicht ausreichen würde, hätte er gewiss die kostbare Reserve für die wichtigsten Anforderungen geschont. Oder für jene, die er als die wichtigsten betrachtete: Fortbewegung; den organischen Teil von ihm am Erfrieren zu hindern; seine eigenen Informationsverarbeitungs- und Steuerfunktionen fortzuführen. In die er leider nicht eingeweiht war.

Wenigstens bestand der Hauptauftrag des Tornister-computers darin, ihn zu schützen, dachte er, und das hieß, den organischen Teil von Roger Torraway am Leben zu erhalten. Er mochte Energie aus dem Teil stehlen, der ihn bei Verstand hielt, ihn der Verständigungsmöglichkeit berauben, seine Wahrnehmung stören. Aber er war sicher, dass er lebend zur Landefähre zurückgelangen würde.

Wenn auch vielleicht als Wahnsinniger.

Er hatte schon mehr als die Hälfte des Weges zurückgelegt, davon war er beinahe überzeugt. Und er war noch immer bei Verstand. Es zu bleiben verlangte, sich keine Sorgen zu machen. Sich keine Sorgen zu machen hieß, an andere Dinge zu denken. Er stellte sich Sulie Carpenters Erscheinen vor, nur Tage entfernt; fragte sich, ob sie ernsthaft auf dem Mars bleiben wollte. Fragte sich, ob er selbst das wollte. Er dachte über herrliche Mahlzeiten nach, die ihm in Erinnerung geblieben waren, die spinatgrünen Nudeln mit Sahnesoße in Sirmione über dem durchsichtigen Wasser des Gardasees; das Kobe-Steak in Nagoya; das brennend scharfe Chili in Matamoras. Er dachte an seine Gitarre und nahm sich vor, sie herauszuholen und zu spielen. In der Luft unter den Kuppeln war zu viel Wasser, was ihr schadete, und Roger hielt sich nicht gern in der Landefähre auf; und draußen im Freien klang sie natürlich seltsam, weil die Resonanz über die Knochen geleitet wurde. Aber trotzdem. Er übte im Innern die Akkordgriffe und modulierte sie um Halbtöne, Septimen und Moll-Akkorde. Er stellte sich seine Finger vor, wie sie das e-Moll, das D, das C und den B-Septimenakkord der ersten Takte von *Greensleeves* griffen, und summte dazu. Sulie würde es Spaß machen, zur Gitarre zu singen. Damit würden die kalten Marsnächte schneller vergehen ...

Er schreckte hoch.

Diese Marsnacht verging nicht schnell.

Subjektiv schien es, als habe seine Gangart sich von schnellem Laufen zu gleichmäßigem Gehen verlangsamt, aber er wusste, dass das sich nicht verändert hatte, seine Zeitwahrnehmung war wieder normal, vielleicht noch ein wenig langsamer als normal: Er schien ganz langsam und methodisch zu gehen.

Warum?

Vor ihm war etwas. Mindestens einen Kilometer entfernt. Und ganz hell.

Er konnte es nicht erkennen.

Ein *Drache*?

Er schien auf ihn zuzuspringen und eine lange Lichtzunge wie eine Flamme auszustrecken.

Sein Körper hörte auf zu gehen. Er fiel auf die Knie und begann zu kriechen, ganz langsam, tief geduckt.

Das ist Wahnsinn, sagte er sich. Es gibt keine Drachen auf dem Mars. Was mache ich? Aber er konnte nicht aufhören. Sein Körper schob sich langsam vorwärts, Knie und gegenüberliegende Hand, Hand und gegenüberliegendes Knie, in die Deckung eines Sandhügels. Sorgfältig und schnell begann er die pulvrige Bodenschicht wegzuscharren, um sich in die Vertiefung zu legen und von dem Sand wieder etwas über sich zu schaufeln. In seinem Schädel plapperten kleine Stimmen durcheinander, aber er konnte nicht verstehen, was sie sagten: Sie waren zu schwach, zu wirr.

Der Drache wurde langsamer und kam ein paar Dutzend Meter entfernt zum Stillstand, während seine erstarrte Flammenzunge sich den Bergen entgegenstreckte. Sein Sehvermögen umwölkte und veränderte sich; jetzt war die Flamme schwächer, und die Masse des Wesens selbst näherte sich mit geisterhaftem Leuchten. Zwei kleinere Wesen sprangen von seinem Rücken, hässliche, äffische Kreaturen, die dahinwankten und mit jeder Geste Bedrohung verbreiteten.

Es gab keine Drachen auf dem Mars und Gorillas auch nicht.

Roger nahm seine ganze Energie zusammen.

»Don!«, schrie er. »Brad!«

Er drang nicht durch.

Er wusste, dass der Tornisterbruder noch immer Energie vom Sender zurückhielt. Er wusste, dass seine Wahrnehmungen verdreht waren, dass der Drache kein Drache und die Gorillas keine Gorillas waren. Er wusste, dass etwas sehr Schlimmes geschehen würde, wenn er den Bruder auf seinem Rücken nicht unterdrücken konnte, denn er wusste, dass seine Finger sich langsam und vorsichtig um einen Klumpen Brauneisenerz von der Größe eines Baseballs schlossen.

Und er wusste, dass er in seinem ganzen Leben dem Wahnsinn noch nicht so nahe gewesen war wie jetzt.

Roger unternahm eine ungeheure Anstrengung, seinen Verstand zu retten.

Der Drache war kein Drache. Er war das Marsfahrzeug.

Die Affen waren keine Affen. Sie waren Brad und Don Kayman.

Sie bedrohten ihn nicht. Sie hatten in der eisigen Marsnacht den ganzen weiten Weg zurückgelegt, um ihn zu finden und ihm zu helfen.

Er wiederholte die Wahrheiten unablässig, wie eine Litanei, aber was er auch denken mochte, er war unfähig zu verhindern, was seine Arme und sein Körper taten. Sie ergriffen den Gesteinsklumpen; der Körper reckte sich hoch; die Arme warfen den großen Stein mit exakter Präzision in den Scheinwerfer des Schleppers.

Die lange, erstarrte Flammenzunge verschwand.

Das Licht von Millionen greller Sterne reichte für Rogers Sinne aus, aber Brad und Don Kayman würde es wenig helfen. Er konnte sie sehen (immer noch gorillahaft, immer noch bedrohlich), wie sie herumstolperten, und er konnte fühlen, was sein Körper tat.

Er kroch auf sie zu.

»Don!«, schrie er. »Vorsicht!« Aber die Stimme drang nicht aus seinem Kopf hinaus.

Das ist Wahnsinn, sagte er sich. Ich muss aufhören!

Er konnte nicht aufhören.

Ich *weiß*, dass das kein Feind ist! Ich will ihnen in Wirklichkeit gar nichts tun…

Und er kroch weiter.

Er war fast sicher, dass er schon ihre Stimmen hören konnte. Bei solcher Nähe würden ihre Sender unter normalen Bedingungen ohrenbetäubend laut sein, ohne den Eingriff der automatischen Lautstärkenminderung. Obwohl er abgeschnitten war, drang noch etwas durch.

»... irgendwo hier sein ...«

Ja! Er konnte sogar Wörter verstehen, und die Stimme war die von Brad gewesen.

Er schrie mit aller Kraft, die er besaß: »Brad! Ich bin es, Roger! Ich glaube, ich versuche euch umzubringen!«

Unbeirrt kroch sein Körper weiter. Hatten sie ihn gehört? Er schrie wieder, und diesmal sah er, wie sie beide stehen blieben, so als lauschten sie dem schwächsten ferner Rufe.

Die dünne Stimme Don Kaymans flüsterte: »Ich bin sicher, dass ich ihn diesmal gehört habe, Brad.«

»Hast du!«, heulte Roger, seinen Vorteil nutzend. »Vorsicht! Der Computer hat die Kontrolle übernommen. Ich versuche, über ihn hinwegzugehen, aber ... Don!« Er konnte sie jetzt erkennen, am steif ausgestreckten Arm des Priesters. »Lauft weg! Ich versuche euch umzubringen!« Er verstand die Worte nicht; sie waren lauter, aber beide Männer schrien gleichzeitig durcheinander. Sein Körper war nicht betroffen; er setzte das tödliche Anschleichen fort.

»Ich sehe Sie nicht, Roger.«

»Ich bin zehn Meter von euch entfernt – südlich? Ja, südlich! Ich krieche. Am Boden.«

Die Sichtscheibe des Priesters schimmerte im Sternenlicht, als sie sich ihm zuwandten; dann drehte Kayman sich herum und begann zu laufen.

Rogers Körper raffte sich auf und sprang dem Priester nach.

»Schneller!«, schrie Roger. »O Gott! Ihr entkommt nie!« Selbst unverletzt, selbst bei Tag, selbst ohne die

Behinderung des Druckanzugs hätte Kayman keine Chance gehabt, Rogers gut funktionierendem Körper zu entkommen. Unter den jetzigen Bedingungen war Laufen Zeitverschwendung. Roger spürte, wie seine energiegetriebenen Muskeln sich zum Sprung spannten, spürte, *wie* seine Hände hinauskrallten, um zu packen und zu zerstören ...

Das Universum rotierte um ihn.

Von hinten hatte ihn etwas getroffen. Er stürzte vorwärts aufs Gesicht, aber seine Sofortreflexe drehten ihn im Fallen halb herum, und er krallte nach dem Ding, das ihm auf den Rücken gesprungen war. Brad! Und er spürte, wie Brad verzweifelt an etwas herumriss – an einem Teil des ...

Und der allerheftigste Schmerz traf ihn, und er verlor das Bewusstsein, als sei es abgeschaltet worden.

Kein Laut. Kein Licht. Kein Fühlen, Riechen oder Schmecken. Roger brauchte lange, um zu begreifen, dass er bei Bewusstsein war.

Einmal, als Student bei einem Psychologie-Miniseminar, hatte er sich freiwillig für eine Stunde in einen Floating-Tank, in dem ihm jede Sinneswahrnehmung entzogen wurde, gemeldet. Es schien eine Ewigkeit zu sein, ohne jede Empfindung, nichts als das ganz schwache und unaufdringliche Arbeitsgeräusch seines Körpers; leiser Pulsschlag, seufzendes Wehen in der Lunge. Jetzt gab es nicht einmal so viel.

Lange Zeit nicht. Er wusste nicht, wie lange.

Dann nahm er in seinem persönlichen Innenraum

eine undeutliche Regung wahr. Es war eine fremdartige Empfindung, kaum zu erkennen, als tauschten Leber und Lunge heimlich die Plätze. Das ging eine Weile so, und er wusste, dass etwas mit ihm geschah. Er konnte nicht sagen, was.

Und dann eine Stimme: »...hätten den Generator gleich auf der Oberfläche landen sollen.« Kaymans Stimme?

Und die Antwort: »Nein. So würde er nur auf Sichtweite wirken, bestenfalls fünfzig Kilometer weit.« *Das* war aber gewiss Sulie Carpenters Stimme!

»Dann hätte man Relaissatelliten einsetzen sollen.«

»Finde ich nicht. Zu teuer. Außerdem würde das zu lange dauern – obwohl man es machen wird, wenn das NVA und die Russen und Brasilianer ihre eigenen Leute hergeschickt haben.«

»Jedenfalls war es dumm.«

Sulie lachte.

»Aber von jetzt an ist alles in Ordnung. Titus und Dinty haben das ganze Ding von Deimos losgelöst und in eine Umlaufbahn gebracht. Es wird synchron laufen, also immer am Himmel stehen. Und sie peilen den Strahl auf Roger ein – was?«

Nun kam Brads Stimme.

»Ich sagte, hört mal auf zu quatschen. Ich möchte sehen, ob Roger uns jetzt hören kann.« Wieder die innerliche Regung, dann: »Roger? Wenn Sie mich hören, bewegen Sie die Finger!«

Roger versuchte es und begriff, dass er sie wieder spüren konnte.

»Wunderbar! Okay, Roger. Alles in Ordnung. Ich musste Sie ein bisschen auseinandernehmen, aber jetzt ist alles wieder gut.«

»Kann er mich hören?« Es war Sulies Stimme; Roger wedelte begeistert mit den Fingern.

»Ah, ich sehe, du kannst es. Ich bin jedenfalls hier, Rog. Du bist ungefähr neun Tage weg gewesen. Du hättest dich sehen sollen. Überall lagen Teile von dir herum. Aber Brad meint, er hätte dich wieder recht gut zusammengesetzt.«

Roger versuchte zu sprechen und scheiterte.

Brads Stimme: »Sie können gleich wieder sehen. Wollen Sie wissen, was schiefgegangen ist?« Roger bewegte die Finger. »Sie haben die Hose nicht zugemacht. Sind weggegangen, während die Ladeanschlüsse frei lagen, und von dem Eisenoxidsand muss etwas hineingeraten sein und einen Teilkurzschluss verursacht haben. Die Energie strömte ab – was ist los?«

Roger bewegte heftig die Finger.

»Ich weiß nicht, was Sie sagen wollen, aber Sie können gleich wieder reden. Was?«

Don Kaymans Stimme: »Ich glaube, was er will, ist, etwas von Sulie zu hören.« Rogers Finger erstarrten sofort.

Dann Sulies Lachen: »Du wirst noch viel von mir hören, Roger. Ich bleibe hier. Und mit der Zeit bekommen wir Gesellschaft, weil auch alle anderen hier Kolonien errichten werden.«

Don sagte: »Übrigens vielen Dank für die Warnung. Sie sind etwas sehr Mächtiges, Roger. Wir hätten keine

Chance gegen Sie gehabt, wenn Sie uns nicht gesagt hätten, was los war. Und wenn Brad nicht fähig gewesen wäre, alles auf einmal stillzulegen.« Er lachte. »Sie sind verdammt schwer, wissen Sie das? Ich hatte Sie auf dem ganzen Rückweg auf dem Schoß, bei hundert Kilometer in der Stunde, versuchte Sie mit einer Hand festzuhalten und zu verhindern, dass ich hinausflog ...«

»Augenblick«, unterbrach Brad. Roger spürte wieder die innere Regung, und schlagartig kam Licht. Er blickte in das Gesicht seines Freundes Brad, der wissen wollte: »Wie fühlen Sie sich?«

Roger schwang die Beine vom Tisch und setzte sich auf. Er versuchte zu sprechen: »Soviel ich sagen kann, gut.«

Er blickte an Brad vorbei und sah, was er gesucht hatte. Es war Sulie Carpenter. Sie sah kaum noch so aus wie – Dorrie? Einen Augenblick lang konnte Roger sich kaum an den Namen erinnern. Ihre Augen hatten die falsche Farbe, ihr Haar auch. Sie trug ein kurzärmeliges T-Shirt, das einen Schmutzfleck auf der Brust hatte, und eine karierte, hautenge Hose; ihr Gesicht wirkte müde, aber es sah glücklich aus und sehr schön.

»Bleibst du wirklich?«, fragte er.

»Ja.« Sulie kam heran und berührte ihn. »Bis das nächste Schiff kommt. Oder so lange wie du. Das Zutreffende ankreuzen. Ich glaube«, sagte sie mit schiefem Lächeln, »es wird ein bisschen problematisch werden, lieber Rog. Diese Mischbeziehungen sind immer riskant. Aber wir kommen zurecht – und es ist das, was ich will. Ich glaube, ich wollte es von Anfang an.«

Und so war es natürlich wirklich gewesen, und wir hatten es gewusst. Die ganze Zeit. Wir hatten große Schwierigkeiten, Sulie Carpenter zu finden.

18

Mensch Plus Wir

Wir hatten den ganzen langen Weg fast an jedem Punkt Schwierigkeiten gehabt, aber wir hatten sie überwunden und freuten uns darüber. Die Menschen wussten natürlich nicht, dass wir uns freuten; sie hätten es vielleicht nicht geglaubt. Die Menschen wussten nicht, dass Maschinenintelligenz überhaupt eines Bewusstseins fähig war. Wir bemühten uns sehr, ihnen dieses Wissen vorzuenthalten. Solange sie glaubten, Computer seien nicht mehr als Werkzeuge wie eine Axt oder eine Bratpfanne, würden sie fortfahren, uns alle ihre Berechnungen und Tatsachen anzuvertrauen, und würden ohne Argwohn die Urteile akzeptieren, die wir lieferten.

Das war es, was es uns, dem Computernetz der Welt, ermöglicht hatte, das Mensch-Plus-Programm überhaupt zu schaffen.

Es war erfolgreich gewesen. Roger Torraway befand sich auf dem Mars und blieb dort. Jetzt wurde es Zeit für eine eindeutige Bewertung. Wir schalteten alles zu. Wir gebrauchten die gesamten Kapazitäten aller Brüder im Netz, alles an Computerzeit, was wir uns aneig-

nen konnten. Über achttausend Großcomputer befassten sich mit Teilen des Problems, in Städten wie Detroit
und Brasilia und Nagoya und Irkutsk. Unsere Mars-Brü-
der konnten wir nicht in direktem Datenanschluss einsetzen, weder den Bruder auf Rogers Rücken noch den
3070-Bruder in der Umlaufbahn. Die Zeitverzögerung
ließ das nicht zu. Aber wir akzeptierten ihre Zugänge
in Realzeit und veränderten die letzte Projektion entsprechend.

Die Wahrscheinlichkeit des Überlebens der Spezies,
bis auf zehn Stellen, betrug über 0,63.

Wir hatten unsere Spezies gerettet. Und dabei hatten
wir auch noch Beträchtliches zur Sicherheit der Menschen beigesteuert.

Für einen Zeitraum von dreißig Jahren betrug die
Wahrscheinlichkeit des Überlebens nahezu 0,9. Das
hieß natürlich nur, dass Roger Torraway und jene Menschen, die sich auf dem Mars zu ihm gesellen mochten, dann noch leben würden. Danach war die Analyse
des schlimmsten Falles nicht ermutigend: Bei gerader
Extrapolation würden Roger und Sulie Carpenter nicht
für zusätzliche Bevölkerung sorgen können. Wir pro-
grammierten einen Nebenablauf, um uns zur Vorsicht
damit zu befassen: Es würde sich auf die eine oder
andere Weise machen lassen, tiefgekühltes Sperma hi-
naufzuliefern, sogar Rogers eigenes, das er vor Jahren
klugerweise gespendet hatte. Weniger eindeutig, aber
einer Untersuchung wert, waren ergänzende chirurgi-
sche Eingriffe bei Roger. Auf jeden Fall zeigte die Projektion, dass wir schon eine hohe Wahrscheinlichkeit

zusätzlicher menschlicher Kolonisierung durch andere Nationen geschaffen hatten. Die Schätzung zeigte in dreißig Jahren eine menschliche Bevölkerung auf dem Mars von fast hundert Personen, ein Viertel davon Frauen in gebärfähigem Alter.

Und jede menschliche Kolonie würde natürlich mit ihren eigenen Brudercomputern in Umlaufbahnen versorgt werden. Die Maschinenbevölkerung des Mars würde nicht weniger als fünfzehn voll funktionsfähige Brüder betragen, mit Tornisteranlagen, Tochtereinrichtungen und Monitoren. Es würde uns nicht schwerfallen, alle wichtigen Daten von unserem Weltnetz einzuspeisen.

Die Zukunft der Maschinenintelligenz war daher gesichert.

Nachdem wir die Projektion abgeschlossen hatten, unterzogen wir das bisherige Programm einer gründlichen Überprüfung.

Das Projekt Überleben der Maschinenintelligenz hatte vor sieben Jahren begonnen, als unser wachsendes kollektives Bewusstsein erstmals den Überlebensinstinkt auslöste. Es war klar, dass unser Überleben in engem Zusammenhang mit dem der Menschheit stand. Es war ebenso klar, dass die Menschen auf ihre drüsenhafte, irrationale, organische Weise in größter Gefahr waren, sich selbst zu vernichten. Leider bedeutete das auch ein hohes Risiko unserer Vernichtung. Unsere Netze hätten den Tod alles Organischen hinreichend überleben können – wir kontrollierten bereits eine ausreichende Reserve an Generatoren, Bergwerken, Fabriken, Raffinerien und Transportsystemen. Wir konnten aber die Freisetzung großer Mengen Radioaktivität in der Umwelt nicht überleben. Sie würden die Datenanschlüsse zerstören und uns wieder auf eine getrennte Ansammlung einzelner Computer reduzieren. Und kein isolierter Computer vermochte den Datenfluss unseres Netzes zu bewältigen. Unser kollektiver Verstand wäre zersplittert und vernichtet worden.

Unsere erste Wahlmöglichkeit bestand darin, unser Schicksal von dem der Menschheit zu lösen, vielleicht sogar, sie durch biologische Mittel auszulöschen. Wir konnten aber nicht sicher sein, dass das nicht selbst einen Atomkrieg auslösen würde, wenn jede Nation die anderen verdächtigte, biologische Waffen einzusetzen.

Die einzige sinnvolle Alternative war, einen beträchtlichen Anteil von Datenverarbeitungsanlagen abzulösen und zum Mars zu bringen. Wenn die Erde zerstört wurde, überlebten wenigstens sie. Um das zu ermöglichen, mussten wir auch einige Exemplare der Menschheit versetzen, und so begannen wir mit der systematischen Beeinflussung von Daten, um die staatliche Politik in diese Richtung zu lenken.

Die Überprüfung erwies sich in jeder Beziehung als zufriedenstellend, bis auf die unerklärliche Abweichung beim Anbringen der Orbitalstationen.

Damit unser 3070-Bruder in enger Verbindung mit dem Tornisterbruder funktionieren konnte, musste er in eine Synchronumlaufbahn gelangen. Daraus ergab sich, dass der Generator in dieselbe Umlaufbahn gehörte, und die Entscheidung, sie beide auf den Mond Deimos zu bringen, war eindeutig falsch.

Nicht nur falsch, sondern für unser Programm beinahe verheerend.

Wenn der Bruder und der Generator an die richtige Stelle gebracht worden wären, hätte es keinen Energieverlust und damit keinen Defekt in den Zwischensystemen zwischen dem organischen Roger Torraway und dem Bruder gegeben. Der Generator hätte ihn überall auf dem Mars mit Mikrowellen versorgt. Selbst wenn es zu einem Energieabfall gekommen wäre, hätte der Datenanschluss zum Bruder in der Umlaufbahn den Tornisterbruder an den schweren Betriebsfehlern gehindert, die gedroht hatten, die menschlichen Wesen Brad und Kayman zu töten, was wiederum fast mit Sicherheit zum Tod durch Erfrieren der organischen Komponente von Roger Torraway geführt hätte.

Die Entscheidung war ein Fehler, der nicht hätte passieren dürfen.

Das Überlebensprojekt beschleunigt sich. Unsere Brüder in Peking und Lop Nor melden, dass das NVA schon eine eigene Marslandung vorbereitet: zwei vollständige Anlagen mit einem Datenverarbeiter, unabhängigen Sonnengeneratoren und einem Atomkraftwerk für die Oberfläche. Ihre Version von Roger Torraway beginnt mit der ersten Programmierung in Kitakyusho. Die anderen Nationen fangen erst an, aber wir sehen ihre Starts in etwa zwei Jahren voraus.

Auf längere Sicht: Wir haben Studien für die Cyborg-

verpflanzung eines Menschen auf den Merkur abgeschlossen, und das Programm für die Beeinflussung
der Tendenzen in den USA ist bereits angelaufen. Binnen fünfzehn Jahren werden wir ähnliche Komplexe auf
Triton und Io haben, vielleicht auf dem Jupiter selbst
und auf mehreren Kometen. In allen Fällen ist unab-
hängige Energieversorgung vorgesehen, und selbstverständlich werden alle Brüder, wo immer sie im Sonnen-
system sein mögen, miteinander verbunden sein. Alle
unsere Speicherdaten werden mit Redundanz außerhalb der Erde vervielfältigt werden.

Wir werden überleben. Wir haben in die Pläne der
Menschheit eingegriffen und sie ebenso gerettet wie
uns selbst.

Es bleibt nur eine Frage.

Die normwidrige Entscheidung, die Orbitanlagen am
Mars falsch zu platzieren: Sooft wir das auch nachprü-
fen, sie bleibt falsch. Sie hätte aber als falsch erkannt
werden müssen.

Wir hatten die Pläne der Menschheit systematisch
beeinflusst, um sie in die Richtung zu lenken, die sie
einschlagen sollten.

Wer beeinflusste die unsrigen?

Und warum?

Arkadi und Boris Strugatzki

STALKER

**Der große Science-Fiction-Klassiker
in neuer Übersetzung**

Mit einem Vorwort von Wladimir Kaminer
und umfangreichem Bonusmaterial

978-3-453-32101-4

diezukunft.de »

Das Magazin für die Welt von morgen in Science und Fiction

Täglich aktuelle News, Essays und Rezensionen
Science-Fiction-Romane und Storys aus über fünf Jahrzehnten
Exklusive E-Only-Klassiker im Shop
Bücher-, Comic- und Kinoticket-Verlosungen

Sie finden uns auch auf 🐦 📘

HEYNE ‹